Surprise à Athènes

*

Une idylle à la clinique

LUANA DaROSA

Surprise à Athènes

Traduction française de
MARIEKE MERAND-SURTEL

BLANCHE

HARLEQUIN

Collection : Blanche

Titre original :
PREGNANCY SURPRISE WITH THE GREEK SURGEON

HARPERCOLLINS FRANCE
83-85, boulevard Vincent-Auriol, 75646 PARIS CEDEX 13
Service Clients — https://www.harlequin.fr/contenu/contactez-nous
ISBN 978-2-2805-1944-1 — ISSN 0223-5056

Édité par HarperCollins France.
Composition et mise en pages Nord Compo.
Imprimé en août 2025 par ScandBook UAB en Lituanie
en utilisant 100% d'électricité renouvelable.
Dépôt légal : septembre 2025.

FSC
www.fsc.org
MIXTE
Papier | Pour une gestion forestière responsable
FSC® C021394

Pour limiter l'empreinte environnementale de ses livres, HarperCollins France s'engage à n'utiliser que du papier fabriqué à partir de bois provenant de forêts gérées durablement et de manière responsable.

1

Le bourdonnement des conversations emplissait l'amphithéâtre. Nicolas Vassilis chercha un siège parmi les rangées bondées. Il savait que la conférence serait prisée, mais en regardant les gens alignés le long des murs à gauche et à droite, il reconsidéra à quel point l'exposé du Dr Camila Pereira Frey sur les progrès de la cardiologie personnalisée serait impressionnant. Il avait beaucoup entendu parler de sa réputation, non seulement de cardiologue talentueuse, mais aussi de chercheuse pugnace, toujours à l'affût de la prochaine grande avancée dans le domaine. En l'occurrence, combiner la recherche génétique pour aider à adapter les procédures cardiovasculaires aux patients, jusqu'à leur ADN.

Bien que ce ne fût pas à cause d'elle qu'il assistait au congrès médical, une partie de lui était curieuse de voir de quoi il était question. Parce que le nom de Camila Pereira Frey était sur toutes les lèvres dans le monde de la cardiologie, et en tant que nouveau directeur médical de l'Athena Cardiac Institute à Athènes, Niko avait besoin de connaître les principaux acteurs de son domaine – même si les personnes qui recherchaient la célébrité par le biais de la médecine n'étaient pas le genre de médecins auxquels il voulait être associé. Or, quelqu'un qui passait autant de temps à parler à la presse ne pouvait s'intéresser qu'à une seule chose. Il l'avait vue avec son père, qui courait après l'influence plutôt que d'aider les gens. C'était la raison pour laquelle Niko avait choisi de ne pas rejoindre l'Athena Institute une fois sa formation chirurgicale terminée.

Puis son père était décédé, et Niko avait hérité des clés de l'hôpital – et de bien plus de problèmes qu'il ne l'aurait imaginé. Au lieu d'utiliser la bonne réputation de l'Institut pour aider les patients, son père s'était servi de la confiance des gens pour les amener dans son hôpital afin de recevoir des traitements qui coûtaient bien plus qu'ils ne le devraient – dans le seul but de s'enrichir.

En médecine, il ne devrait jamais s'agir de gagner une somme d'argent exorbitante. Vu la fréquence à laquelle Niko lisait le nom du Dr Pereira Frey dans les titres des sites d'information médicale, il se demandait si elle aussi recevait une jolie somme pour toutes ses apparitions. Était-elle de la même trempe que son père, cherchant la célébrité pour s'enrichir en vendant aux gens des tests ADN dont ils n'avaient pas besoin ? Son père l'aurait fait sans sourciller.

Niko allait s'installer au fond de la salle quand une main familière attira son attention. Il se faufila jusqu'à la rangée où sa sœur était assise. Elle le regarda avec un sourire radieux, indiquant la chaise vide à côté d'elle.

— Je t'ai gardé une place, dit Eleni Vassilis.

— Tu es enfin utile dans ce voyage, répliqua-t-il, ce qui lui valut une tape sur le bras.

— Tu es gonflé. Je t'ai tenu compagnie toute la semaine, j'ai contribué aux conversations et détendu l'atmosphère.

— Je n'ai pas besoin d'aide pour la conversation. Tu es ingénieur, pas médecin, alors je ne vois pas pourquoi tu t'es invitée, railla-t-il pour la taquiner.

Il était venu au congrès pour une raison principale : dénicher de nouveaux talents pour l'Athena Cardiac Institute. Le décès inattendu de son père plus tôt dans l'année avait propulsé Niko à la tête de l'hôpital – un poste auquel il n'avait pas pensé depuis qu'il avait rejeté l'offre de son père de le rejoindre après ses études. La tension entre père et fils était déjà forte lorsque Niko avait terminé sa formation, choisissant de s'orienter vers la chirurgie plutôt que de rester dans la voie de la cardiologie comme son père. Il n'avait jamais réalisé à quel point Stavros Vassilis était dominateur jusqu'à ce qu'il se libère enfin de son emprise.

C'était à Niko de changer les choses maintenant, et il ne se sentait toujours pas prêt. La crise cardiaque de son père l'avait pris de court et lui avait laissé peu de temps pour réfléchir à cette nouvelle responsabilité de directeur médical. Dès le premier mois, Niko avait découvert des choses qu'il n'aurait même pas pensé Stavros capable de faire. En raison de la réputation irréprochable de son père, les gens l'avaient cru lorsqu'il leur avait vendu des traitements coûteux qui étaient au mieux inutiles, au pire invasifs. Certains des internes l'avaient approché pour lui parler de la situation, souhaitant se libérer de ce fardeau. Niko avait passé des jours à éplucher des dossiers médicaux et des factures, reconstituant un tableau qui l'empêchait de dormir la nuit.

Chaque jour était un nouveau défi, et même s'il avait déjà changé beaucoup de pratiques et mis en place des procédures plus strictes, il restait encore beaucoup de brebis galeuses à éliminer. Les sbires de son père étaient partout dans l'hôpital, et une fois qu'ils avaient compris que Niko était l'opposé de son père, ils commençaient à interférer avec ses changements. Il ne pouvait pas les renvoyer tous en même temps, sinon, sans le personnel nécessaire, l'hôpital s'effondrerait. La nuit, il se demandait parfois si ce serait la pire des choses. Peut-être l'Athena Institute était-il irrécupérable, l'influence de son père trop forte, même dans la mort.

— Je suis intrinsèquement médecin – avec toi et maman qui parlez tout le temps boutique à la maison. Je te parie qu'à chaque fois qu'on discute avec quelqu'un, la personne ne sait même pas que je ne suis pas médecin moi-même, dit Eleni.

Son sourire s'agrandit lorsque Niko leva les yeux au ciel.

Eleni avait décidé très tôt que le métier traditionnel de la famille Vassilis ne lui plaisait pas – à la grande colère de leur père. Stavros ne pouvait pas avoir un enfant qui ne se consacrait pas à la poursuite de sa contribution médicale. Il avait exercé une telle pression sur Eleni qu'elle avait quitté la maison familiale à dix-huit ans, sans jamais se retourner. Ce fut un moment décisif pour tout le clan Vassilis. Leur mère avait compris qu'elle était impuissante face à son mari tant qu'elle le soutenait. Malgré tout, ses enfants et elle avaient réussi à rester proches, trouvant les uns dans les autres la force nécessaire lors des moments difficiles. Niko avait aidé sa mère à retrouver le chemin de sa carrière en ouvrant sa propre clinique. Durant son mariage, elle avait mis ses ambitions professionnelles entre parenthèses, espérant continuer lorsque ses enfants auraient grandi.

— Alors, tu comptes engager le Dr Pereira dans ta nouvelle équipe ? demanda Eleni.

— Absolument pas. Elle est aussi avide de gloire que tous les vampires que notre père a embauchés et dont je me débarrasse peu à peu.

— Pourquoi penses-tu qu'elle est avide de gloire ?

Niko n'en savait rien, en fait, il n'avait que ses soupçons.

— Depuis un an, elle est partout dans les médias, parlant de ses recherches à qui veut bien l'entendre.

— Cela ne me semble pas si terrible. Tu n'aimes pas ses recherches ? Je pensais que l'utilisation de marqueurs génétiques pour personnaliser les plans de traitement serait tout à fait ton truc.

Eleni rit lorsqu'il la regarda de travers.

La salle devint silencieuse tandis que le Dr Pereira Frey montait sur scène, ses talons hauts claquant à chaque pas. Sa démarche était calme et mesurée, elle arborait un petit sourire. Elle était dans son élément et semblait s'épanouir sous ce genre d'attention. Niko ressentit immédiatement l'intensité de la femme face à l'assemblée qui était venue écouter son discours. Elle était bien plus jeune qu'il ne l'aurait supposé au vu des recherches qu'elle menait, probablement plus proche de son âge alors qu'il la pensait son aînée de quelques années. Ses cheveux châtain clair encadraient son visage en douces ondulations, complétant ses yeux ambrés perçants. Le tailleur qu'elle portait semblait taillé sur mesure, et la moulait telle une seconde peau.

Le Dr Pereira Frey se plaça derrière le podium et regarda l'assemblée. Elle n'avait encore rien dit, mais sa maîtrise de la salle était indéniable – Niko y compris.

— Bonjour, je suis le Dr Camila Pereira Frey. Bienvenue à mon exposé sur la façon dont la cartographie génétique va transformer l'avenir de la cardiologie.

Elle recula légèrement et pointa du doigt la projection sur l'écran, et Niko – comme tous les autres dans la salle – suivit chacun de ses gestes tandis qu'elle se lançait dans sa présentation sans la moindre hésitation.

Il était venu à cet événement avec l'intention de détester sa conférence, sachant qu'elle était l'un de ces médecins que son père aurait adoré engager simplement parce qu'ils apportaient avec eux la presse et le prestige. Mais plus Camila parlait, plus il était absorbé par sa présentation et plus la science qui la sous-tendait semblait fascinante. La cartographie génétique n'avait pas vraiment joué un rôle dans son travail sur les maladies cardiovasculaires, en dehors des maladies cardiaques héréditaires, mais dans ses recherches, Camila était allée bien au-delà des maladies.

— Avec un dépistage génomique étendu, nous pourrions prévoir la probabilité d'apparition d'une maladie…

Niko acquiesça tandis qu'elle passait à la diapositive suivante, montrant les résultats d'une étude de cas qu'elle avait passé l'année précédente à élaborer, et il tressaillit lorsqu'Eleni lui enfonça son coude dans le flanc.

— Tu as changé d'avis sur le fait de l'engager ? chuchota-t-elle en haussant les sourcils dans un air suggestif.

Niko ne daigna pas répondre et ramena son regard vers l'avant, plus subjugué par la femme sur la scène qu'il ne l'admettrait devant sa sœur. Quelque chose dans son sang s'échauffait tandis qu'il la regardait parler, suivant chacun de ses mouvements alors qu'elle exposait ses recherches. Il n'envisageait pas de l'embaucher, mais plus il l'observait, plus elle l'intriguait.

Il sortit son téléphone de sa poche et consulta le programme du congrès. Il avait projeté de rencontrer certaines personnes qu'il voulait convaincre de rejoindre son équipe. Il y avait une réception donnée par l'organisateur, à laquelle seules quelques personnes présentes avaient été invitées. En tant que nouveau directeur médical de l'Athena Cardiac Institute, Niko avait reçu l'une des invitations convoitées, mais il n'avait pas prévu d'y aller.

Il pourrait toutefois changer d'avis. La réception serait l'occasion pour des responsables hospitaliers de haut rang de parler à tous les intervenants du congrès, ce qui signifiait que Camila y serait également.

— Je vais devoir zapper notre dîner de ce soir, dit Niko en jetant un regard en coin à sa sœur.

Puis ses yeux glissèrent à nouveau sur Camila, comme s'il ne pouvait pas résister à son aura magnétique. Il ne savait pas ce que cela signifiait, ni d'où venait cette décision. Quelque chose en elle attirait son attention, malgré tous ses efforts pour ne pas la laisser l'affecter. C'était suffisant pour éveiller sa curiosité et le pousser à agir.

Quand Camila arriva à la réception, elle n'avait qu'une idée en tête, la baignoire qui l'attendait dans sa chambre d'hôtel. Submergée par un épuisement grandissant, elle se força à sourire au serveur qui s'approchait d'elle et lui proposait un choix de boissons. Elle opta pour de l'eau et en prit une grande gorgée pour soulager sa gorge douloureuse. Après une journée passée à parler à diverses personnes, elle n'avait pas envie d'être là. Vidée de toute énergie, elle aspirait maintenant à la tranquillité de sa chambre.

Mais elle n'était pas en mesure de se détendre. Pas quand ses recherches faisaient l'objet de tant d'attention. Après tant d'années à travailler sur ses méthodes de cartographie génétique tout en continuant son métier, elle avait enfin trouvé quelque chose qui pourrait changer la face de son domaine. De plus, ses pairs l'écoutaient. La moitié des difficultés rencontrées pour en arriver là était due à son jeune âge lorsqu'elle avait commencé ses recherches – les gens percevaient sa jeunesse comme de l'inexpérience. Il y avait même eu quelques commentaires à ce sujet aujourd'hui alors qu'elle parlait à différentes personnes, mais heureusement, pas beaucoup. Certes, elle n'avait que la trentaine passée, mais elle avait commencé à poser les bases de ses recherches au cours de sa formation médicale. Lassée de devoir constamment se défendre, Camila avait fini par cesser de se justifier. Le public nombreux qui se trouvait devant elle, impatient de l'entendre, était la preuve que ses pairs se concentraient désormais sur son travail et non sur son âge.

Après avoir bu une nouvelle gorgée d'eau, Camila prit une grande inspiration et se prépara à la dernière partie de la convention. Ensuite, elle aurait quelques semaines pour décompresser et choisir son prochain projet. Bien que l'attention fût épuisante, elle la rapprochait au moins de son objectif. Tout ce qu'elle avait toujours voulu, c'était laisser une trace de son travail, et maintenant, elle était à deux doigts d'y parvenir. Si elle entrait dans l'histoire de l'éradication des maladies cardiaques, personne ne pourrait jamais l'égaler. C'était la seule chose sur laquelle elle avait un contrôle absolu dans la vie.

Les paroles d'avertissement de sa mère résonnaient dans sa tête, même aujourd'hui, tant d'années plus tard. Mariana Pereira Frey était une fervente partisane des rôles traditionnels assignés à chaque genre, et voir sa fille s'écarter de cette voie dès son plus jeune âge avait suscité des tensions dans leur relation. Même si elles se voyaient souvent, Camila savait que si elle parlait de sa « vie non conventionnelle », sa mère aurait des commentaires négatifs. Elle lui demanderait quand elle allait oublier la médecine et quand elle serait prête à se caser et à lui donner des petits-enfants.

À l'époque, Camila savait que sa vie ne se résumait pas à trouver un mari et à avoir des enfants. Elle avait *besoin* que ce soit plus que cela. D'une certaine manière, l'insistance rigide de sa mère à mener une existence traditionnelle avait alimenté son propre désir d'être davantage que ce qu'une image ancestrale de la société attendait d'elle.

Parfois, elle se demandait si Mariana avait toujours été ainsi, ou si le départ de son mari, le père de Camila, pour une autre femme, avant que Camila ne puisse se forger de véritables souvenirs, avait façonné son point de vue sur les rôles traditionnels des hommes et des femmes. Car même si Mariana avait voulu qu'elle se case, elle avait aussi été la première à l'avertir que les hommes partaient dès qu'ils s'ennuyaient, et qu'elle devrait donc gagner leur affection tous les jours de sa vie. Ou finir seule.

Lorsque sa mère était décédée trois ans plus tôt après une courte bataille contre le cancer, Camila s'était retrouvée dans une situation étrange de tristesse en demi-teinte et d'écrasante culpabilité face au peu de sentiments qu'elle ressentait. Une culpabilité qui l'avait poussée à se concentrer encore plus sur son travail, juste pour ne pas y penser.

— Votre conférence était impressionnante, dit une voix masculine derrière elle, et Camila se raidit à son approche.

Avec une aisance éprouvée, elle afficha son sourire le plus convaincant et se retourna. Ses yeux s'écarquillèrent de surprise lorsqu'ils tombèrent sur l'homme qui se tenait devant elle. Ses épais cheveux noirs étaient tirés en queue-de-cheval, mettant en valeur une coupe rasée sur les côtés qui passerait inaperçue si ses cheveux étaient lâchés. Une attirance fulgurante traversa son corps à sa vue, amplifiée par le regard perçant brun-vert qu'il fixait sur elle. Ses yeux s'attardèrent sur chaque centimètre de sa silhouette avant de se poser sur son visage, la faisant frissonner.

Était-il en train de… la déshabiller des yeux ? De toutes les interactions qu'elle avait eues avec des collègues aujourd'hui, celle-ci était la plus inhabituelle – et il ne lui avait adressé que quatre mots. Elle le remercia par automatisme et un picotement émoustillant l'envahit lorsqu'il se rapprocha d'elle. Ce n'était pas un admirateur qui venait parler de son travail. Non, Camila avait l'impression qu'il était là pour autre chose. Cette pensée l'électrisa.

L'homme accepta un verre de vin d'un serveur qui passait, et elle observa avec une attention quasi hypnotique comment il enroulait ses doigts longs et fins autour du pied du verre, le tenant avec une tendresse entraînée. Comme s'il avait l'habitude de manipuler des objets délicats avec ses doigts…

— J'ai déjà beaucoup entendu parler de vos recherches. Où qu'un cardiologue regarde, votre nom apparaît. Mais vous entendre parler en personne est très différent de ce que l'on peut lire. Ce qui ressemble de loin à une fanfaronnade devient plus… nuancé, dit-il, et son sourire en coin asséna un coup quelque part dans le bas du corps de Camila – en même temps qu'une colère ardente flambait dans sa poitrine.

Une fanfaronnade ? Ses recherches représentaient le travail de toute une vie, et il avait lu ses articles et les avait trouvés… arrogants ?

— Mais vous n'êtes pas cardiologue, n'est-ce pas ? riposta-t-elle.

Pourquoi se donnait-il la peine de lire ses articles ? Un seul coup d'œil lui suffit pour savoir qu'il était chirurgien. Un cardiologue ne l'aurait jamais accusée de fanfaronner. Non, cela n'arrivait que lorsque des chirurgiens qui se prenaient pour Dieu tombaient sur ses recherches.

Ses yeux s'arrondirent et il eut la décence de paraître quelque peu surpris. Mais ensuite son expression se fondit à nouveau en un sourire facile.

— Il semble que je continue à vous sous-estimer, docteur Pereira Frey. Je suis chirurgien cardiovasculaire. Niko…

— Désolée de vous interrompre, intervint une jeune femme. On m'a demandé d'aller chercher le Dr Pereira Frey pour quelques questions avec un membre de la presse.

Camila ferma les yeux pour réprimer son agacement. Même si cet homme, Niko, remettait en question ses intentions concernant ses recherches, cette conversation avait été la plus intéressante qu'elle ait eue depuis un bon moment. Probablement parce qu'il examinait le sujet d'un œil plus critique que tous les autres pairs qu'elle avait rencontrés. Et ce n'était même pas un collègue cardiologue, mais un de ces manieurs de bistouri...

— Dites-leur que j'arrive dans une seconde, lança-t-elle.

Sans trop savoir pourquoi. Parler aux journalistes était beaucoup plus simple – et plus bénéfique pour elle. Elle était ici pour présenter son travail, pour montrer au monde médical comment elle comptait révolutionner le domaine de la cardiologie. Un chirurgien cardiovasculaire ne serait pas très utile pour cela. Ils ne diagnostiquent pas, ils coupent quand on leur dit de couper. Elle avait besoin de ceux qui donnaient les instructions aux chirurgiens – les cardiologues.

— Ne me laissez pas vous retenir, dit-il, remarquant sans doute le cheminement de sa pensée.

— Ils ne sont même pas censés être présents à cet événement, ils peuvent donc attendre encore un peu.

Elle se tourna vers la femme qui les avait interrompus.

— Prévenez-les que je viendrai quand je serai disponible.

La femme battit des cils, puis acquiesça et s'éloigna.

— Vous savez qu'elle va directement voir son supérieur, qui finira par vous ramener à ce journaliste, dit Niko.

— Oh ! cela ne fait aucun doute, répliqua-t-elle en riant. C'est probablement l'organisation de l'événement qui a permis à la presse d'entrer. Ils ne reculeront devant rien pour tirer profit de ma présence ici.

Les mots sortirent bien plus librement que d'habitude, et Camila en fut médusée. Il ne lui était pas si facile de baisser sa garde, mais quelque chose chez Niko était désarmant. Comme s'il ne se souciait pas non plus du cérémonial guindé de la convention médicale.

— Dans ce cas, vous voulez bien prendre un verre avec moi ? demanda-t-il, la main tendue vers elle.

Camila fixa ses doigts souples. Ce n'était *pas du tout* comme cela que s'étaient déroulées les conférences précédentes. Niko donnait l'impression de ne pas s'intéresser à la médecine, mais plutôt à elle. D'où venait ce sentiment ?

Et pourquoi lui prenait-elle la main, comme si c'était la chose normale à faire dans cette situation ? La journée avait dû l'anéantir plus qu'elle ne le pensait, mais au moment où sa main se glissa dans la sienne et qu'elle laissa cet homme la guider vers le bar, tout s'arrêta en elle. Ses sens se concentrèrent sur cette petite zone où leurs paumes se touchaient, remarquant comment ses doigts se pressaient contre les siens et comment leur traction des plus délicates faisait avancer ses pieds dans sa direction.

C'était absolument fascinant.

— Alors, qu'est-ce qui vous amène ici ? demanda-t-elle une fois que le barman eut pris leur commande.

Niko posa son bras sur le bar en bois, dont l'acajou mettait en valeur le costume gris foncé qu'il portait. Quel que soit son employeur, il devait être l'un des plus prestigieux chirurgiens cardiovasculaires. Peu d'entre eux pouvaient se permettre d'avoir une telle allure *et* de la faire paraître naturelle. Un simple coup d'œil à Camila révélait son éducation – et son manque de raffinement. Elle était arrivée en cardiologie sans aucun piston ni aucune relation. Tout ce qu'elle était aujourd'hui, elle l'avait obtenu de haute lutte, et elle était certaine que son malaise dans ces situations le montrait. Camila devait se concentrer sur la médecine et uniquement sur la médecine pour devancer ses pairs.

Cela incluait les hommes et c'était peut-être la raison pour laquelle Camila était si troublée en ce moment par l'attention de celui-ci. Est-ce qu'il flirtait avec elle ou s'intéressait-il simplement à son travail ? Elle n'en savait rien.

Il hésita, ses yeux dérivant vers l'échancrure de son chemisier. Elle se retint de toucher son col, tandis que le regard de Niko allumait un petit feu sous sa peau.

— Je suis ici pour travailler, comme tout le monde. Pour… vous entendre parler, répondit-il enfin.

— Oh ! fit-elle en éclatant de rire. Je vous prie, il n'y a même pas dix minutes, vous m'avez dit que vous étiez plus impressionné par mon discours que vous ne le pensiez. Vous n'êtes pas venu ici pour moi.

Un sourire se dessina sur ses lèvres, suscitant des remous dans le ventre de Camila.

— Cela vous aiderait de savoir que je suis venu à cette réception uniquement pour vous ?

Leurs boissons arrivèrent, donnant à Camila un moment pour combattre la chaleur qui lui montait aux joues. Il y avait bien une pointe de flirt dans ses paroles. Elle en était presque sûre. Une subtile… invitation ? À quoi exactement, elle n'en était pas sûre, mais ce qui était plus inquiétant, c'était qu'elle avait vraiment envie d'accepter cette invitation mystérieuse.

— Cela pourrait aider à atténuer l'insulte profonde d'avoir pensé que mes recherches étaient plus une fanfaronnade que du contenu, répliqua-t-elle.

Niko but une gorgée de sa boisson, ses yeux ne quittant pas les siens, et un frisson lui parcourut l'échine lorsque sa gorge remua pour avaler. Comment se faisait-il qu'elle remarque cela chez lui ? Il avait dû surprendre son regard, car son sourire devint moqueur.

— Je vous prie de m'excuser. J'ai dû passer pour un impertinent. Ma sœur dit que j'ai tendance à aller droit au but, là où d'autres aiment s'exprimer avec plus de finesse.

L'expression dans son regard lui fit l'effet d'une secousse similaire à celle qu'avait provoquée le contact de sa main.

— Disons que je vous pardonne et que vous professez à présent une grande admiration pour mon travail. Comment être sûre que vous ne changerez pas encore d'avis ?

Le rire grave de son interlocuteur roula sur sa peau, et il était suffisamment contagieux pour qu'elle s'y associe.

— Là, vous vous emballez. J'ai dit que j'étais impressionné. Passer à une grande admiration, c'est un peu fort. Peut-être que si nous travaillions ensemble, je pourrais vérifier certaines choses par moi-même.

Il plongea de nouveau ses yeux sur son décolleté en disant cela, puis les dirigea encore plus bas. Des étincelles parcoururent le chemin emprunté par son regard, et elle eut le souffle coupé lorsqu'il remonta sur sa bouche et s'y attarda. Ce qu'il voulait vérifier n'avait rien à voir avec la médecine. À quand remontait la dernière fois que quelqu'un l'avait draguée aussi effrontément ? Camila ne s'en souvenait même pas. Pas depuis qu'elle se consacrait entièrement à ses recherches. Les hommes étaient une distraction – et un défi qui la mettait mal à l'aise. Au fil des ans, ses amants avaient été rares, car elle n'avait jamais voulu s'engager. Camila avait renoncé à beaucoup de choses dans son dévouement pour ses recherches. Tous ses amis étaient des gens qui travaillaient avec elle, il en allait de même pour ses liaisons.

Avec l'emploi du temps chargé qu'elle s'imposait, elle n'avait le temps pour rien d'autre. Elle ne *voulait* pas perdre de temps pour autre chose.

Jusqu'à ce qu'un bel inconnu flirte avec elle dans un bar, et que même la plus simple des suggestions la fasse rougir. Peut-être qu'avec plus de contacts sociaux, elle n'aurait pas été aussi sensible à son flirt. Elle n'arrivait toujours pas à s'imaginer dans un cadre domestique, comme sa mère voulait qu'elle vive sa vie. Mais quelque chose chez Niko lui disait que ce n'était pas ce qu'il cherchait non plus.

— Qu'aimeriez-vous vérifier ? demanda-t-elle.

— Hmm..., fit Niko, sa main s'étendant lentement sur le bar – vers elle. Il faut une main délicate pour ce genre de métier, il est donc important de le savoir. D'après votre conversation, je peux dire que vous avez un excellent contact avec les patients. Maintenant... si la chirurgie vous intéresse, même en tant qu'observatrice, nous devrons tester votre endurance. Les opérations peuvent durer longtemps.

La bouche de Camila s'assécha tandis que la voix de l'homme devenait plus sourde. Autour d'eux, les gens discutaient, les verres s'entrechoquaient et les pieds raclaient le sol, mais Camila n'entendait que lui.

— Vous aimeriez tester mon endurance ?

Et l'assombrissement de ses yeux lui indiqua que ses propres pensées sur la façon dont il aimerait le faire correspondaient aux siennes. Ce n'était pas la panique qui faisait battre son cœur plus vite, mais… l'excitation ? Les hommes qu'elle rencontrait d'ordinaire étaient directement liés à son travail. Les conventions médicales l'occupaient bien trop pour qu'elle envisage de nouer des liens qui ne serviraient pas ses recherches. Mais Niko… Il y avait quelque chose de magnétique en lui.

Le regard de Niko se détourna d'elle une seconde, mais ce fut suffisant pour qu'elle le surprenne – avant de laisser échapper un profond soupir quand le visage familier du responsable de la presse de l'événement s'approcha d'eux.

— Ce n'était qu'une question de temps, dit Niko, et elle était certaine qu'un soupçon de regret teintait sa voix.

Un regret qu'elle sentait poindre dans son propre ventre. Elle n'était pas prête à reprendre ses fonctions de chercheuse et de médecin. Pas quand Niko lui avait si facilement permis de simplement… être. De ne pas se soucier de la façon dont elle se présentait ou de qui elle essayait d'impressionner.

Camila hésita à lui demander d'attendre. Mais cette idée disparut aussi vite qu'elle lui était venue. Bien sûr que non. Il trouverait quelqu'un d'autre à cette soirée, une personne bien plus facile à mettre dans son lit – et aussi probablement plus douée pour cela. Pourquoi l'attendrait-il alors qu'ils ne se connaissaient que depuis une demi-heure ?

— Enchantée de vous avoir rencontré, dit-elle à Niko, et elle se retourna avec son plus beau sourire médiatique vers l'homme missionné pour la conduire vers le journaliste désireux de parler de son travail.

Les « brèves questions » du journaliste qui avait obtenu une invitation à une soirée qu'on lui avait promise « réservée aux médecins » s'étaient muées en une interview complète

La notoriété était l'aspect de ses recherches qu'elle appréciait le moins, mais elle devait admettre que cela avait ouvert beaucoup de portes qui étaient restées fermées avant que les gens ne commencent à s'intéresser à elle. Pourtant, durant l'interview, elle n'avait cessé de penser à l'homme qu'elle avait rencontré – et à son effet sur elle. Camila se demandait avec quelle chanceuse il avait choisi de rentrer chez lui, car il n'était pas question qu'il rentre seul…

Épuisée par trop de discussions, elle était à présent assise sur un canapé niché à l'écart dans un couloir qui menait aux toilettes, cachée de ceux qui voulaient lui parler.

Des bruits de pas retentirent dans le couloir et Camila sortit rapidement son téléphone de son sac, feignant d'être absorbée par son contenu pour que l'indésirable ne pense pas à lui parler. Son ventre se noua quand les pas ralentirent, puis s'arrêtèrent, juste à côté du canapé qu'elle occupait.

— Je pensais que vous étiez partie, dit une voix familière, et ses yeux se levèrent pour se heurter aux yeux brun-vert dans lesquels elle avait regardé plus tôt dans la soirée.

— Docteur… Niko, bredouilla-t-elle, se détendant au petit sourire qui se dessina sur les lèvres de l'homme.

Une fébrilité brûlante l'envahit presque instantanément, la laissant dans cet espace d'étrange désir pour lui qui l'avait absorbée tout au long de leur conversation. De toutes les discussions qu'elle s'était forcée à mener, la brève qu'elle avait eue avec lui ne lui avait demandé aucun effort.

— Niko, c'est très bien, si je peux vous appeler Camila.

Elle lâcha un rire, puis hocha la tête et indiqua la place à côté d'elle sur le canapé.

— Vous me rendriez service. Ces conférences et ces discussions sont toujours si formelles. Nous sommes tous médecins ici. Pouvons-nous le reconnaître et laisser tomber les titres honorifiques ?

— Sauf erreur de ma part, Camila, on dirait que vous vous cachez.

Entendre son nom dans sa bouche la fit frissonner et elle inspira à fond. Ce n'était pas une réaction dont elle était coutumière, même avec un homme aussi objectivement séduisant que Niko.

Sa mère le lui avait bien appris : les hommes se lassaient assez vite et couraient après le prochain jupon, quel que soit l'engagement qu'ils avaient pris. Les remarques de sa mère l'avaient accompagnée toute sa vie, faisant en sorte que chaque liaison reste passagère. Elle s'était dit que cela ne la dérangeait pas. Que le travail passait avant tout. Qu'être juste la femme de quelqu'un ne l'intéressait pas. Mais même un simple flirt comme celui-ci lui donnait l'impression d'être dépassée, car elle n'entendait que la voix de sa mère qui la mettait en garde. Niko finirait par s'ennuyer, comme tous les autres, même s'il n'en donnait pas l'impression.

Mais quelle était la fiabilité d'un homme qui draguait des femmes à l'*after* d'une conférence médicale ? Et d'ailleurs, pourquoi s'en soucier ? Ce n'était pas comme si elle cherchait un petit ami. Sa vie était déjà bien remplie.

— Et je suppose que vous n'avez pas pu vous empêcher de vous immiscer dans le seul répit de cette pauvre âme…

Elle mit un petit air enjoué dans sa voix et Niko rit.

— Si vous le dites comme ça, j'ai vraiment envie de m'attarder un peu plus.

Une étincelle s'alluma dans ses yeux et il glissa sa main sous sa veste. Lorsqu'il la ressortit, il tenait une mince flasque.

— Permettez-moi de vous offrir un peu d'encouragement liquide pour vos problèmes.

Camila hésita quand il dévissa la flasque et la lui tendit. Leurs doigts se frôlèrent lorsqu'elle la prit, et une décharge électrique la traversa, comme amplifiée par ce petit contact. Elle huma le contenu de la flasque. De douces notes d'épices et de chêne lui montèrent aux narines. Un vin fruité ?

Elle l'observa tout en portant la flasque à sa bouche, jusqu'à ce que le liquide sucré touche sa langue. Le goût n'avait rien à voir avec ce qu'elle attendait d'un alcool sortant d'une flasque, et quand elle l'abaissa et regarda Niko, elle perçut une lueur de *quelque chose* dans ses yeux. Bien que ne sachant comment appeler cette intention silencieuse, elle suffit à lui susciter un nouveau frisson. Elle sourit.

— Vous trimballez du vin dans une flasque ?

— Pas tout à fait du vin. Le Metaxa est un brandy aromatisé au vin muscat. La boisson idéale après le dîner.

— Metaxa, répéta-t-elle... Vous avez l'habitude d'apporter des flasques aux conférences médicales ?

— Oh ! oui, absolument. Comment ferais-je pour parler à tant de gens ennuyeux si je n'en faisais pas un jeu ?

Il lui reprit la flasque et Camila l'observa avec la concentration d'un prédateur la porter à sa bouche. Il prit une gorgée et en dégusta la saveur avec un petit grognement approbateur qui se propagea quelque part au plus profond d'elle. Puis il ajouta :

— De plus, je me délecte à l'idée de ce que mon père aurait dit s'il savait que son fils se soûlait tout en parlant à des personnes importantes dans le domaine de la cardiologie. C'est un peu un surcroît de plaisir que je prends à ses dépens.

Les yeux de Camila s'arrondirent à ces mots ambigus.

— Votre père est également chirurgien cardiologue ?

L'étincelle dans son regard s'éteignit, comme si elle avait franchi une ligne invisible.

— Il l'était, oui, répondit Niko d'une voix devenue glaciale, ôtant à Camila toute envie d'être indiscrète.

Il avait utilisé le passé, ce qui pouvait signifier beaucoup de motifs. Mais il y avait un conflit dans ses yeux, et un certain instinct en elle lui disait qu'il n'aurait pas l'opportunité de résoudre ce conflit – et qu'elle ne devrait pas poser plus de questions. Ce qui était tout aussi bien, car s'il y avait une chose qu'elle comprenait, c'était d'avoir des problèmes avec un parent qui n'étaient pas résolus.

Il referma la flasque et la glissa dans sa poche, et lorsqu'il se retourna, ce qui le gênait avait disparu de ses traits, remplacé par cette intention que Camila ne parvenait pas à saisir. Ou plutôt, ce qu'elle voulait ce que cela signifie était si lointain qu'elle n'arrivait pas à y croire. Le brasier sous sa peau ne cessait de croître à chaque regard du jeune homme.

— J'aimerais mieux en savoir davantage sur vous, dit-il en se penchant vers elle, son souffle effleurant ses joues.

Sur elle ? Camila hésita, le mélange de sa proximité et de sa senteur rendant la réflexion plus difficile.

— Qu'y a-t-il à dire ? Mon laboratoire se trouve en Suisse, où je suis née. Ma biographie figure dans la documentation de la conférence, répliqua-t-elle.

Niko sembla avoir saisi l'allusion, car il éclata de rire.

— Oui, oui, vous êtes une cardiologue helvético-brésilienne qui a étudié au Royaume-Uni avant d'ouvrir son propre laboratoire. Mais je ne cherche pas les informations que l'on peut trouver dans la *biografia* de quelqu'un.

Son accent changea sur ce dernier mot, ce qui amena Camila à se demander d'où il pouvait venir. Le nom de Niko ne lui donnait pas assez d'indications. Ce qui valait peut-être mieux. Ils pouvaient laisser ce qui les liait ici, à Vancouver.

— Alors, posez-moi une question. Qu'est-ce que vous voulez savoir ?

Son sourire électrisa sa peau. Un sourire rempli de la même intention que celle qu'elle pouvait lire dans ses yeux. Elle réalisa qu'elle venait de lui donner la permission de poser *toutes* les questions qui lui passaient par la tête.

— Qu'est-ce que vous aimez faire pour vous distraire ?

Camila battit des cils. Ce n'était pas la question à laquelle elle s'attendait. Elle répondit en hésitant.

— Ce que j'aime… ? Je n'ai pas eu beaucoup de vie en dehors de mes recherches ces dernières années.

Est-ce que c'était triste ? Camila n'en était pas sûre. Elle s'était consacrée à ses recherches dès son entrée à l'école de médecine, voulant prouver à sa mère qu'elle ne pouvait pas se contenter d'être une épouse. Qu'elle pouvait faire plus. Mais Mariana n'avait pas été impressionnée du tout, à tel point que Camila ne savait pas pourquoi elle continuait à essayer. Elle avait fini par accepter que leur relation ne serait jamais davantage qu'une conversation polie sur le temps qu'il faisait, et une esquive des questions sur sa vie privée. Parce que celles-ci se terminaient toujours par un discours sur le fait que son père les avait quittées pour une autre femme – et que Camila devait aussi accepter ce destin.

Était-ce la raison pour laquelle elle n'avait jamais pris la peine de laisser ses relations aller au-delà du superficiel ? Elle n'en savait rien, elle ne s'était jamais sentie assez sûre d'elle pour examiner ces sentiments. Le travail était tout ce dont elle avait besoin, même si cela signifiait qu'elle ignorait comment répondre à la question de ce bel homme.

Et bon Dieu, il était *très* beau, et maintenant assez proche pour que son doux parfum de mer et de terre dérive jusqu'à elle. Une odeur enivrante qui lui donnait le vertige.

— Peut-être que si vous me disiez ce que *vous* aimez faire pour vous distraire, je pourrais en apprendre sur vous, dit-elle, s'accrochant à la première chose qui lui venait à l'esprit.

Le sourire de Niko s'élargit et la lueur dans ses yeux lui fit penser qu'il avait en quelque sorte voulu que ce soit sa réponse. Songeait-il déjà à quelque chose à lui apprendre ?

Le bras posé sur le dossier du canapé, il déploya ses doigts jusqu'à ce qu'ils soient juste près de son épaule. Il ne dit rien pendant quelques secondes, puis il enroula une mèche de ses cheveux autour de son index, caressant doucement la boucle avec son pouce. Ses yeux étaient fixés sur sa main, comme s'il devait surveiller ce que faisaient ses doigts, et quand il leva enfin les yeux vers elle, Camila sursauta devant l'intensité de son regard.

— Je ne suis pas sûr qu'il soit poli de dire ce que j'aimerais faire alors que nous venons à peine de nous rencontrer, dit-il, la voix basse et rauque.

La crispation dans son bas-ventre suffit à faire comprendre à Camila ce qu'elle pensait de cette proposition. Curieusement,

Niko possédait une qualité qui ne nécessitait aucun effort de sa part à elle pour tenir la conversation. Après la semaine passée au congrès, elle n'avait pas pensé qu'elle serait prête pour une nuit de sexe sans lendemain. Ce n'était peut-être pas une rencontre sociale traditionnelle, mais cela demandait quand même des efforts et de la communication – des choses qui étaient sérieusement entravées quand son énergie sociale était réduite à néant comme c'était le cas en ce moment.

Mais avec Niko… La conversation n'avait jamais paru guindée ou ressemblé à une corvée. Non, d'une certaine manière, le désir qui montait entre eux l'avait imprégnée avec une telle intensité qu'elle ne se sentait même plus fatiguée. La légère ivresse y était sans doute pour quelque chose.

Elle se mordit la lèvre inférieure quand ses doigts effleurèrent son épaule alors qu'il rassemblait un peu plus de ses cheveux, et au petit son qu'il émit, elle sut que sa petite réaction avait eu l'effet escompté.

— Je serais partante pour ce type de distractions, dit-elle en inclinant la tête pour que ses doigts touchent sa joue.

Niko relâcha lentement son souffle, ses doigts toujours entrelacés à ses cheveux se déplaçant sur sa joue jusqu'à ce que sa main recouvre son visage. Camila cessa de respirer quand il se pencha suffisamment près pour qu'elle puisse voir où le vert de ses yeux se fondait dans le brun.

— Ma suite est à l'étage, dit-il, son visage à présent si proche que leurs nez se touchaient presque.

Une suite dans *cet* hôtel ? C'était bien au-dessus de ses propres moyens. Son hôtel, beaucoup plus modeste, n'était pas loin du lieu de la conférence, mais même sa chambre double lui paraissait somptueuse. Comment pouvait-il se permettre cela ? Où avait-il dit qu'il travaillait ?

Ces pensées quittèrent son esprit tandis qu'une vague électrique la submergeait lorsque Niko combla l'espace qui les séparait encore et effleura ses lèvres des siennes. Des questions qu'elle ne se souvint pas de poser le lendemain matin, lorsqu'elle se faufila hors de la suite avant le lever du soleil.

2

Une migraine martelait les tempes de Camila, et elle appuya la tête contre la vitre de la voiture, dont la fraîcheur apaisa un peu la nausée qui l'envahissait. Les rues d'Athènes défilaient lentement, les bâtiments s'élevant de plus en plus hauts à mesure qu'ils pénétraient dans le centre-ville. Leur destination était l'Athena Cardiac Institute, où elle serait consultante sur un cas jusqu'à ce qu'il soit résolu. Au vu de la complexité de la cartographie génétique du patient, elle s'attendait à rester ici au moins un mois, probablement deux.

Chaque tournant de rue la rapprochait du bâtiment qui renfermait tant de connaissances et d'expertise dans son domaine – et l'homme à sa tête.

Nicolas Vassilis.

Camila connaissait l'existence de son père, Stavros Vassilis, dont le décès avait marqué le monde de la cardiologie. C'était lui qui avait créé l'hôpital et en avait fait une destination privilégiée pour les opérations chirurgicales et la recherche. Lorsque Camila avait entrepris de devenir une experte dans ce domaine, elle avait espéré avoir un jour l'occasion de collaborer avec l'institut et d'ajouter son nom à son histoire. Aujourd'hui, elle n'était plus aussi sûre de le souhaiter, et tout dépendait de la personne qui dirigeait maintenant l'institut. De la manière dont ils allaient interagir l'un avec l'autre depuis cette nuit à Vancouver.

Ce n'était pas lui qui l'avait invitée, et Camila n'avait compris qui il était qu'après avoir accepté d'apporter son expertise sur le dossier. L'assistante de Nicolas Vassilis lui avait envoyé un mail la conviant à rencontrer le directeur médical de l'institut. Un coup d'œil sur le site Internet de l'hôpital lui avait fait écarquiller les yeux de stupeur – et les souvenirs de leur nuit à Vancouver lui étaient revenus en mémoire.

Ces souvenirs n'aidaient pas à soulager sa nausée, dont elle n'arrivait pas à déterminer la source. Camila n'était pas quelqu'un de nerveux. Elle avait pris la parole devant des foules entières et été interviewée pour des publications prestigieuses. Avec le succès grandissant de ses recherches, elle s'était habituée aux feux de la rampe. Rencontrer quelqu'un d'aussi important que Nicolas Vassilis ne devrait pas l'ébranler du tout.

Non, ce malaise l'avait constamment accompagnée au cours des dernières semaines, et elle se demandait si elle ne travaillait pas trop. Avec son emploi du temps imprévisible, il y avait de fortes chances qu'elle subisse les conséquences d'une mauvaise alimentation et d'une déshydratation.

La voiture s'arrêta enfin et Camila leva les yeux. L'Athena Cardiac Institute se dressait, tout de pierre blanche étincelante. Avec sa façade presque entièrement vitrée, la pierre marbrée mariait le style grec classique à l'aspect moderne du verre et de l'acier. De la végétation bordait les marches, lui donnant un aspect de patio confortable. Des gens en blouse se mêlaient à ceux en vêtements de ville, debout ou assis ensemble, profitant du soleil de l'après-midi à Athènes.

Une nouvelle vague de nausée traversa Camila et elle ferma les yeux une seconde, inspirant à fond. Cela n'avait pas à être gênant. Elle ferait simplement comme Niko. S'il voulait feindre qu'ils se rencontraient pour la première fois, elle était d'accord. Et sinon… eh bien, dans tous les cas, elle le découvrirait bien assez tôt.

Elle remercia le chauffeur qui lui ouvrit la portière, puis elle monta les marches jusqu'à la porte d'entrée, voulant que son cœur s'arrête de battre dans sa gorge.

— Bienvenue dans notre hôpital, docteur Pereira Frey. Je ne peux pas vous dire à quel point nous sommes heureux de vous accueillir. C'est un honneur, vraiment. Je vais vous escorter personnellement jusqu'au bureau de Niko.

Le Dr Emilia Seo l'avait accueillie à la sortie de l'ascenseur. Camila sourit en lui serrant la main. C'était Emilia, chef du service de cardiologie de l'institut, qui l'avait approchée en vue d'une collaboration.

— Tout le plaisir est pour moi. On dirait que vous avez un cas intéressant sur les bras.

Elle devait encore se familiariser avec le cas en question pour formuler des recommandations, mais ce qu'elle avait vu s'avérait à coup sûr intriguant. Les athlètes de haut niveau pouvaient, parfois et sous certaines conditions, être sujets à une insuffisance cardiaque. Mais dans ce cas, tous ces facteurs ne s'appliquaient pas, ce qui en faisait un mystère médical qu'ils espéraient élucider grâce à ses recherches.

— Oui, et nous avons hâte d'avoir votre avis. Niko était ravi d'apprendre que nous avions obtenu votre expertise. Il se réjouit que l'Athena Institute participe à vos recherches.

Camila acquiesça. Le Niko qu'elle avait rencontré à Vancouver s'était montré très intéressé par elle – mais cela n'avait rien à voir avec ses recherches. C'était la raison pour laquelle elle lui avait rendu la pareille. Et pour laquelle ils avaient passé la nuit ensemble. Elle ne pouvait imaginer qu'il devienne subitement enthousiaste à cause de ses recherches.

Mais au moins, Camila savait maintenant que Niko l'attendait, et apparemment avec enthousiasme.

— J'ai eu le plaisir de le rencontrer il y a six semaines lors d'une conférence à Vancouver, dit-elle.

Elle avait remarqué la désinvolture avec laquelle le Dr Seo l'appelait par son prénom. Était-il familier avec tout son personnel ? Cela correspondrait à l'image qu'elle avait de lui.

Elles s'arrêtèrent devant une réception, et Camila aperçut pour la première fois le bureau de Niko par la porte ouverte. Son cœur cogna en une réaction malvenue. Elle était ici pour son travail et non pour ce qui pourrait persister entre eux après la nuit qu'ils avaient passée ensemble.

— C'est ici que je vous laisse. J'ai hâte de commencer demain, ajouta le Dr Seo en indiquant la porte ouverte.

La femme assise derrière la réception se leva en souriant pour saluer Camila.

— Nicolas vous attend déjà, dit-elle, et cette petite information insignifiante fit monter le pouls de Camila.

Tâchant de se ressaisir, elle suivit la femme sur les quelques pas qui les séparaient du bureau ouvert et la regarda frapper avant d'annoncer son arrivée. Un bruissement de papiers emplit l'air, puis la voix trop familière lança :

— Entrez, je vous en prie.

Camila afficha son plus beau sourire en reprenant son souffle, sachant qui elle rencontrerait à nouveau dans cette pièce – et cela ne suffit pourtant pas pour la préparer à l'impact que Nicolas Vassilis avait sur elle.

Il était habillé de la même façon que ce soir-là, une chemise blanche impeccable et un pantalon noir sur mesure. Mais cette fois, les manches étaient retroussées, révélant les muscles toniques et bien dessinés de ses avant-bras. Les mêmes bras qu'elle avait sentis s'enrouler autour d'elle six semaines plus tôt, la serrant contre lui alors qu'ils trouvaient l'apaisement de leurs sens l'un dans l'autre. Leur vue la fit frissonner. Elle essaya de ravaler la soudaine bouffée de désir qui l'inondait, mais ce fut inutile.

Parce qu'alors que son cerveau intégrait l'intensité de sa présence devant elle, Nicolas fit l'impensable – il sourit. Ses lèvres s'écartèrent, révélant ses dents blanches et droites tandis qu'il se levait de sa chaise et s'avançait vers elle. Le cerveau de Camila disjoncta. Même si elle avait envisagé plusieurs scénarios sur la façon dont cette première rencontre après leur nuit ensemble pourrait se dérouler, cette effusion était inattendue. Elle s'attendait tout au plus à une amabilité professionnelle, mais certainement pas à une telle… joie ?

Cela lui vola le peu d'air qui restait dans les poumons.

— Camila, c'est si bon de te revoir, dit-il. Bienvenue dans mon hôpital.

Niko se tenait maintenant devant elle, la senteur familière de terre et de mer l'enveloppant, et elle sourit en retour lorsqu'il posa une main sur son bras nu, se penchant pour effleurer sa joue d'un baiser.

Puis il demanda à la secrétaire de les laisser. Sa voix était aussi basse que dans sa mémoire, faisant remonter des souvenirs qu'elle avait voulu garder occultés.

Il y avait peut-être un lien entre eux, mais elle était néanmoins là pour le travail. Elle s'assit sur le siège qu'il lui désigna au moment où la porte se refermait et elle osa enfin le regarder. Ses yeux pétillaient chaleureusement, un petit sourire se dessinant encore sur ses lèvres.

Ce n'est que lorsque le silence s'approfondit qu'elle réalisa qu'elle n'avait rien dit depuis qu'il l'avait saluée – elle l'avait seulement fixé du regard, en fait.

— C'est bon de te revoir aussi. Et si vite, dit-elle, lâchant la première chose qui lui vint à l'esprit.

Comment pouvait-il être aussi serein ? Soit il avait un visage incroyablement impénétrable, soit… il avait peut-être simplement l'habitude de coucher avec des femmes dans le milieu médical. Suffisamment pour qu'en rencontrer une à nouveau ne soit pas un problème pour lui.

Il émit un petit rire, qui fit comme une caresse sur sa peau.

— Je sais, je ne m'y attendais pas du tout, mais j'ai été agréablement surpris quand Emilia a suggéré qu'elle aimerait te faire venir pour collaborer à un cas très médiatique.

Camila hocha la tête, un semblant de calme revenant en elle. Le travail, oui. C'est de cela qu'elle voulait parler.

— Alexis Theodorou. Je n'ai pas lu grand-chose de son dossier, mais l'affaire semble intrigante. Je n'ai pas encore travaillé sur un nageur olympique.

— Tu as recueilli des données sur d'autres athlètes professionnels dans le cadre de tes recherches ? demanda-t-il.

Emilia lui avait clairement demandé son avis avant de l'engager, ce qui expliquait peut-être son flegme. Il savait qu'elle viendrait ici bien avant qu'elle-même l'apprenne.

— Quelques-unes, oui. Les athlètes aiment faire une cartographie génétique pour leur entraînement, donc certaines de ces données étaient disponibles grâce à d'autres laboratoires. Le tableau est assez intéressant. J'ai aussi reçu des données d'un vétérinaire qui étudie des chiens clonés, et les problèmes de santé majeurs avaient une correspondance presque biunivoque avec ceux du chien d'origine.

— Même si certains problèmes de santé peuvent être évités grâce à un régime alimentaire différent ou à une routine d'exercice ? insista Niko, visiblement emballé.

— Tu serais surpris de voir à quel point notre vie est déjà inscrite dans notre ADN.

— J'ai hâte de l'apprendre.

Il lui adressa un nouveau sourire, aussi dévastateur que quelques minutes auparavant, et Camila fut soulagée d'être assise. La nausée la taraudait encore en sourdine. Associée à la tension que lui procurait la proximité de Niko, sa concentration ne tenait qu'à un fil.

— Alexis n'est arrivé chez nous que depuis quelques jours et nous avons déjà rencontré certains obstacles. La Fédération hellénique de natation demande de les tenir au courant toutes les heures, et je passe trop de temps à leur parler alors que je devrais parler au patient, dit-il d'une voix soudain un peu tendue, sans qu'elle comprenne pourquoi.

— Tu travailles activement sur ce cas ?

— J'essaie de rester impliqué. Le fait que je dirige l'institut est une nouveauté. J'étais chirurgien en chef dans un autre hôpital avant d'endosser le rôle de directeur médical ici. Même si je passe le plus clair de mon temps dans ce bureau, j'estime qu'il est bon de continuer à pratiquer.

— La transition a dû être difficile, devoir faire le deuil de ton père tout en assumant l'héritage de l'Athena Institute. J'ai été triste d'apprendre le décès du Dr Vassilis.

Elle ne l'avait jamais rencontré, mais avait suffisamment entendu parler de l'institut pour l'apprécier en tant que leader dans le domaine. Ce bâtiment avait produit nombre des médecins avec lesquels elle travaillait aujourd'hui en étroite collaboration, ce qui témoignait de ses qualités de dirigeant.

Quelque chose s'éteignit dans les yeux de Niko.

— C'est une nouvelle ère pour l'Athena Institute, se contenta-t-il de dire d'un ton sec, et Camila ne savait pas si la distance qui apparaissait entre eux était réelle ou imaginaire.

Niko ne pouvait pas s'enfermer dans son animosité envers son père. Stavros n'était plus là, et Niko allait changer la stratégie de l'Athena Institute. Il n'avait pas pensé revoir Camila si vite. Ses pensées s'étaient souvent égarées vers le souvenir de leur nuit ensemble. Les recherches de Camila étaient brillantes, sa détermination admirable, et son corps avait été son sujet d'exploration préféré depuis longtemps.

Son premier réflexe lorsqu'Emilia l'avait approchée pour une éventuelle collaboration avait été de refuser. Mélanger travail et plaisir n'était pas dans ses habitudes. Mais les arguments d'Emilia avaient été solides, les références à la recherche suffisamment intéressantes pour les deux parties. Il finit donc par dire oui, en se promettant de ne pas recommencer avec Camila. Ils avaient passé une nuit à Vancouver en tant qu'adultes consentants. Ils pouvaient sûrement travailler ensemble sans que ce soit gênant.

Sauf que son désir l'avait déjà tenaillé à la seconde où elle avait franchi sa porte. Sa courtoisie professionnelle avait fondu en sa présence toute proche, jusqu'à ce qu'il ne puisse plus s'empêcher de vouloir la toucher. Déposer un baiser sur sa joue douce et respirer son parfum une fois de plus.

Peut-être que cela pourrait être un avantage supplémentaire à leur collaboration. Il n'y avait rien de mal à s'amuser un peu à côté, tant que les enjeux restaient clairs. Mais c'était une proposition pour plus tard, s'il voulait encore s'engager dans cette voie avec elle. Ou plutôt, s'il arrivait à se convaincre qu'il était sage de le faire – car il en avait *vraiment* envie.

— Je serai là demain matin pour la première réunion avec Emilia et Alexis, poursuivit-il, réorientant la discussion dans la direction qu'il souhaitait.

Moins ils parleraient de Stavros, mieux ce serait. Son père avait apporté suffisamment de malheurs à beaucoup trop de personnes qui étaient venues à l'hôpital pour chercher le soutien des meilleurs spécialistes dans le domaine de la cardiologie. Niko avait été consterné d'apprendre le nombre d'interventions inutiles que Stavros et ses acolytes avaient pratiquées simplement parce que des familles vulnérables étaient paniquées à propos d'un être cher. Se débarrasser de tous ceux qui avaient participé à cette combine avait été sa première action en tant que directeur médical, et le temps que cela avait pris l'avait exaspéré. Mais il ne pouvait pas non plus prendre le risque que l'hôpital ne fonctionne plus.

— Tu tutoies tous les membres de ton personnel ? demanda Camila, le sortant de ses pensées.

— J'essaie, mais je respecte les préférences de chacun. La communication informelle est importante, surtout dans les situations de forte pression. Comme me l'a dit un jour une femme intelligente, nous savons tous que nous sommes médecins, alors autant laisser tomber les titres honorifiques.

Son corps s'embrasa quand elle s'esclaffa, lui suscitant exactement la réaction qu'il voulait éviter.

— Après ce cas, tu te souviendras de moi pour beaucoup plus de choses, répliqua-t-elle, sa voix frôlant le ton aguichant qui l'avait mis à genoux cette nuit-là à Vancouver – plusieurs fois d'affilée.

— C'est une promesse intéressante.

Sa voix se fit plus grave et il se pencha davantage, encouragé par la façon dont elle le regardait à travers ses paupières baissées. Cette étincelle entre eux n'avait clairement pas été quelque chose de ponctuel. Mais il ne pouvait pas se laisser emporter par l'euphorie de lui courir après. Pas alors qu'il devait se concentrer sur l'hôpital.

Toutefois… peut-être devrait-il voir s'ils pouvaient retrouver leur connexion. Elle était ici maintenant, après tout, et il n'avait pas réussi à la sortir de sa tête. Peut-être qu'une autre nuit avec elle le guérirait de ces séquelles particulières.

— Tu veux dîner avec moi ce soir ? demanda-t-il.

L'empourprement de ses joues était exquis et lui indiquait qu'elle savait ce qu'il voulait dire. Que le dîner n'était qu'un prétexte. Sa lèvre inférieure disparut entre ses dents et lorsqu'elle la mordit, le désir envahit Niko.

Puis elle répondit :

— Si tu as le temps. Je ne voudrais pas te déranger.

Il sourit. Sa soirée était soudain devenue beaucoup plus intéressante. Il se leva pour prendre une carte de visite dans un tiroir, qu'il tendit à Camila, debout elle aussi.

— Je viendrai te chercher à l'hôtel ce soir. Mais voici ma carte au cas où tu aurais besoin de quoi que ce soit.

Il marqua une pause quand leurs doigts se frôlèrent.

— Tu es mon invitée, alors n'hésite pas.

Elle acquiesça, avec un sourire presque timide, mais qui le toucha au plus profond de ses tripes. Cette femme était absolument magnifique. Il ne pouvait pas la quitter des yeux, et il ne put s'empêcher de tendre la main et d'enrouler une mèche de ses cheveux autour de son doigt. Comme il l'avait fait sur le canapé à la réception après la conférence.

Un pas, et il était assez près pour la toucher. Sa main libre se posa sur sa taille et elle tourna son visage vers le sien, le regardant à travers d'épais cils. Il inclina la tête et…

Un coup frappé à la porte les interrompit. Camila sursauta, les yeux écarquillés, et recula. La mèche de cheveux tomba de sa main et ne laissa que le fantôme d'une caresse soyeuse sur sa peau. La secrétaire ouvrit la porte et passa la tête.

— On vous attend en chirurgie, dit-elle, puis elle ajouta à l'attention de Camila : Dois-je dire à la voiture qu'elle peut venir vous chercher ?

Niko allait dire oui quand Camilla murmura non.

— J'aimerais me dégourdir un peu les jambes. L'hôtel n'est pas loin et j'ai mon téléphone, je vais me débrouiller pour trouver mon chemin. Mais je vous remercie.

Sa voix trembla légèrement en disant cela, et Niko la fixa. Mais le bourdonnement de son téléphone dans sa poche attira son attention. Le bloc opératoire le bipait. Il sourit à Camila.

— Je dois y aller, mais... Je te verrai ce soir.

3

Camila avait atrocement mal à la tête quand elle arriva au centre de santé sans rendez-vous qu'elle avait trouvé près de l'Athena Institute. Tout en elle avait basculé lorsque Niko l'avait regardée, et son attention avait suffi à chasser toute nausée persistante. Mais celle-ci était revenue en force au moment où ils mettaient fin à leur réunion.

S'agissait-il d'une mauvaise alimentation, ou avait-elle juste trop sollicité son corps avec tous ses voyages et ses journées à rallonge ? Les nausées et les maux de tête étaient suffisamment constants pour qu'elle cherche de l'aide.

L'infirmière s'assit en face d'elle avec un bloc et déroula une liste de questions auxquelles Camila s'attendait. Son nom, son âge, son poids précis après lui avoir demandé de monter sur la balance – Camila fronça les sourcils en voyant que le chiffre était plus élevé que la dernière fois qu'elle s'était pesée. Puis l'infirmière demanda :

— Et quand avez-vous eu vos dernières règles ?

Camila vérifia la date sur sa montre connectée. Ses dernières règles remontaient à deux semaines – ou plutôt, elle s'était attendue à les avoir deux semaines plus tôt. Elle s'était rendue à une autre conférence en Amérique du Sud, et s'était demandé si les crampes associées allaient interrompre son travail, mais… ce n'était pas arrivé.

Sa voix tremblait lorsqu'elle répondit :

— Je crois que cela fait huit semaines.

L'infirmière eut un sourire bienveillant et nota sa réponse.

— Y a-t-il une chance que vous soyez enceinte ?

La question s'enfonça dans sa conscience comme une pierre, les souvenirs de la nuit à Vancouver lui revenant en mémoire. Ce n'était pas possible, n'est-ce pas ? Ils en avaient parlé avant de faire quoi que ce soit. Elle prenait la pilule et Niko… avait utilisé un préservatif. Comment pourrait-elle être enceinte ? Mais les symptômes disaient le contraire.

Camila ravala la boule dans sa gorge et dit que oui.

Après avoir rempli le formulaire, l'infirmière prit ses constantes et des échantillons pour les tests habituels. Camila était maintenant assise dans la petite salle d'examen, fixant la plaque sur le bureau, laquelle indiquait « Dr Thea Kostas. »

La porte s'ouvrit et une petite femme aux cheveux courts entra, un dossier à la main.

— Bonjour, désolée pour l'attente. J'étais en train de regarder les résultats du test, expliqua-t-elle en s'asseyant avec un sourire. L'infirmière dit que vous vous plaignez de nausées et de maux de tête depuis un certain temps ?

— Oui, c'est exact. J'ai beaucoup voyagé au cours des huit dernières semaines, je voulais donc exclure tout ce qui pouvait être lié à cela. C'est peut-être juste de la fatigue, mais je ne l'ai jamais ressentie de manière aussi persistante.

Le sourire amical du médecin ne la mit à l'aise que l'espace d'une seconde, avant que cette dernière se replonge dans ses notes. Elle retourna un papier, lisant son verso. N'étant pas familière de la langue et de l'alphabet grec, Camila ne pouvait rien grappiller qui puisse l'aider à anticiper les résultats. Et si c'était vraiment… ?

— Bon, dit le Dr Kostas. Nous pouvons confirmer que le test de grossesse est positif. Étant donné la date de vos dernières règles, vous êtes à huit semaines d'aménorrhée, ce qui situe votre grossesse dans le deuxième mois.

Les mots du médecin s'abattirent sur Camila à une vitesse vertigineuse qui lui coupa le souffle.

Enceinte. Elle était enceinte.

— Deux mois ?

La nouvelle était si choquante qu'elle n'arrivait même pas à assimiler ce chiffre. Avait-elle oublié de prendre la pilule ?

— Je comprends que ce soit une nouvelle inattendue pour vous, poursuivit le Dr Kostas, sans doute habituée au silence stupéfait des femmes confrontées à une grossesse imprévue. Avez-vous des pensées ou des préoccupations immédiates dont vous aimeriez discuter ?

Camila leva les yeux de ses mains nouées sur ses genoux.

— Y a-t-il des recommandations particulières de prévention prénatale à ce stade de la grossesse ?

Elle ne savait pas quoi penser de la nouvelle, mais il y avait un sujet qui ne l'avait jamais déçue dans sa vie : la médecine. Si elle pouvait comprendre les prochaines étapes d'un point de vue médical, elle pourrait gérer ses émotions avec le temps. Le Dr Kostas se leva et ouvrit le meuble derrière elle, en sortit des plaquettes de comprimés. Elle les posa sur le bureau puis ajouta par-dessus une carte de visite.

— Voici quelques échantillons de vitamines prénatales. Elles sont toutes en vente libre, vous pouvez donc les acheter dans n'importe quelle pharmacie. Il est important de veiller à votre santé et à celle du bébé en réduisant le stress et les substances nocives. Enfin, vous devriez envisager de prendre rendez-vous avec un obstétricien pour vos soins prénataux.

Elle tapota la carte de visite avec son doigt et reprit :

— Il s'agit d'une de mes amies qui a sa propre clinique à proximité. Si vous l'appelez et lui dites que je vous ai recommandée, elle fera en sorte de vous recevoir.

Camila glissa le tout dans son sac avant de relever les yeux vers le regard compatissant du médecin. Elle ne savait pas quoi demander d'autre, ni même ce que le Dr Kostas pouvait lui dire. Bien que ce ne soit pas sa spécialité, elle en savait assez sur la grossesse pour en comprendre les mécanismes. Son manque de compréhension n'était pas d'ordre médical, mais émotionnel.

Elle se força à hocher la tête, l'esprit en ébullition. Encore sous le choc, elle ne pouvait même pas envisager les conséquences de cette nouvelle – sur elle et sur sa carrière. Son rôle exigeait tant de déplacements. Comment cela fonctionnerait-il ? Comment l'annoncer au père ?

Niko.

Une nuit qui devait être sans importance avait changé sa vie pour toujours.

La main de Camila se posa sur son ventre encore plat, berçant la vie qui venait d'apparaître, juste comme ça. La responsabilité pesait lourd sur ses épaules, et les murs de la petite salle d'examen l'oppressaient soudain. Elle avait besoin d'air, d'espace pour respirer. Se levant d'un bond, Camila saisit son sac.

— Merci pour votre clarté, docteur Kostas, et pour votre recommandation. Je ne manquerai pas de contacter votre collègue. Si vous voulez bien m'excuser…

Alors qu'elle se précipitait dehors, la voix de sa mère se fit plus forte dans sa tête, l'avertissant de l'énorme bourde que c'était. Dès qu'il l'apprendrait, il partirait, comme l'avait fait son père, faisant d'elle une mère célibataire élevant son enfant tout en travaillant. Ils finissent tous par partir, avait dit Mariana, et Camila n'était jamais restée assez longtemps pour le découvrir. Avec son travail qui lui prenait tellement de son temps, elle n'avait jamais cherché personne qui valait la peine de prendre le risque d'un chagrin d'amour. D'être finalement quittée, comme l'avait suggéré sa mère.

Elle essaya de ralentir sa respiration en marchant, sa main posée sur son ventre. Cela se passerait autrement. Que Niko soit là pour l'aider ou non, elle se souviendrait de la façon dont les mots de sa mère l'avaient transformée en une personne incapable de faire confiance. Camila serait différente. Il fallait juste qu'elle comprenne comment faire.

Allongée sur le lit de sa chambre d'hôtel, Camila fixait le plafond. Les minutes s'égrenaient et elle savait que Niko serait bientôt là pour l'emmener dîner. Elle avait déjà décidé de l'inviter à entrer pour parler. Parce qu'il n'y avait aucune chance qu'elle puisse se concentrer sur quoi que ce soit le lendemain sans s'être débarrassée de cette conversation.

Son cerveau était en train d'envisager tous les scénarios possibles pour cette grossesse. Camila souhaitait que la vie de son futur enfant soit plus facile que celle qu'elle avait eue. Habituellement si confiante en ses propres capacités, elle ne voyait pas du tout comment mener à bien cette nouvelle situation. Sa mère, son propre contexte familial, ne lui avaient rien laissé sur quoi se baser, aucun élément positif.

Mais plus que d'agir mieux pour son enfant, ce que Camila voulait, c'était un père pour son enfant. Un vrai père, qui serait là à chaque étape de la grossesse et de la croissance de l'enfant. N'ayant pas eu cette chance, elle se retrouvait à présent avec une dose malsaine de problèmes de confiance.

Niko la soutiendrait-il lorsqu'il apprendrait cette grossesse accidentelle ? Elle pensait qu'il était un homme bien, et son accueil chaleureux aujourd'hui lui donnait de l'espoir. Mais ces sentiments pourraient changer d'un coup à l'annonce d'un tel changement de vie. N'était-ce pas ce dont sa mère l'avait toujours mise en garde ? Les hommes te diront tout ce que tu veux entendre, jusqu'à ce que tu ne répondes plus à leurs besoins.

Camila ne *voulait* pas croire que Niko était comme ça, mais elle ne le connaissait pas du tout. Tout ce qu'elle savait, c'était l'existence de l'alchimie explosive entre eux. Et qui était revenue à la seconde où ils avaient été proches l'un de l'autre dans son bureau. Maintenant, elle devait déterminer si Nicolas Vassilis était la personne qui resterait dans sa vie – dans le sens d'une stricte coparentalité. Car un homme qui avait couché avec elle après ne l'avoir connue qu'une heure avait peu de chances d'être quelqu'un qui désirait se poser. Et même si Camila voulait avoir une unité familiale intacte, elle n'était pas prête à sacrifier le bonheur de son enfant au nom de la présence d'une figure paternelle dans sa vie.

Sa mère avait vécu malheureuse, mettant tous ses malheurs sur le dos de son bon à rien d'ex-mari et, par extension, sur celui de Camila. Il était hors de question qu'elle impose le même fardeau à son propre enfant.

Niko fixait la porte de la chambre d'hôtel avec des sentiments mitigés. Le sang brûlait dans ses veines alors qu'il se rappelait la dernière fois qu'il s'était trouvé dans une chambre d'hôtel avec Camila, et la nuit qui avait suivi. Elle attendait maintenant derrière cette porte – sauf que cette fois, elle resterait jusqu'à ce qu'ils résolvent ce mystère médical.

Les femmes de sa vie allaient et venaient. Presque toutes mettaient comme lui leur carrière en priorité, à la recherche d'un arrangement similaire, où les sentiments n'entraveraient pas une nuit de folle passion. Elles ne pensaient pas à lui le lendemain matin, et Niko préférait qu'il en soit ainsi. Il n'avait ni le temps ni l'énergie pour des liens personnels, maintenant qu'il dirigeait l'Athena Institute.

Et avant cela... Avec l'obsession de son père de créer un héritage dans les cercles riches de la société grecque, on l'avait exhorté à aller à d'innombrables rendez-vous arrangés avec des partis susceptibles de combiner deux familles en une seule puissante. Ne voulant pas jouer le jeu de son père, Niko n'avait accepté aucun de ces rendez-vous et avait résisté à tout attachement. Aujourd'hui, cette résistance était plus un instinct qu'un choix actif, mais il pensait qu'elle lui était toujours profitable.

Jusqu'à ce que Camila se glisse sous sa peau au cours de leur nuit à Vancouver. Car depuis lors, Niko ne pouvait plus la chasser de son esprit. Dans l'avion du retour, il s'était plongé dans ses recherches, y compris ses articles publiés et ses interviews, pour en savoir plus sur elle.

Pourquoi ? s'était-il demandé à plusieurs reprises, d'autant qu'elle n'était pas quelqu'un qu'il souhaitait embaucher dans son équipe médicale. Leurs recherches étaient plutôt orientées vers des pratiques chirurgicales, alors que les siennes portaient sur les applications de la cartographie génétique pour aider à lutter contre les maladies cardiologiques de longue durée.

Mais leur conversation avait tourné au flirt dans son bureau, les souvenirs de leur nuit se ravivant avec l'ébullition de ses sens – et il en voulait plus. Il voulait la voir perdre la tête sous lui, encore et encore. C'était une nouveauté pour lui, qui ne revoyait jamais la même femme.

Souhaitant que le brasier en lui s'apaise, il frappa à la porte. Peut-être que ce ne serait qu'une nuit de plus, ou peut-être qu'ils pourraient trouver un moyen de faire durer les choses. Du moment qu'ils étaient tous les deux d'accord sur la conclusion de cette histoire entre eux.

Lorsque la porte s'ouvrit, les yeux de Niko s'écarquillèrent devant le spectacle qui s'offrait à lui. Les cheveux de Camila, auparavant parfaitement coiffés, étaient maintenant noués au hasard dans un chignon désordonné, avec des mèches tombant en cascade sur son cou et encadrant son visage. La tenue professionnelle qu'elle portait plus tôt avait disparu, remplacée par un grand T-shirt et un ample pantalon de survêtement. Malgré le contraste frappant avec son costume sur mesure, il ne pouvait s'empêcher d'admirer son éclat. Sa beauté naturelle transparaissait, et il eut un moment du mal à respirer en la buvant des yeux.

Elle était absolument magnifique.

— Hey, dit-il, incapable de retenir son sourire.

— Salut… Je crois que j'aimerais changer nos plans pour quelque chose de plus décontracté, répliqua-t-elle en baissant les yeux. Je pensais qu'on pourrait rester tranquillement ici et commander au room service. La journée a été… longue.

Il haussa les sourcils à ces derniers mots, la regardant de la tête aux pieds. Qu'elle soit en tailleur élégant ou en tenue cocooning n'avait aucune importance pour lui ou pour sa libido apparemment, parce qu'elle était si éblouissante dans les deux cas qu'il ne savait pas comment s'exprimer. Sauf que Camila venait de lui donner un indice évident.

La journée a été longue.

Il acquiesça avec un sourire et entra lorsqu'elle l'y invita d'un geste. Camila ne cherchait pas à raviver leur relation passionnée ce soir. Non, pour une raison ou une autre, elle avait besoin de réconfort.

— Le vol t'a épuisée ? demanda-t-il en s'asseyant dans le fauteuil tandis que Camila prenait place sur le canapé.

Elle replia ses jambes sous elle, se penchant en arrière dans un geste étrangement désinvolte, mais il pouvait voir la tension monter sous la surface.

— Oui, et les dernières semaines ont été plutôt chargées. J'ai quitté mon fuseau horaire plus souvent que je ne saurais dire et cela perturbe mon horloge interne, dit-elle avec un sourire qui n'était pas aussi convaincant que son ton.

Elle voulait donner l'impression d'aller bien, mais Niko voyait les signes subtils du contraire.

— Je peux te laisser te reposer. On aura tout le temps de se rattraper pendant les semaines que tu passeras ici.

La seule raison pour laquelle il avait voulu lui parler ce soir était leur nuit à Vancouver. L'amener dans son hôpital avait été une décision purement professionnelle – c'était du moins ce qu'il avait pensé jusqu'à ce qu'il la revoie tout à l'heure. Maintenant, il n'en était plus aussi sûr.

Camila secoua la tête, et lorsqu'elle le regarda, il y avait une lueur brute dans ses yeux. De la panique ? Il fronça les sourcils. Quelque chose dans ses tripes se serra face à l'effroi qui traversa l'espace entre eux et le transperça.

— Qu'est-ce qui ne va pas ? demanda-t-il.

— Euh… Il faut que je te parle de Vancouver, répondit-elle en soutenant son regard, le souffle saccadé.

Il n'y avait plus rien de la passion d'avant et il se demanda fugacement s'il l'avait imaginée. Redoutait-elle de lui dire qu'elle ne voulait pas reprendre leur liaison ?

— Tu peux tout me dire.

C'était étrange, étant donné qu'il la connaissait à peine, en vérité, mais Niko était sincère. Vu la fragilité de Camila à cet instant, il ne pensait pas pouvoir lui refuser quoi que ce soit.

— Bon, eh bien... je ne me sens pas très bien depuis quatre semaines. J'ai mis la fatigue sur le compte des vols incessants et des longues heures de travail, mais même avec quelques jours de repos, elle a persisté.

Elle marqua une pause, ses doigts nerveusement noués.

— Compte tenu de l'importance du cas à traiter, je ne voulais pas être distraite, alors quand je me suis excusée après notre réunion, je me suis rendue dans un centre de santé sans rendez-vous du coin.

Niko se pencha en avant.

— Tu es souffrante ?

— Pas exactement. Je vais assez bien, mais je suis... enceinte.

Enceinte.

Le mot résonna en lui, s'enfonçant comme s'il était attaché à une pierre jusqu'à ce qu'il atteigne les profondeurs de son être. Camila était enceinte. Un froid glacé l'envahit tandis que ses pensées décortiquaient l'information, parce que... il n'y avait qu'une seule raison pour qu'elle lui dise cela. En privé. Avec ses mains triturant le tissu de son pantalon de survêtement. Le regardant avec une telle nervosité et une telle angoisse qu'il aurait voulu tendre la main vers elle et la réconforter.

Mais Niko resta figé sur place. Il ne pouvait rien lui offrir parce que son propre cerveau était en train de traiter les mots qu'elle n'avait pas dits. Des mots qu'il avait vraiment besoin d'entendre maintenant.

— Et tu me dis ça parce que tu penses que je suis...

Sa voix s'enroua et il se racla la gorge.

— Que je suis le père ?

Elle prit une grande inspiration, puis acquiesça dans le silence qui se répandait entre eux.

C'était son enfant.

Les mots ne semblaient pas réels. Son enfant ? Alors que les enfants étaient la chose la plus éloignée de son esprit ? De plus, il avait décidé depuis longtemps que les enfants ne cadraient probablement pas avec sa vision de l'avenir. Pas quand son père avait été si obsédé par l'idée d'un héritage que cela avait détruit leur relation. Faute de modèle à suivre, Niko s'était résigné à ne pas avoir d'enfants. C'était mieux que de risquer de transmettre sa propre dynamique familiale dysfonctionnelle à la génération suivante.

Mais là, ce n'était plus un choix. Il allait devenir père.

Ne tenant brusquement plus en place, il se leva d'un bond. Son corps vibrait à mesure que son cerveau digérait l'information. Parmi tout ce qui pourrait découler de la coopération avec Camila, jamais il n'avait envisagé ceci.

Il fit quelques pas vers la fenêtre, regardant les rues animées d'Athènes.

— Comment est-ce possible ? demanda-t-il sans se retourner, et il entendit Camila s'enfoncer dans son siège.

— C'est ma faute… Le passage d'un fuseau horaire à l'autre a perturbé le rythme de ma prise de pilule, et j'ai dû l'oublier un jour, dit-elle.

Son ton mortifié incita Niko à pivoter vers elle. Camila avait enfoui son visage entre ses mains. Elle s'en voulait ? Une chose était sûre : cette nuit-là, il avait participé volontairement, en pleine conscience des conséquences.

— Ce n'est pas ta faute. Il faut être deux pour faire un enfant, et parfois cela arrive même quand ces deux personnes essaient d'éviter d'en faire un.

— Je sais, mais je me sens quand même affreusement coupable. Je sais qu'aucun de nous n'avait prévu de repartir de notre histoire d'un soir avec un enfant, et je ne veux pas que tu penses que j'ai cherché à… te piéger.

— Me piéger ? Tu crois que c'est ce qui m'inquiète ?

Il s'approcha du canapé, s'agenouilla devant elle et écarta ses doigts de son visage. Il ignora la sensation brûlante du contact sur sa peau et se concentra sur elle.

— C'est ce qui m'inquiète, *moi*, répliqua-t-elle. Malgré tout, je me soucie de ce que tu penses de moi, et cette situation… c'est difficile.

Il relâcha sa prise sur sa main, trop abasourdi par ces mots pour dire quoi que ce soit pendant quelques secondes – parce qu'ils reflétaient si bien ce qui se passait dans son esprit depuis qu'il avait su qu'elle reviendrait dans sa vie. Lui aussi se souciait de ce qu'elle pensait de lui. C'était la seule raison pour laquelle il l'avait invitée à dîner. Cela faisait des semaines qu'il songeait à elle, malgré ses efforts pour l'oublier. Il ne repensait jamais aux femmes avec lesquelles il couchait, sachant qu'il n'y avait pas lieu de s'y attarder. Mais étrangement, la nuit avec Camila avait été différente dès le début – suffisamment pour qu'il accepte qu'elle vienne ici en tant que médecin. De travailler avec elle.

Mais cela aussi avait changé. Ils allaient avoir un enfant.

Niko soupira et s'appuya contre la table basse, sa main toujours enroulée autour de la sienne.

— Je ne sais pas quoi dire, sauf que je sais que tu n'avais pas prévu cela. Je le sais parce que tu n'avais pas l'intention de me parler après notre première rencontre à la réception. Tu as beaucoup de choses à craindre, mais pas ça.

Il la sentit se détendre un peu.

— Je ne sais pas quoi faire ni ce que je pense là, maintenant. Mais une chose était sûre, il fallait que je te le dise parce que j'aurais été incapable de travailler demain.

Très juste, car même après cette annonce fracassante, leurs vies devaient continuer comme d'habitude. Elle avait un cas médical à résoudre, et il avait un hôpital entier à diriger. Il posa le front sur sa main qu'il tenait toujours. Ses doigts frémirent à ce petit contact, lui suscitant une chaleur déroutante. Il s'obligea à se mettre debout.

— J'ai besoin d'un peu de temps pour réfléchir à tout ça. On pourra peut-être en reparler demain ? Après le travail ?

Elle acquiesça. Cette affaire était loin d'être résolue, et il voyait bien que c'était aussi surprenant et compliqué pour elle que pour lui. Même s'il avait dit qu'il devait y réfléchir, il savait qu'il n'y avait qu'un seul choix – ce que Camila voulait. Si elle voulait poursuivre sa grossesse, il lui apporterait tout le soutien qu'elle souhaitait. C'était la meilleure chose à faire.

— Je suis désolée pour le dîner, dit Camila tandis qu'il sortait son téléphone pour appeler le voiturier afin qu'il ramène sa voiture.

— Ne t'inquiète pas. Tu... as besoin de quelque chose ?

Elle secoua la tête, et une partie de lui voulut retourner vers elle, l'entourer de ses bras et la serrer contre lui. Quelque chose chez cette femme l'avait complètement envoûté, faisant appel à des instincts profondément ancrés en lui pour la protéger. Pour prendre soin d'elle.

Des sentiments dangereux. Des sentiments qu'il ne pouvait pas se permettre. Son hôpital était le centre de sa vie, et s'ils devaient avoir ce bébé ensemble, il y aurait encore moins de place pour une idylle. Niko se souvenait à peine de l'implication de son père dans sa prime enfance, lequel n'avait commencé à s'intéresser à son fils que lorsqu'il était entré à l'école de médecine. Sa mère, Daphne, avait mis sa propre carrière entre parenthèses pour s'occuper de lui et d'Eleni. Elle ne s'en était jamais plainte, mais depuis qu'elle avait repris le travail, il avait constaté combien elle était plus heureuse. Camila ne voudrait jamais cela pour sa vie, et il ferait en sorte que son propre enfant ne subisse pas ce destin.

— Appelle-moi si tu as besoin de quoi que ce soit, même au milieu de la nuit. D'accord ? On... trouvera une solution.

Lorsque Camila hocha la tête, il esquissa un petit sourire avant de se détourner et de quitter l'hôtel.

4

— Bonjour, docteur Pereira Frey. C'est un plaisir de pouvoir enfin commencer à travailler ensemble.

Comme la veille, l'enthousiasme d'Emilia Seo pour sa venue prit Camila au dépourvu. Après sa discussion avec Niko, elle avait essayé de lire le dossier médical du patient et de déterminer les prochaines étapes du processus de diagnostic, mais son esprit n'avait cessé de se remémorer des parties de la conversation. Si elle-même ne savait quoi faire, elle avait espéré que Niko le saurait. Qu'il aurait une solution magique pour résoudre leur situation à l'amiable. Cette idée était, bien sûr, risible, et rien de tout cela ne s'était produit.

— Oui, j'ai hâte de m'y mettre aussi. J'ai vu vos notes, mais pouvez-vous m'expliquer tout ce que vous avez déjà fait ? Cela m'aidera de l'entendre avec vos propres mots.

Alors que toutes les deux s'asseyaient, on frappa à la porte qui s'ouvrit. Niko entra, sa blouse blanche contrastant avec le pantalon noir et la chemise grise qu'il portait en dessous. Comme au premier jour de leur rencontre, il absorbait la majeure partie de l'oxygène de la pièce. Tout ce que Camila pouvait faire, c'était lever les yeux vers lui et imaginer ce que serait sa vie avec lui à partir de maintenant. Car ils étaient désormais liés pour toujours. Sa réaction à son égard serait-elle aussi intense à chaque fois qu'elle le verrait ? Ou bien la sensation finirait-elle par s'émousser, laissant place à des émotions plus concrètes avec la personne avec laquelle elle allait partager les responsabilités parentales son enfant ?

S'il y avait une chose positive à retenir de la nuit dernière, c'était la confirmation de sa décision concernant le bébé. Dès qu'elle avait appris sa grossesse, quelque chose s'était allumé en elle, une douce chaleur qui n'existait pas auparavant. Le choc et l'inquiétude liés au fait d'annoncer la nouvelle à Niko s'étaient emparés de tout son système, éteignant tout ce qui était agréable avant qu'elle ne puisse y songer trop longtemps. Mais au fur et à mesure que la nuit avançait, elle réalisait quelle était cette flammèche qui grandissait en elle –un petit fil qui la liait à la vie qui y poussait.

Camila garderait cet enfant, quoi qu'il arrive.

— Désolé pour le retard, dit Niko, prenant place à côté d'elle, ce qui la fit frissonner de la tête aux pieds.

— Tu ne pouvais pas mieux tomber. J'étais sur le point de commencer, assura Emilia avec un sourire, avant de s'adresser à Camila en lui tendant une tablette contenant le dossier du patient. Notre patient s'appelle Alexis Theodorou et c'est un nageur de niveau olympique. Nous l'avons admis la semaine dernière. Il avait subi un arrêt cardiaque peu après sa séance d'entraînement.

Camila parcourut les notes prises lors de l'admission. Elle retrouva un peu de son calme habituel en se coulant dans le schéma familier des diagnostics. C'était pour cela qu'elle était douée, bien plus que pour les relations humaines.

— Un athlète olympique victime d'un arrêt cardiaque, c'est inhabituel, mais cela s'est déjà produit dans le passé. Surtout si nous pensons maintenant aux maladies héréditaires. Vous avez fait un rapport toxicologique à son arrivée ? Je ne l'ai pas vu dans le dossier d'information que vous m'avez fourni.

— Tout est là-dedans, dit Niko en montrant la tablette. On t'a envoyé l'historique médical du patient avec quelques fichiers manquants. C'est une mesure de sécurité réclamée par son équipe. Ils ne voulaient pas que des informations sensibles quittent l'enceinte de l'hôpital.

Sa voix grave ondulait le long de sa colonne vertébrale, menaçant de défaire le sang-froid qu'elle avait forgé à grand-peine. Qu'est-ce qui en Niko permettait de l'atteindre avec une telle facilité ? Peut-être avaient-ils besoin de s'éloigner de la tension qui montait entre eux s'ils voulaient que leur relation de coparentalité fonctionne...

— Je comprends. Vous avez trouvé quelque chose ? Des stéroïdes anabolisants, des amphétamines ? Des diurétiques ?

— Rien qui ne sorte de l'ordinaire..., commença Emilia.

— Des diurétiques ? En quoi est-ce inquiétant ? l'interrompit Niko.

— Les athlètes abusent parfois des diurétiques pour perdre du poids avant une compétition importante, ou pour masquer d'autres substances. Ils peuvent provoquer des arythmies lorsqu'ils sont mal utilisés.

Camila afficha les derniers résultats d'échocardiogramme, ses yeux survolant les pics et les creux du tracé.

— L'échocardiogramme et l'électrocardiogramme sont conformes à ce que j'attends d'un homme de vingt ans en bonne santé. Vous avez également fait une IRM ?

Emilia acquiesça de nouveau.

— Donc vous pensez sans doute à une cardiomyopathie hypertrophique ? avança Camila.

— Nous testons l'hypothèse d'une cardiomyopathie hypertrophique à un stade précoce, admit Emilia. En l'absence d'antécédents familiaux de maladie cardiaque et compte tenu du rapport toxicologique normal, c'est le diagnostic le plus probable.

— Le plus probable, oui. Mais dans ce cas, non. Avec un souffle au niveau du bord sternal gauche, nous pourrions interpréter les résultats de l'échocardiogramme comme une CMH. Mais la mesure du septum me semble normale.

Camila retourna la tablette, pointant du doigt la partie spécifique du rapport.

— C'est pourquoi nous pensons à un stade précoce, expliqua Emilia. On procède aujourd'hui à d'autres examens d'imagerie pour voir s'il y a eu des changements. On pourra peut-être y assister avec le radiologue cet après-midi ? Vous voudrez sans doute aussi rencontrer le patient.

— Oui, ce serait bien. On discutera de ce qu'on espère réaliser avec la cartographie de ses gènes, et creuser un peu ses antécédents familiaux.

Elles se levèrent toutes les deux, et Camila croisa le regard de Niko. Elle le regretta aussitôt. Un conflit mitigé assombrissait ses yeux. Elle savait ce que son regard signifiait parce qu'elle le ressentait aussi. L'attirance latente qui ne se relâchait pas, même après leur discussion d'hier.

La discussion qui l'avait amenée à la conclusion que coparents était tout ce qu'ils pouvaient être. Elle ne prendrait pas le risque d'avoir une relation avec lui, pas après qu'ils s'étaient rencontrés dans des circonstances aussi éphémères. Et s'il se lassait d'elle comme son père s'était lassé de sa mère ?

— Tu vas rester avec nous toute la journée ? demanda Emilia à Niko, verbalisant la question que Camila se posait.

Il secoua la tête et la déception la submergea.

— Non, j'ai des réunions. Camila, tu pourras passer me faire part de tes réflexions sur le cas ? La Fédération de natation voudra que je lui donne des nouvelles aujourd'hui.

Il prononça son nom comme s'il s'agissait de la chose la plus naturelle au monde. Le son de sa voix glissa sur sa peau, soulevant le duvet le long de ses bras et de sa nuque, et elle dut lutter contre un nouveau frisson.

— Bien entendu. Maintenant, allons voir le patient.

Bien qu'il ait demandé à Camila de venir le voir lorsqu'elle aurait terminé, Niko avait commencé à se sentir de plus en plus agité au fur et à mesure que la journée s'écoulait sans la voir. Il savait que c'était absurde. En pratique, il n'était nullement censé passer du temps avec elle. Ce n'était pas pour rien qu'Emilia était à la tête du service de cardiologie. Son travail consistait à se concentrer sur les activités quotidiennes de l'hôpital et à lui apporter davantage d'opportunités. Des opportunités plus diversifiées pour des personnes de tous horizons, contrairement à la façon dont son père avait dirigé cet établissement.

Bien qu'il sache tout cela, il sortit de son bureau pendant une pause pour la chercher. Pour prendre des nouvelles de son médecin invité, se dit-il, pas pour la suivre comme si elle lui avait jeté un sort. Ou était-ce ce lien qui se tenait maintenant entre eux et qui serait toujours là – leur enfant ?

Niko n'arrivait toujours pas à appréhender cette révélation. Ils étaient passés d'une aventure d'un soir à la nécessité de discuter de leur avenir ensemble. Mais après s'être repassé leur conversation d'hier, il s'était rendu compte qu'il ne lui avait pas apporté son soutien, qu'il ne lui avait pas dit qu'il serait là pour elle quoi qu'il arrive.

Ils avaient fait cet enfant ensemble, et il ne fuirait pas devant la responsabilité. Même si être père le terrifiait plus que tout. Est-ce que choisir d'être l'opposé de son propre père suffisait pour être un père décent pour son enfant ?

L'infirmière l'informa que Camila avait emmené Alexis Theodorou faire des tests, et lui indiqua dans quelle salle. Il entendit sa voix filtrer par la porte quand il frappa, et elle arrondit les yeux en le voyant entrer. Ils étaient seuls.

— Tu t'es déjà débarrassée d'Emilia ? demanda-t-il en souriant, et le rire exquis de Camila l'enveloppa.

— Non, mais comme tu le sais, elle doit s'occuper de tout ton service de cardiologie, pas juste d'un patient.

Elle lui montra Alexis, qui marchait sur un tapis de course d'un pas tranquille, et à le voir si droit, personne n'aurait deviné que son cœur s'était arrêté quelques jours plus tôt.

La salle était aménagée pour réaliser des tests d'effort, chaque tapis de course étant relié à plusieurs moniteurs qui affichaient leurs paramètres dans la salle même – ou dans la salle attenante, séparée par une glace sans tain. Camila avait laissé Alexis faire ses exercices seul, et l'observait à côté.

— Comment ça se passe ? Je vois que tu ne perds pas de temps, dit Niko, regardant le patient accélérer sur le tapis.

— J'avais prévu d'attendre demain, mais quand j'ai fait part à Alexis de mes pensées à chaud, il m'a suppliée de faire le test d'effort tout de suite. Il avait l'air de s'ennuyer à rester au lit, répondit Camila avec un sourire. C'est incroyable comme il s'est remis rapidement d'un arrêt cardiaque.

Niko hocha la tête et prit un siège à côté d'elle – tout en respectant une distance prudente entre eux.

— Cela n'a pas beaucoup de sens. Aucun scanner ne révèle la moindre anomalie physique sur son cœur, non plus.

Les lèvres de Camila dessinèrent un sourire.

— *Dixit* le manieur de scalpel pour qui couper est la première option.

C'était si inattendu qu'il éclata de rire.

— Je n'aurais pas cru que tu serais du genre à perpétuer la rivalité entre la médecine et la chirurgie.

— J'ai l'esprit de compétition, répliqua-t-elle. Aucun type de rivalité qui se présente à moi ne me fait peur.

— Je vois.

Quiconque travaillant à leur niveau avait l'esprit de compétition. C'était la seule manière de réussir. Il fallait des horaires interminables et des sacrifices illimités pour maintenir ce style de vie. Leur unique nuit à Vancouver en était la preuve. Aucun d'eux n'était en position pour faire de la place à un partenaire dans sa vie – et à présent, ils devraient en trouver pour un enfant.

— Je peux aller plus vite ?

La voix d'Alexis leur parvint par le haut-parleur, claire et ferme, sans le moindre signe d'effort physique.

— On a convenu du rythme, Alexis. Vous pouvez augmenter la vitesse toutes les cinq minutes. On doit élever votre pouls progressivement, d'accord ?

Camila vérifia le moniteur affichant la vitesse du tapis de course, puis le moniteur cardiaque.

— Je ne vois rien de suspect ici non plus. Pas encore, du moins, dit-elle, relâchant le bouton du micro afin qu'Alexis ne puisse plus l'entendre.

Niko regarda les moniteurs, puis Camila. La façon dont elle observait les signes vitaux devant elle témoignait d'une attention profonde. Il ne s'y était pas attendu de sa part. Une image d'elle différente s'était formée dans sa tête à travers la lecture de la couverture médiatique et des interviews qu'il avait lues. Une image similaire à celle de son père, où elle ne cherchait que le sponsor le plus offrant pour ses recherches.

Mais alors, elle ne serait pas ici avec une telle approche pratique des soins du patient. Si elle n'était pas médecin pour le plaisir d'aider des gens, elle laisserait Emilia s'occuper de tous ces tests pour se concentrer uniquement sur l'interprétation de la cartographie génétique, non ?

La culpabilité le titilla – comme il l'avait facilement jugée en se basant sur ses propres idées préconçues ! Est-ce que l'ombre de son père hanterait toutes ses relations futures ?

Son esprit dériva vers l'enfant à venir. Même s'il savait que le mérite de ses réussites revenait en grande partie à sa mère, Niko n'avait pas de figure paternelle exemplaire vers laquelle se tourner pour trouver inspiration et soutien, mais peut-être que Camila, si. Peut-être que ceux qui l'avaient élevée lui avaient inculqué ce haut niveau d'attention et de compassion qu'il voyait dans son approche diagnostique.

— Tu as déjà voulu des enfants ? demanda-t-il.

Il réprima un rire devant l'expression choquée de Camila.

— Oui. Et… j'en veux toujours. Mais c'est toujours resté flou, faute de la bonne personne à mes côtés. Et toi ?

Niko se figea. Son premier réflexe fut de dire la vérité, et répondre non. Mais ce n'était pas vraiment ce qu'il pensait. Les enfants n'avaient jamais figuré dans ses projets parce qu'il ne pensait pas avoir la liberté d'en avoir. Il doutait assez de ses capacités parentales pour ne pas essayer…

— Pareil, pour être honnête. J'ai entrepris de tracer mon propre chemin en médecine, indépendant de l'Athena Institute. En étant aussi focalisé sur ma carrière, je n'ai pas pris le temps de réfléchir à des enfants. En fait, ajouta-t-il avec un petit rire, c'est un peu ironique qu'on en soit là.

— Tu ne voulais pas travailler à l'Athena Institute ?

Il tiqua. Les gens savaient qu'il n'avait pas rejoint l'hôpital après sa formation, et Stavros l'avait présenté d'une manière qui donnait l'impression que son héritier accumulait plus d'expérience ailleurs avant de venir poursuivre l'héritage Vassilis de l'Institut Athena. Sauf qu'il ne l'avait jamais rejoint, même après avoir occupé des années durant des postes élevés dans d'autres hôpitaux.

Ce n'était pas la première fois que Camila passait outre ses défenses pour entrer dans son sanctuaire. Était-ce à cause de leur connexion physique bien plus dévorante qu'il ne l'avait jamais imaginé ? Ou est-ce que ça allait beaucoup plus loin ? C'était une pensée inquiétante que Niko n'osait pas suivre davantage. Il ne pourrait pas y avoir plus. Pas quand ils devaient régler les choses avec l'enfant. Apporter à cela ne serait-ce qu'un soupçon de relation romantique compliquerait la situation bien plus que de nécessaire.

Niko mit du temps à répondre à sa question.

— Après l'école de médecine, je suis parti faire ma formation et ensuite travailler pour un autre hôpital. Je ne voulais pas… compter sur la réputation de mon père, mais plutôt sur mes propres compétences pour avancer dans ma carrière. Je savais que je n'y parviendrais pas dans l'ombre de mon père. Aujourd'hui, avec sa disparition, je me retrouve à la tête du lieu auquel j'ai tourné le dos – et je suis toujours en train de résoudre l'état de l'Athena Institute.

L'état de l'Athena Institute ? Quelque chose n'allait pas ? Cette conversation était bien plus personnelle que ce à quoi Camila s'était préparée, et elle ne savait pas quoi en penser. Ce lien entre eux n'était pas censé être aussi… intense. D'un autre côté, elle n'avait pas pensé qu'elle le reverrait un jour, ni qu'elle porterait son enfant. Peut-être qu'en fait, il ne s'agissait pas de l'attirance qu'elle sentait couver entre eux, mais plutôt du résultat d'avoir un bébé ensemble.

— Il y a quelques années, alors que mes recherches étaient encore récentes, j'ai pris contact avec ton père. Je pensais qu'il serait intéressé par mes travaux. Compte tenu de la réputation de l'Athena Institute, je savais que ce n'était pas gagné, mais je croyais vraiment au travail que je voulais faire, dit-elle, se souvenant d'une époque où les opportunités étaient bien moins nombreuses qu'aujourd'hui. J'ai reçu une réponse assez générale que son assistante avait sûrement rédigée pour lui.

— J'oublie parfois sa contribution à la médecine, ironisa Nicolas. Pour moi, il a toujours été juste…

Il s'interrompit, puis secoua la tête et reprit :

— Je suis sûr que tu aurais été une excellente recrue.

— Peut-être…

Un bip retentit dans la pièce. Sur le tapis de course, Alexis Theodorou prenait de la vitesse.

— Alors, même si aucun de nous n'avait sérieusement pensé à avoir des enfants, on se retrouve dans une situation où on va en avoir un, reprit-elle.

— Ça veut dire que tu veux qu'on fasse ça ensemble ?

Pour la première fois depuis leur rencontre, Camila vit de l'hésitation dans les yeux de Niko. Était-ce parce qu'il ne le voulait pas ? Ou parce qu'il n'était pas sûr qu'elle le veuille ?

Une nervosité monta en elle lorsqu'elle repensa à la conversation qu'elle avait eue dans sa tête au milieu de la nuit, expliquant qu'elle comptait garder l'enfant – et s'il imaginait faire partie de leur vie, lui aussi. Sur la base d'une stricte coparentalité, bien sûr. Cette grossesse inattendue était déjà assez compliquée pour eux comme ça, sans y ajouter un stress inutile. Ravalant la boule dans sa gorge, elle acquiesça.

— Oui, j'aimerais qu'on trouve un moyen de le faire. Ensemble. Je sais que ni l'un ni l'autre nous attendions à ce que ceci advienne après notre aventure d'un soir, mais…

Elle marqua une pause, puis décida de lui livrer une partie d'elle – puisque lui-même l'avait fait une minute plus tôt.

— J'ai grandi sans père et je me souviens des difficultés de la maternité monoparentale. Ce n'est pas une vie que je voudrais pour mon enfant.

Niko se pencha en avant, comblant l'écart qui les séparait.

— Alors on va s'organiser. On a tous les deux des choses qu'on veut éviter dans cet arrangement, donc assurons-nous d'être d'accord sur ce à quoi cela devrait ressembler.

Camila réfléchit. Elle sentait la proximité de Niko dans tout son corps – comme une vague de chaleur délicate.

— Quelles sont les choses que tu veux éviter ? demanda-t-elle, la voix beaucoup plus rauque qu'elle ne l'avait prévu.

Il le remarqua aussi, car ses yeux se focalisèrent sur elle d'une manière qui n'évoquait que trop leur nuit à Vancouver. *Ça*, c'était une chose qu'ils voulaient éviter. N'est-ce pas ?

— Je ne veux pas tout surcompliquer entre nous. On doit trouver un arrangement qui nous permettra d'être présents dans la vie de l'enfant à parts égales. Céder à la tension qui règne entre nous me semble être un choix peu judicieux.

La main de Niko s'empara de la sienne, entrelaçant leurs doigts dans un contraste saisissant avec ses paroles.

— Je suis tout à fait d'accord, souffla Camila, mais au lieu de reprendre sa main, elle pressa celle de Niko et se pencha jusqu'à ce que leurs fronts se touchent.

Pendant tout leur échange, ils s'étaient rapprochés l'un de l'autre, leur magnétisme échappant à leur contrôle. Ils ne pouvaient qu'obéir à l'appel qui les poussait l'un vers l'autre. Même s'ils venaient de dire qu'ils ne *devaient* pas céder.

— On a donc environ sept mois pour définir comment faire et la façon dont nous voulons… interagir mutuellement.

Le ton de Niko était en opposition directe avec ses paroles. L'un l'attirait dans son orbite, les autres lui disaient de ne pas trop s'approcher. Or, elle ne désirait rien de plus que d'être tout près, de le sentir sur sa peau une fois de plus.

— Sept mois, c'est long. Assez pour faire repartir notre relation de zéro – strictement en tant que coparents.

Elle s'obligea à prononcer ces mots, même s'ils brûlaient dans sa gorge, enflammés par le désir qui la traversait.

Niko ne dit rien. Il posa l'autre main sur sa joue et la parcourut du pouce. Chaque caresse attisait le feu en elle.

— Il va probablement falloir beaucoup tâtonner et se tromper pour déterminer à quoi devrait ressembler notre relation, déclara-t-il, et Camila retint son souffle quand le bout de son nez effleura le sien.

Elle ne trouvait pas la volonté de le repousser. Le désir était trop profond, trop puissant, même s'ils venaient de décider de calmer le jeu. Le temps ralentit alors que Niko se rapprochait, plaçant sa bouche sur la sienne et...

L'alarme retentissante du moniteur de fréquence cardiaque fendit la pièce et Camila sursauta. Ses yeux s'écarquillèrent tandis qu'elle se tournait vers les moniteurs.

— Oh ! non, son rythme cardiaque s'est brusquement emballé. Il risque de...

Un bruit sourd l'interrompit alors qu'Alexis s'effondrait sur le tapis roulant, puis s'écroulait sur le sol, propulsé en arrière par la force de la bande tournante. Camila et Niko se levèrent d'un bond et se précipitèrent dans la salle. Elle s'exclama lorsque Niko retourna le patient. Du sang d'une petite mais profonde coupure sur son front coulait sur son visage et par terre. Elle s'apprêtait à dire quelque chose à Niko, mais celui-ci était déjà debout, tirant un chariot d'urgence vers eux et appuyant sur le bouton d'alarme au mur pour alerter le poste des infirmières. Il lui tendit une paire de gants avant d'enfiler les siens. Puis il prit de la gaze et commença à appuyer sur la plaie tout en la regardant. Attendant ses instructions, réalisa Camila tout à coup. Même s'il était le directeur médical, il s'en remettait à elle pour les principaux soins du patient dont elle avait la charge.

Même après qu'elle avait tout gâché en se laissant distraire et en ne regardant pas les écrans pendant un traitement en cours… Alors qu'ils venaient de dire que l'attirance entre eux ne devait pas interférer avec leur travail.

— Cette nouvelle arythmie est provoquée par le stress physique, dit-elle, regardant les capteurs qu'elle avait installés sur Alexis. Le pouls est toujours en dents de scie. Débranchons-le pour pouvoir le transporter. Ce n'est pas une fibrillation ventriculaire, mais il y a un risque d'escalade vers un état similaire à celui de son admission aux urgences.

Niko hocha la tête et prit du sparadrap sur le chariot. D'un geste vif, il fixa la bande de gaze sur la blessure, exerçant une pression suffisante pour amorcer le processus de coagulation. Lorsqu'il se releva, une infirmière ouvrit la porte. Voyant le patient inconscient sur le sol, elle pivota sur ses talons et alla chercher un brancard.

Camila vint s'accroupir d'un côté, et Niko fit de même de l'autre. Ils échangèrent un regard, et avec un signal muet, soulevèrent Alexis du sol et le placèrent sur le brancard.

— Ouvre la voie, souffla-t-elle à Niko, serrant la mâchoire alors qu'elle reprenait son souffle.

Une des salles de soins d'urgence se trouvait juste à l'angle du couloir, et Camila constata qu'il y avait tout ce dont elle avait besoin. Sans perdre de temps elle approcha l'électrocardiographe d'Alexis inconscient.

— Tu peux le rebrancher au moniteur, s'il te plaît ?

Avant même qu'elle ait terminé sa phrase, Niko s'activait déjà. Il nettoya la poitrine d'Alexis avant de l'aider à placer les électrodes sur sa peau. Leurs doigts se frôlèrent à un moment donné, et elle repoussa le frisson qui la parcourait. Elle ne pouvait se permettre aucune de ces distractions.

— Il aura besoin de liquides intraveineux et éventuellement de bêtabloquants, dit-elle.

— Préparez une perfusion d'esmolol pendant que j'installe l'accès veineux, ordonna Niko à l'infirmière.

Celle-ci se dirigea vers une armoire qui contenait les médicaments nécessaires. L'échocardiogramme s'anima à mesure que les électrodes captaient les signaux, et les yeux de Camila passèrent du moniteur à l'endroit du bras du patient où Niko était en train d'insérer le cathéter.

La tension monta dans sa poitrine tandis qu'elle regardait défiler les pics sur le moniteur, observant l'écart qui les séparait, et elle serra les lèvres lorsque le tableau devint clair.

— Il a des arythmies, mais ce n'est pas une fibrillation ventriculaire. C'est… autre chose.

Elle secoua la tête et fit un signe à l'infirmière.

— On peut accrocher l'esmolol pour arrêter l'arythmie avant qu'elle ne devienne une fibrillation ventriculaire.

L'infirmière tendit la poche d'intraveineuse à Niko, qui la plaça sur un crochet à côté du brancard avant de l'insérer dans le cathéter et de la presser pour faire couler le liquide. Sachant que l'esmolol agissait rapidement, ils n'eurent pas eu besoin d'attendre longtemps avant de constater une amélioration sur l'échocardiogramme. La tension disparut de la pièce lorsque le rythme cardiaque d'Alexis revint enfin dans une fourchette acceptable.

Camila souffla et se tourna vers Niko avec un sourire qui s'effaça quand elle rencontra son regard grave. Elle savait qu'elle avait commis une erreur en quittant Alexis des yeux. Mais Niko avait été juste à côté d'elle, encourageant la distraction. De quel droit pouvait-il lui en vouloir ?

Elle déglutit alors que sa culpabilité se mêlait à la colère qui frémissait dans ses veines. Elle voulait bien assumer la plus grande part de responsabilité, mais seulement si Niko pouvait reconnaître qu'il avait sa part, lui aussi. Sans un mot, elle revint vers l'électrocardiographe et appuya sur le bouton pour imprimer les relevés d'Alexis.

— Cela devrait nous donner une idée de son état. Je vais y jeter un coup d'œil.

L'acuité dans les yeux de Niko persistant, Camila choisit de ne pas s'attarder sur lui. Elle se tourna vers l'infirmière.

— Pouvez-vous faire ramener le patient dans sa chambre ? Et s'il vous plaît, informez-moi quand il se réveillera pour que nous puissions discuter.

Sans un autre regard pour Niko, elle quitta la pièce, trop préoccupée par sa propre colère pour voir la confusion se répandre sur son visage.

Camila était à mi-chemin dans le couloir lorsque Niko la rattrapa. Il saisit son poignet, la poussant à s'arrêter.

— C'était quoi, ça ? lui demanda-t-il, tressaillant au son de sa propre voix, bien plus impétueuse qu'il ne l'aurait voulu.

Il fit entrer Camila dans une salle d'examen vide. Elle libéra sa main lorsque la porte se referma derrière eux, le fixant avec une lueur de colère dans les yeux.

— Tu ne peux même pas me laisser avoir une minute à moi avant de m'incendier ? dit-elle en croisant les bras.

— T'incendier ? Ce n'était pas mon intention.

Niko était conscient des défaillances qui avaient conduit Alexis à tomber du tapis roulant, mais il s'en voulait surtout à lui-même. C'était lui qui l'avait détournée de son travail en s'engageant dans une voie qu'il savait ne pas devoir emprunter. Il n'y avait rien là pour eux, mais essayer de lui résister s'était avéré quasi impossible. Il devait se reprendre.

— Alors c'était quoi cette expression sur ton visage quand Alexis s'est stabilisé ? Tu étais à deux doigts de me réprimander, riposta-t-elle, les sourcils froncés.

— Mais pas du tout, objecta-t-il, prenant une seconde pour inspirer à fond. Je ne vais pas dire qu'on n'a pas sérieusement cafouillé. Ce qu'on s'apprêtait à faire était une mauvaise idée à bien des égards – la sécurité du patient en tête. Mais c'est *moi* qui t'ai suivi dans la salle. Si quelqu'un est à blâmer, c'est bien moi, et c'est probablement ce que tu as vu sur mon visage. Je n'étais pas fâché contre toi.

Camila continua à le fixer, cherchant la vérité sur son visage et dans ses mots, puis ses bras se relâchèrent le long de son corps. Elle poussa un profond soupir et secoua la tête.

— C'est tellement… compliqué. Un truc pareil ne m'est jamais arrivé avant. Je ne me laisse jamais distraire, mais en l'espace de dix minutes, je me suis retrouvée complètement ailleurs. Cela aurait pu être bien pire.

Lorsqu'elle reprit son souffle, Niko s'approcha, mais quand sa main toucha son bras, elle recula d'un pas.

— Camila… je suis désolé.

Il n'était pas sûr de savoir pourquoi il s'excusait, seulement que quelque chose l'avait contrariée et qu'il voulait le réparer, quoi que ce fût.

Son cœur se serra lorsqu'il vit des larmes se former au coin de ses yeux. Il lui fallut toute sa volonté pour ne pas la prendre dans ses bras. Camila voulait garder ses distances, et il le respecterait. D'une voix tremblante, elle poursuivit :

— Je ne pleure pas d'habitude, donc c'est sans doute à cause des hormones de la grossesse. J'ai vu ton agacement et j'ai cru que c'était à cause de mon erreur. Apprendre que tu ne me visais pas me fait remettre en question mon jugement, qui est clairement erroné quand il s'agit de toi.

Elle se tamponna les yeux avec la manche de sa blouse avant de le regarder à nouveau et de reprendre :

— Ce que j'essaie de dire, c'est qu'étant enceinte tout en cherchant avec toi comment participer à la vie de cet enfant ensemble, je ne peux pas être près de toi et me laisser distraire par tout ça…

Elle ne termina pas sa phrase. Niko n'en avait pas besoin. C'était ce *ça* nébuleux, l'attirance mutuelle qui les consumait sourdement depuis leur nuit à Vancouver, qui était à l'origine des problèmes qu'ils rencontraient. Ils se connaissaient à peine, et des malentendus comme celui-ci continueraient à se produire jusqu'à ce qu'ils sachent mieux lire les émotions de l'autre. Mais comment y arriver si, dès qu'ils étaient seuls, un désir fulgurant prenait le pas sur toute autre pensée ?

— J'ai compris. Tu ne me connais pas très bien et maintenant on va avoir un enfant ensemble. Tu ne sais pas interpréter mes regards, mes gestes, mon humeur. Ce sont des choses que nous devons apprendre l'un et l'autre.

Il marqua une pause, hésita avant d'ajouter :

— En tant qu'amis.

Les yeux de Camila s'arrondirent et la rougeur de ses joues était si exquise qu'il voulut reprendre ses derniers mots. Voulut continuer à la toucher jusqu'à ce qu'elle fonde dans ses bras. Mais elle avait raison. Il y avait désormais trop de complications entre eux, et par conséquent ils ne pouvaient reprendre là où ils avaient laissé les choses à Vancouver. Ils étaient à présent des personnes complètement différentes.

De futurs parents.

Puis Camila acquiesça, un sourire timide sur ses lèvres.

— Je suis d'accord. Tu ne me connais pas vraiment non plus. C'est le premier point à changer.

— Et si je t'emmenais visiter Athènes le week-end prochain ? C'est la première fois que tu viens ici, pas vrai ?

Qu'était-il censé faire avec quelqu'un qu'il voulait apprendre à connaître à un niveau platonique ? Une visite de la ville fut la première chose qui lui vint à l'esprit.

Lorsque le sourire de Camila s'élargit, il regretta de ne plus pouvoir la toucher. Car l'alchimie entre eux exigeait qu'il la caresse. La chérisse. Vénère chaque centimètre de son corps. Bon sang, il fallait qu'il s'éloigne avant de ruiner le peu d'entente qu'il venait d'établir entre eux.

— Très bien. J'irai te chercher le week-end prochain et je te ferai visiter les environs, dit-il, osant lui-même un sourire avant de partir avec un petit signe de la main.

Quelques jours hors de l'orbite de Camila lui feraient du bien, il pourrait ainsi se préparer au week-end à venir. Cela allait être *vraiment* difficile.

5

Ce qui semblait être une colline facile s'avéra beaucoup plus haut et beaucoup plus escarpé que Camila ne l'avait pensé. Ils se trouvaient au pied des escaliers menant à l'Acropole, qui dominait Athènes sur son éperon rocheux. Niko l'avait guidée jusqu'ici à travers le quartier de la Plaka, en faisant plusieurs détours pour lui montrer différents magasins nichés dans de petites ruelles, tout en lui racontant des anecdotes intéressantes de sa jeunesse. Chaque étape lui montrait une facette différente de la capitale grecque, et lorsqu'ils approchèrent de l'Acropole, Camila était presque jalouse de la possibilité de grandir ici.

— Pourquoi ? demanda Niko. Où as-tu grandi ?

— Dans la Suisse rurale – ce qu'est en gros toute la Suisse. Ma mère a quitté le Brésil avant ma naissance. Elle avait rencontré mon père alors qu'il était en vacances au Brésil, et il l'a apparemment embarquée dans son pays d'origine. Je n'ai passé que quelques années à l'étranger avant d'ouvrir mon laboratoire en Suisse.

Niko lui tendit le bras alors que les marches devenaient plus raides, et Camila fit de son mieux pour ignorer la décharge électrique qui la parcourait alors qu'elle s'accrochait à lui. Ils avaient convenu qu'ils ne seraient qu'amicaux l'un envers l'autre, rien de plus. Son erreur de jugement lors du test d'effort presque deux semaines plus tôt pesait encore sur son esprit, et même si elle pouvait admettre qu'ils avaient tous les deux joué un rôle dans cette affaire, elle était déterminée à ne pas se laisser à nouveau distraire.

Surtout avec les effets négatifs de la grossesse. Même à presque dix semaines, les nausées survenaient à des heures bizarres de la journée, mais ce qu'elle avait d'abord remarqué avec Niko, puis plusieurs fois depuis, c'était qu'elle n'arrivait plus à se fier à ses propres sentiments. Tout semblait amplifié – que ce soit en bien ou en mal. Le bon devenait incroyable et le mauvais devenait horrible, au point que c'était elle qui augmentait la gravité des situations. Comme cela avait été le cas avec Niko. Convaincue qu'il était furieux contre elle, elle avait fui plutôt que d'en parler avec lui.

Camila savait qu'elle évitait la confrontation, et ce depuis son plus jeune âge. Sa mère n'avait jamais accepté de discuter de quoi que ce soit. Aussi loin qu'elle s'en souvienne, Mariana avait imposé ses choix à sa fille – ainsi que les avertissements nés de l'amertume de son destin. Il avait fallu plusieurs années après son décès pour que Camila puisse démêler tous les sentiments liés à la colère de sa mère quant à la façon dont sa vie s'était passée. Et comment elle avait laissé cette colère influencer la vie de sa fille.

Peut-être que grâce à son enfant, elle pourrait désormais être différente. Son enfant serait libre de faire et d'être qui il voudrait, sans amertume ni douleur. Parce qu'elle ne suivrait pas cette voie avec Niko. Non, ils allaient trouver un moyen d'assurer son éducation ensemble.

— Est-ce que la plupart des gens ne sont pas jaloux des magnifiques paysages de la Suisse ? J'ai l'impression que ça les impressionne plus que la Grèce. Il existe assez de documentaires et de livres sur notre histoire pour qu'ils n'aient pas besoin de venir la visiter, dit-il tandis qu'ils continuaient à monter les escaliers, une marche après l'autre.

— À mon avis, ce que les gens viennent chercher en Suisse, ils peuvent facilement le reproduire avec une carte postale du mont Cervin. C'est vrai que c'est impressionnant, mais pas aussi saisissant que tout ça.

Elle pointa du doigt le temple d'Athena Nikè.

— Je veux dire que la mythologie grecque a dû jouer un rôle

important dans votre famille si vous avez donné à votre hôpital le nom de la déesse de la sagesse.

Niko secoua la tête avec un petit rire.

— Je pense que mon père donnait trop d'importance à la mythologie grecque. L'Athena Institute sonne de manière bien plus grandiose que l'Hôpital Vassilis.

— Tu crois qu'il aurait donné son nom à l'hôpital ?

— Quand on voit à quel point cet homme s'aimait, je pense qu'il y a de fortes chances. Je suis content qu'il ne l'ait pas fait parce que je ne sais pas si je pourrais travailler dans un bâtiment portant mon nom.

Camila acquiesça. Bien que ses recherches fassent beaucoup parler d'elle, elle trouvait toujours étrange la célébrité qui en découlait – si tant était qu'elle puisse appeler cela de la célébrité. En dehors du petit cercle qui constituait l'élite de la cardiologie, les gens n'avaient pas la moindre idée de qui elle était. Mais il y avait des avantages, comme venir à l'Athena Institute et partager des connaissances.

Lorsqu'ils atteignirent le sommet des marches, les mollets de Camila brûlaient et elle s'agrippa plus fort au bras de Niko. Mais dès qu'elle regarda le Parthénon, elle oublia la douleur. Les colonnes de pierre s'élevaient haut vers le ciel. Bien qu'elles fussent là depuis des milliers d'années, les pierres n'avaient pas cédé aux forces de la nature, restant inébranlables à leur place – comme le témoignage des croyances des gens de l'époque. Ce spectacle extraordinaire lui rappela l'empreinte qu'elle voulait laisser dans le monde.

— Je n'arrive pas à croire que ce sont des humains qui ont construit ça, dit Niko, reflétant son admiration. J'ai grandi ici, et pourtant le Parthénon ne cesse de m'impressionner. Une véritable marque de l'ingéniosité humaine.

Camila se tourna vers lui en souriant.

— Tu m'as enlevé les mots de la bouche. Je me suis dit que c'était la raison pour laquelle je m'investis autant dans mes recherches. À l'époque, ils construisaient ces structures impressionnantes à mains nues pour honorer un idéal. Aujourd'hui, nous avons l'opportunité de faire la même chose à une échelle bien différente.

Ils firent le tour de la place en admirant le Parthénon.

— C'est ta motivation intrinsèque ? Tu veux sauver des vies ? demanda Niko quand ils s'arrêtèrent au pied d'une colonne, penchant la tête en arrière pour la regarder.

— Oui, bien sûr. Pas toi ?

— Si. J'aime juste savoir que les gens avec qui je travaille pensent la même chose, répondit-il, une expression que Camila ne put décrypter flottant sur son visage.

— Si j'avais dit que je le faisais pour l'argent, tu n'aurais pas accepté de me faire venir ?

Sa motivation n'avait même pas été évoquée dans aucune discussion. Comment cela pouvait-il être important pour lui s'il ne l'avait jamais demandé ?

Niko secoua la tête d'un air embarrassé. Regrettait-il cette conversation ? Avant que son cerveau ne s'emballe, Camila inspira à fond pour se calmer. La dernière chose dont elle avait besoin était une répétition de ce qui s'était passé la semaine précédente, parce que Niko avait raison. Elle le connaissait mal et ne savait pas lire ses sentiments. Comprendre pourquoi il aimait travailler avec des personnes ayant une certaine motivation l'y aiderait.

— Non, je peux le concevoir. On a tous besoin de gagner notre vie, et tant que les soins de santé ne deviennent pas un privilège réservé aux riches, je ne vois pas d'inconvénient à ce que tu le traites comme un travail, admit-il.

— Mais il y a un aspect qui te dérange, alors ?

Ils terminèrent le tour du Parthénon et lorsqu'ils arrivèrent au sommet des marches, Niko les indiqua de la main.

— Tu veux t'asseoir avant de redescendre ?

— Tu m'as vue boiter, pas vrai ?

Elle avait fait de son mieux pour ne pas trop le montrer, mais une ampoule sur son orteil rendait chaque pas difficile.

— Bien sûr que non. Je suis fatigué. J'ai rarement l'occasion de monter ces escaliers.

Camila scruta le visage parfaitement ciselé de ce dieu grec. Il n'y avait pas la moindre goutte de sueur visible. Juste une peau mate et lumineuse, aussi douce que savoureuse.

Pour se distraire de cette pensée, elle descendit quelques marches avant de s'asseoir sur la pierre fraîche. Niko prit place juste à côté d'elle, sa cuisse frôlant la sienne et laissant de petites étincelles sous sa peau. Ils restèrent assis en silence un moment, écoutant les gens autour d'eux qui conversaient dans plus de langues que Camila ne pouvait en nommer.

— Je veux savoir si mes valeurs sont en accord avec les gens qui font partie de ma vie. Tant sur le plan professionnel que sur le plan personnel, dit-il finalement, revenant à sa question.

Camila le regarda et vit du conflit dans ses yeux. Comme s'il était encore en train de se décider sur quelque chose. Sur… elle ? Même si elle savait que c'était légitime, étant donné le peu qu'ils se connaissaient, l'idée lui faisait mal.

— C'est pour ça qu'on est là, non ? Pour qu'on puisse se comprendre. Sinon, celui-ci va sacrément s'amuser à nous monter l'un contre l'autre.

Elle tapota son ventre encore plat, se réconfortant de la chaleur de leur lien. Niko tendit la main vers la sienne, mais s'arrêta juste avant de la prendre, se contentant de serrer le poing. Ils avaient convenu de ne pas être trop proches l'un de l'autre, sur l'insistance de Camila, par-dessus le marché. Mais elle ressentait l'absence de son contact physique.

Ils n'étaient pas ensemble, et la douleur qui l'assaillait était inattendue. Indésirable. Pourtant, savoir qu'il mettait en doute leur compatibilité déclenchait en elle quelque chose qu'elle ne voulait pas examiner davantage. Cela ne devrait pas avoir d'importance. La seule chose importante était de savoir comment ils allaient élever cet enfant ensemble.

Le jeune couple assis sur les marches devant eux se leva. L'homme gémit lorsque la femme le hissa debout, puis plaça une main sous son bras et l'aida à descendre les marches.

— Il a probablement couru le marathon, dit Niko.

— Il y a un marathon ?

Elle vit un autre couple dans le même état, qui s'aidait cette fois à monter les escaliers. Niko rit, envoyant un frisson exquis le long de son échine.

— Pas un marathon. *Le* marathon qui a inspiré tous les autres. Il débute dans une ville appelée Marathon, qui est à...

— Quarante-deux kilomètres d'ici ?

Le sourire qu'il lui adressa emballa son rythme cardiaque et Camila fit de son mieux pour l'ignorer.

— La ligne d'arrivée se trouve au stade de Kallimarmaro, et le parcours passe par de nombreux monuments d'Athènes. Les habitants comme les touristes viennent ici pour relever le défi du marathon original.

Il pointa du doigt plusieurs bâtiments visibles depuis leur point d'observation, les nomma et expliqua leur importance.

— Tu vois, c'est mon propos quand je dis que je suis envieuse de l'histoire qui vous entoure, indiqua-t-elle en faisant référence au début de leur conversation.

Avant que le commentaire de Niko sur les valeurs ne heurte quelque chose en elle. Étaient-ils vraiment si différents pour qu'il le remette en question ?

— La Suisse existe depuis tout aussi longtemps. Tu le sais, n'est-ce pas ?

Son ton était amical, à la limite de la taquinerie, et Camila n'avait qu'une envie, se perdre dans sa voix. Ne pas se préoccuper de ce truc en filigrane entre eux.

Le problème était peut-être qu'il n'en savait pas assez sur elle. Elle avait mal interprété ses intentions, au point de croire quelque chose qui n'était pas vrai. Et si ce commentaire sur les valeurs venait de la même raison ? Cela signifiait qu'elle devait partager quelque chose de personnel, aussi intimidant que cela puisse être. Il savait déjà qu'elle avait grandi sans père. Mais elle pouvait lui dire pourquoi. Lui dire ce qui l'effrayait quand elle pensait à leur enfant.

— La Suisse est peut-être aussi ancienne, mais ce n'est pas pareil de grandir avec autant d'histoire autour de soi et d'avoir quelqu'un qui peut vous l'enseigner. Je n'ai pas beaucoup pu en profiter. Ma mère était une maman solo, se débattant dans un pays étranger tout en essayant de m'élever.

S'empêcher de toucher Camila était une épreuve de force. Quelque chose en elle l'atteignait au plus profond de son cœur, et il ne savait pas quoi faire de cette sensation. Niko avait toujours cru qu'il n'était pas fait pour s'attacher. Avec la pression constante de son père pour qu'il poursuive l'héritage Vassilis, il avait décidé très tôt que la paternité n'était pas pour lui. En essayant de comprendre ce que cette nouvelle réalité signifiait pour lui, il avait négligé de la voir du point de vue de Camila. Il ne s'attendait pas à la vulnérabilité qu'il discernait maintenant en elle – ni à quel point cela l'attirerait. Il voulait tout savoir d'elle.

— Qu'est-il arrivé à ton père ? demanda-t-il.

— Il n'était pas prêt à devenir parent, je suppose ? C'est ce que ma mère m'a dit. Il est parti quelques mois après ma naissance et je ne l'ai pas revu depuis. Cela a changé ma mère. Elle s'est tellement focalisée sur son absence qu'elle ne pouvait plus parler d'autre chose.

La main de Camila se posa sur son ventre, froissant le tissu de son chemisier. Elle le regarda, et la circonspection dans ses yeux le glaça. Il avait beau savoir que leurs sentiments étaient un effroyable embrouillamini, il ne voulait à aucun prix qu'elle éprouve de la prudence à son égard.

— Où est ta mère maintenant ?

— Elle est décédée il y a quelques années. Cancer du pancréas, répondit-elle, et il lui adressa un sourire contenu.

Autre chose qui les rapprochait – une relation compliquée avec un parent qui n'était plus là.

— Je suis désolé de l'apprendre.

Camila secoua la tête, lui rendant son sourire crispé.

— C'est pourquoi je veux qu'on trouve un terrain d'entente qui nous permette d'être les coparents que notre enfant mérite. Je veux qu'il ne se sente jamais rejeté par l'un ou l'autre d'entre nous. On doit tous les deux être sur la même longueur d'onde.

Lentement, il la voyait sortir de sa coquille. Bâtir un début de confiance entre eux qui les aiderait à parler des choses importantes. Mais il n'avait pas fini de gagner sa confiance.

— Rien de ce que tu pourras dire ou faire ne me fera fuir. Je te le promets. Cet enfant a beau être une surprise pour nous deux, je ne reculerai pas devant mes responsabilités.

C'était la vérité. Il ne pouvait pas nier que la perspective de la paternité lui inspirait de la crainte. Compte tenu de la nullité de son propre père, comment pourrait-il s'occuper d'un enfant en toute confiance ? Les instincts que sa mère lui avait transmis suffiraient-ils à le guider ? Niko avait hâte de lui demander conseil, mais il n'avait pas trouvé le temps, au cours des deux semaines qui s'étaient écoulées depuis que Camila lui avait appris la nouvelle, de l'annoncer à sa mère et sa sœur. Leurs réactions seraient sans doute de pure joie, ce qui était encore trop compliqué à gérer pour lui en ce moment. Son cerveau était actuellement bien trop confus.

Le visage de Camila restait impassible, ne lui laissant pas entrevoir ne serait-ce qu'un soupçon des pensées cachées derrière ses yeux sombres. Des yeux qu'il ne devrait pas aimer regarder autant. Ils avaient convenu que leur relation devait être basée sur une compréhension mutuelle, où ils pouvaient tous les deux prendre de la distance. Parce qu'ils savaient l'un comme l'autre où les choses menaient lorsqu'ils se laissaient envahir par le magnétisme qui régnait entre eux.

— Bien..., dit-elle avec un petit soupir. Je préfère faire ça toute seule à la base, plutôt que de te voir disparaître à mi-chemin.

Une douleur inconnue traversa la poitrine de Niko. Aucun de ces mots ne sonnait comme une accusation, mais il les percevait tout de même comme tels. Comme si elle le pensait si inconstant et peu fiable qu'elle avait besoin d'entendre ses intentions à voix haute, sinon elle ne les croirait pas.

— Est-ce que j'ai donné l'impression que je disparaîtrais pour toi et notre enfant ? lâcha-t-il malgré lui.

Ils passaient cette journée ensemble parce qu'elle avait supposé le pire de lui à l'hôpital, non ? Et maintenant, ils se retrouvaient à nouveau dans la même situation.

Au moins, elle eut la décence de rougir.

— Pardon si certaines de mes questions te semblent trop dures. Elles partent d'un sentiment d'inquiétude. Je veux savoir que mon enfant ne se demandera jamais de quoi il s'est rendu coupable pour que ses parents l'abandonnent.

L'indignation dans sa poitrine se dissipa, lui laissant un goût amer à mesure qu'il assimilait les mots de Camila. La vulnérabilité était de retour, cette chose qui le poussait vers elle sans qu'il puisse l'expliquer, ni y résister.

Tout ce qu'elle avait fait et dit dans le court laps de temps de leurs retrouvailles était dû à une blessure qui grandissait encore en elle. Quelque chose que Niko comprenait bien.

— On a encore beaucoup à apprendre l'un sur l'autre, conclut-il avant de se lever et de lui tendre la main.

Elle la prit avec un sourire hésitant et s'y accrocha tandis qu'ils descendaient les escaliers et poursuivaient leur balade.

— Oh ! c'est magnifique !

Camila regarda autour d'elle, les yeux écarquillés, pivotant sur ses talons pour tout voir. Une petite satisfaction masculine s'alluma en Niko. Ils avaient traversé un quartier de petites boutiques et de cafés jusqu'à arriver dans ce secteur, comme il l'avait prévu.

Des collines parsemées de petites maisons blanches les entouraient, à la fois semblables et complètement différentes les unes des autres. Les rires des enfants emplissaient l'air alors qu'ils marchaient dans les rues. Des personnes assises devant leur maison sur des meubles de jardin en plastique saluaient Niko au passage, qui leur rendait la pareille.

— Ce sont mes origines modestes, dit-il comme ils prenaient une petite ruelle qui les menait en bas de la colline.

Camila s'arrêta quand trois chats s'élancèrent vers eux. Les félins se plantèrent à un mètre d'eux et les fixèrent. Elle interrogea Niko du regard. Lisant la question dans ses yeux, il leva les mains.

— Je ne les connais pas, assura-t-il, juste au moment où un chat s'avançait et s'enroulait autour de ses pieds.

— Ils appartiennent à quelqu'un d'ici ? Ils ne portent pas de collier ou quoi que ce soit qui puisse les identifier.

— Les chats d'ici appartiennent au voisinage. Ma sœur avait l'habitude de les nourrir chaque fois qu'on pouvait se le permettre. Elle était convaincue qu'elle serait un jour la reine de tous les chats. Elle avait installé une chaise devant la maison, et si elle s'y asseyait assez longtemps, sa cour de chats se rassemblait et miaulait devant elle.

Camila lui sourit, un petit sourire, mais spontané. La tension entre eux était palpable. Il était évident qu'ils avaient encore beaucoup de chemin à parcourir et beaucoup trop peu de temps pour le faire. Une fois que Camila en aurait terminé avec le cas Alexis, elle retournerait en Suisse, et Niko…

Il ne savait pas comment terminer cette phrase. Ils allaient devoir s'arranger pour continuer à se voir d'une manière ou d'une autre. Pour le bien de leur enfant. Ni l'un ni l'autre n'avait encore abordé la question de la logistique.

— Comment s'appelle ta sœur ? demanda Camila.

— Eleni. Elle a fini par devenir ingénieur plutôt que membre de la royauté féline, répondit-il, le cœur gonflé d'affection pour sa sœur.

— Ingénieur ? Je vois que les enfants Vassilis ont bien réussi. Compte tenu de ce que votre père a accompli, il n'est pas surprenant que tous deux ayez visé haut.

Niko se crispa à l'évocation de son père. Tout ce que Camila savait, c'était qu'ils avaient eu des désaccords et le peu qu'il lui avait confié plus tôt. Bien qu'il se soit rapproché d'elle, parler de son père restait un obstacle insurmontable pour lui. Comment pouvait-il partager ce secret alors qu'il pouvait avoir un impact considérable sur sa famille ? Sur l'institut ? Surtout avec Camila, qui voyait encore Stavros sous un jour si positif. Parler de lui ne ferait que les ramener à la même tension que tout à l'heure, sur l'Acropole.

— J'aimerais beaucoup que vous vous rencontriez. Elle prendra son rôle de tante très au sérieux, lança-t-il.

Camila ralentit le pas et s'arrêta, et il se retourna vers elle. Ses yeux s'arrondirent. De la stupeur ? De l'inquiétude ?

— Seulement si tu veux, bien sûr, ajouta-t-il. Elle peut être un peu... excessive, donc ne te sens pas obligée.

— Non, ce n'est pas ça. J'aimerais beaucoup la connaître. C'est juste que..., – elle s'interrompit et secoua la tête avec un petit rire. Je ne pensais pas que notre enfant aurait plus de famille. Ça vient de me traverser l'esprit.

Il fondit devant le sourire sincère qui se dessinait sur ses lèvres. Même s'il ne savait pas comment expliquer leur relation à Eleni, il avait hâte qu'elles se rencontrent. Il ne faisait aucun doute dans son esprit qu'elles s'entendraient bien – peut-être même beaucoup trop bien.

— Je me suis toujours demandé ce que ça ferait d'avoir une fratrie, reprit Camila en recommençant à marcher à ses côtés, descendant la colline vers le centre-ville. Peut-être que ça aurait rendu la pression de ma mère plus... supportable.

— Tu as dû faire face aux attentes de ta mère ? demanda-t-il en lui jetant un regard en coin.

Les épaules de la jeune femme se raidirent et, tandis qu'elle fixait la rue devant elle, Niko pouvait voir les rouages tourner dans son esprit. Elle n'avait pas eu l'intention de révéler quelque chose d'aussi personnel, et une part de lui était déçue. Car même s'il comprenait sa prudence, il voulait savoir ces choses sur elle. Il voulait comprendre ce qui faisait de Camila Pereira Frey la personne qu'elle était aujourd'hui.

Malgré l'affection grandissante qu'il éprouvait pour elle, il ne savait toujours pas quel genre de personne elle était vraiment. Qu'est-ce qui la poussait à travailler si dur ? Quelles valeurs défendait-elle ? Niko y avait fait allusion sur l'Acropole, mais avait laissé tomber pour que la conversation reste légère – laquelle était devenue tendue, de toute façon.

— Oui. Ses attentes n'étaient pas toujours logiques. Dans son esprit, j'aurais dû mener une vie traditionnelle, chercher une carrière moins exigeante pour pouvoir me concentrer sur les enfants. C'est ce qui était important pour elle – quand elle aurait un petit-enfant. Alors quand je me suis lancée dans un métier aussi accaparant, ma mère ne m'a pas soutenue.

Niko sentait qu'elle pesait ses mots. Elle n'arrivait pas encore à lui faire pleinement confiance. Mais la fragilité dans sa voix suffit à lui comprimer la poitrine de compassion. Il savait ce que c'était que de se battre avec un parent difficile. Lui aussi voulait éviter à tout prix d'être comme ça.

— Notre enfant aura de nombreuses raisons d'être fier de toi, dit-il, en toute sincérité.

Il n'était peut-être pas sûr des raisons pour lesquelles elle avait accédé à la réussite – pour la célébrité et la gloire, ou par besoin sincère d'aider les gens. Mais dans tous les cas, cela ne changeait rien à ce qu'elle avait accompli en médecine.

— Tu crois ?

Camila pencha la tête sur le côté pour le regarder, et la lueur de douleur dans ses yeux le poussa à réduire l'écart entre leurs deux corps. Il prit sa main, mêlant leurs doigts, et ils s'accrochèrent l'un à l'autre en marchant en silence.

Les lampadaires s'illuminaient à mesure que le soleil descendait à l'horizon. Les voitures qu'il avait commandées pour venir les chercher et les ramener chez eux étaient garées au bout de la rue. Ils approchaient de la limite du quartier, où les immeubles s'élevaient de plus en plus haut jusqu'à engloutir toute vue sur le ciel. Le bout de ses doigts le brûlait alors qu'ils effleuraient la peau douce de Camila.

Il n'était pas sûr qu'ils aient vraiment atteint le but qu'ils s'étaient donné pour cette journée. Camila restait une énigme. Avaient-ils sauté trop d'étapes dans leur relation, et maintenant n'y avait-il plus moyen de trouver un terrain commun, comme ils le désiraient ? Seraient-ils des parents qui se parleraient à peine, et seulement lorsque cela concernerait leur enfant ?

Il serra la main de Camila tandis que ces pensées le traversaient, et son cœur bondit quand elle pressa sa main en retour, avec un sourire qui lui coupa le souffle. Seigneur, c'était la plus belle femme qu'il ait jamais rencontrée. Il ne servait à rien de lutter contre son attirance pour elle. Il ne pouvait pas lui résister. Sans même essayer, Camila s'était frayé un chemin sous sa peau, dans son existence, et il était désarmé. Elle haussa un sourcil devant son regard insistant.

— Qu'est-ce qu'il y a ?

— J'ai apprécié le temps passé avec toi aujourd'hui, Camila, dit-il, son pouce traçant des cercles sur sa main.

— Ah oui ? rétorqua-t-elle, un peu crispée.

Elle semblait surprise par ces mots, ce qui ne pouvait pas être le cas. Bien sûr, ils avaient des moments de tension, mais il était impossible qu'elle ne voie pas à quel point il avait du mal à garder ses distances. Surtout maintenant, alors qu'ils se tenaient si près l'un de l'autre.

— On essaye d'éclaircir certaines choses entre nous. Il y aura certainement d'autres désaccords, mais je préfère ça plutôt que de ne pas être impliqué du tout, répliqua-t-il.

Et lorsqu'elle leva les yeux vers lui, Niko ne put s'en empêcher. Il tendit la main vers son visage, effleura sa joue.

Sa peau était douce, chaude sous ses doigts, et son esprit s'emplit de promesses de plaisir et de volupté à son contact. L'intensité était identique à celle de leur première rencontre, mais la sensation elle-même était différente. Plus douce, plus tendre et tellement plus fragile que la passion instantanée qui les avait engloutis à

Vancouver. Le désir était quelque chose qu'il pouvait maîtriser, mais ceci – de quoi qu'il s'agisse – contrôlait totalement Niko, le laissant incapable de résister.

Il enroula une mèche de ses cheveux sur son doigt et frémit quand Camila lâcha un petit hoquet. Il vit l'ardeur qui le consumait se refléter dans ses yeux. Laissant son corps prendre le dessus, agissant d'instinct plutôt que délibérément, il se pencha et fit s'effleurer leurs nez.

C'était le contraire de leur objectif, mais à cet instant, il s'en fichait. C'était la seule chose qu'il avait voulue toute la journée, qu'il avait tant combattue car c'était ce sur quoi ils s'étaient mis d'accord. S'être trop rapprochés l'un de l'autre les avait conduits à cette situation, mais Niko ne pouvait pas s'en empêcher. Il le voulait, il *la* voulait.

— On ne devrait vraiment pas faire ça, murmura-t-il.

Si Camila lui donnait une raison suffisante, il pourrait s'écarter et les sauver tous les deux.

Une main se posa sur son torse, l'autre remonta jusqu'à son cou. L'incendie qui couvait dans son ventre explosa dans tout son corps, mettant son sang en ébullition. Toute son attention se concentra sur Camila qui se rapprochait de lui, réduisant l'espace entre leurs bouches à presque rien.

— Oui, il ne vaut mieux pas..., dit-elle, le souffle court et les lèvres si proches que leur frôlement électrisait sa peau.

Le dernier frein qui le retenait lâcha lorsqu'elle battit des cils, et même cela ne suffit pas à atténuer la brûlure de son regard. Niko combla l'écart infime qui les séparait avec un gémissement étranglé et en enterrant les avertissements et les précautions qui lui passaient par la tête, ne lui laissant que le feu qui courait dans ses veines pour alimenter son désir.

Le monde sous les pieds de Camila bascula et elle crut perdre l'équilibre. C'était la puissance des lèvres de Niko sur les siennes. Et elle céda, laissant son corps se couler contre le sien tout en l'embrassant à son tour, les bras noués autour de son cou pour le rapprocher encore.

C'était exactement ce qu'ils avaient tous les deux convenu d'éviter. Comment étaient-ils censés s'acquitter de la tâche difficile de la coparentalité s'ils ne pouvaient pas s'empêcher de se toucher ? Ces pensées dérivaient à la limite de son esprit, et plus le baiser durait, plus elles s'en éloignaient. Parce que quelque chose qui ne devrait pas se produire… ne pouvait sembler aussi *juste*. En tant que femme de science, elle ne croyait pas que les choses pouvaient être prédestinées, mais c'était le mot qui revenait sans cesse.

Ses lèvres vibrèrent sous un gémissement – le sien ou celui de Niko, ou une combinaison des deux – et un délicieux frisson lui parcourut l'échine lorsqu'il entoura sa taille de ses bras, la serrant plus étroitement. Les bruits autour d'elle s'estompèrent, son attention uniquement axée sur Niko et sur les vrilles exquises de passion que son baiser transmettait à tout son corps. Rien d'autre n'occupait son esprit que son toucher et ce que cela lui faisait.

Et quand il glissa la main sur sa joue, inclinant sa tête en arrière pour approfondir le baiser, Camila voulut presque croire qu'ils pouvaient y arriver. Que tout cela avait été un moyen étrange de réunir deux personnes et de les faire s'entendre. Bien qu'elle ne sache toujours pas grand-chose de Niko ou de ses projets d'avenir, elle savait ce qu'elle ressentait – ce qu'il lui faisait ressentir. Il n'y avait rien de fugace là-dedans. Rien de temporaire. Et ce, depuis le moment où ils étaient entrés dans sa suite à Vancouver.

Camila laissa ses mains remonter, savourant entre ses doigts la sensation des cheveux courts sous les mèches plus longues. Elle le voulait plus près, voulait plus de lui, plus de ce moment qui atteignait une fièvre inimaginable et…

Quelque chose de poilu râpa la cheville de Camila et ses yeux s'ouvrirent brusquement. Elle recula en poussant un cri, regarda ses pieds et vit un chat noir qui frottait sa tête dessus.

— Oh ! mon Dieu…, souffla-t-elle, son rythme cardiaque effréné pour une raison bien différente de celle quelques instants plus tôt, et lorsqu'elle releva la tête, les yeux de Niko avaient une expression embuée de désir – elle en oublia presque l'intrus à fourrure à ses pieds.

— Voilà ce qu'on récolte pour ne pas avoir choisi un endroit plus approprié, dit Niko avec un petit rire.

Elle se joignit à lui, ne laissant pas la gêne qui lui montait à la gorge se réinstaller. Parce que peut-être... peut-être que la distance n'était pas nécessaire. Et s'ils pouvaient trouver un moyen d'accepter ce qui couvait entre eux ? Son premier réflexe avait été de le repousser, de se concentrer sur leur enfant et tout ce qui en découlait. Mais malgré tous leurs efforts, ils ne semblaient pas être capables d'y renoncer.

Et si les avertissements de sa mère étaient erronés, et que Niko voulait aussi rester avec elle ? Voulait tenter le coup ?

Son souffle se coupa lorsqu'il lui souleva le menton d'un doigt, posant son front sur le sien. Il la fixa d'un regard tourmenté, assombri par une myriade d'émotions.

— Qu'est-ce que tu veux faire maintenant ? demanda-t-il, et sa voix rauque la fit craquer intérieurement.

Elle voulait aller là où il allait et refaire ce qu'ils avaient fait tant de semaines auparavant à Vancouver. Mais c'était parce qu'ils avaient sauté des étapes qu'ils se trouvaient dans cette situation, où ils ne se connaissaient pas assez pour comprendre leurs humeurs, leur façon de communiquer. Ce qu'il leur fallait, c'était reprendre les choses depuis le début.

— Je pense que c'est une merveilleuse note pour terminer la soirée. Tu m'as montré non seulement les sites les plus importants d'Athènes, mais aussi là où tu as grandi.

Elle s'interrompit avec un sourire, jetant un dernier coup d'œil aux maisons blanches.

— Quand on pense que quelqu'un comme Stavros Vassilis est parti d'un quartier aussi modeste pour fonder l'institut de cardiologie le plus important d'Europe... Tu dois être fier de poursuivre la voie qu'il t'a tracée.

Son sourire s'effaça en voyant le visage de Niko. La chaleur, la passion, s'étaient soudain dissipées, pour laisser place à une expression voilée qu'elle ne parvenait pas à déchiffrer. Les traces de leur baiser persistaient encore, ainsi qu'une respiration laborieuse qu'il essayait de calmer.

— Qu'est-ce qu'il y a ?

Elle tendit les doigts pour effleurer sa joue, et Niko la laissa faire, mais son expression resta éteinte.

— Rien, répondit-il avec un sourire forcé.

Avant qu'elle ne puisse dire quoi que ce soit d'autre, il la prit par la main et l'entraîna vers les voitures qui attendaient.

— Merci d'avoir passé la journée avec moi. Je te verrai au travail.

Le changement soudain de comportement de Niko la décontenança, mais sans lui donner le temps de se ressaisir, il saisit la poignée de la portière et l'ouvrit pour elle. Elle se figea lorsqu'il déposa un léger baiser sur sa joue.

— On parlera bientôt ? demanda-t-elle, pour comprendre ses intentions mais aussi pour se rassurer.

Est-ce que quelque chose l'avait dérangé ?

Un sourire se dessina à nouveau sur les lèvres de Niko, un sourire tout aussi superficiel auquel elle ne crut pas une seule seconde. Puis il acquiesça et ne laissa à Camila d'autre choix que de mettre ces pensées de côté, tandis qu'il refermait la portière et que la voiture se mettait en route.

6

Pour la première fois depuis ce qui lui semblait une éternité, la nervosité de Camila s'apaisait tandis qu'elle examinait les données qu'elle avait reçues de son laboratoire en Suisse. Tous les échantillons avaient été envoyés à son équipe, laquelle avait procédé à la cartographie génétique durant les quatre dernières semaines, et les résultats venaient tout juste d'arriver. Même si Camila aurait pu le faire avec l'équipement disponible ici, elle l'avait finalement confié à son propre laboratoire. De cette façon, ils pouvaient immédiatement faire l'inventaire de leurs conclusions et les ajouter à leur base de données pour référence ultérieure.

Assise devant son ordinateur portable dans un bureau proche de la chambre d'Alexis Theodorou, elle fixait l'écran. Tous les graphiques colorés et les lignes des feuilles de calcul se confondaient alors qu'un mal de tête se propageait derrière ses yeux. Ces deux semaines avaient été étranges, et elle n'était toujours pas sûre de l'avoir digéré.

D'abord, elle n'avait pratiquement pas vu Niko durant les quinze derniers jours. De temps en temps, elle l'apercevait dans un couloir, ou demander à Emilia où en était le dossier. C'était *toujours* à Emilia, jamais à elle, avait-elle remarqué.

Ça, ainsi que son attitude fuyante générale, renforçait dans son esprit l'idée que quelque chose avait déraillé pendant leur visite d'Athènes. Ce *quelque chose* n'était pas difficile à deviner. Niko regrettait de l'avoir embrassée. Il n'avait pas donné ce baiser à contrecœur. Il ne pouvait simuler une telle alchimie, et elle ne l'aurait certainement pas imaginée. Et Camila savait qu'il ne l'avait pas regretté tout de suite.

Non, il lui avait même demandé ce qu'elle voulait faire ensuite, et si elle avait dit qu'elle voulait aller chez lui, Niko l'y aurait emmenée. Dans son lit, où ils auraient réitéré toute la nuit ce qu'ils avaient fait à Vancouver.

Cette pensée l'électrisa tout entière. C'était pathétique de constater à quel point elle avait envie de sentir Niko à nouveau sur elle. Était-ce pour cela qu'il était en colère ? Avait-il perçu le fait qu'elle ait décliné son invitation comme un affront ? Deux semaines s'étaient écoulées, et le père de son enfant n'avait pas daigné lui adresser la parole parce qu'elle ne voulait pas sauter dans son lit sur-le-champ ?

Après tout, sa mère avait raison. Les hommes n'étaient vraiment pas à la hauteur des responsabilités qu'ils apportaient eux-mêmes dans leur vie. Pas sans être incités et harcelés pour une contribution qui devrait être donnée librement. Ils étaient tous pareils. Dire qu'elle avait cru sincèrement que Niko et elle pourraient devenir quelque chose de vrai, une famille aimante pour l'enfant qu'ils avaient créé… Il avait brisé ce rêve en moins de cinq minutes.

Cette prise de conscience laissait un goût amer dans la bouche de Camila. S'efforçant de l'ignorer, elle reporta son regard sur l'écran de l'ordinateur, mais l'élancement derrière ses yeux s'intensifiait à mesure qu'elle tentait de lire les données. Avec un soupir agacé, elle repoussa l'ordinateur.

— Pas de chance avec la cartographie génétique ?

Emilia entra dans la pièce et vint s'asseoir à côté d'elle.

— On a reçu le séquençage aujourd'hui, il s'agit maintenant de le passer au peigne fin et de l'interpréter, répondit Camila en se massant les tempes pour évacuer la tension. J'ai juste besoin d'un peu de calme pour le faire.

Emilia sourit et lui tendit un gobelet de café.

— J'ai pensé que tu aurais besoin d'un petit remontant, et le café en bas de la rue est bien meilleur que celui des distributeurs de l'hôpital.

Camila regarda le gobelet avec envie. Elle avait arrêté de boire de la caféine des semaines plus tôt, lorsque les nausées avaient commencé. Au début, elle n'y avait pas pensé, mais avec le recul, peut-être qu'un niveau subconscient de son esprit avait déjà compris ce qui lui arrivait.

— Oh ! je ne...

— Ne t'inquiète pas, la coupa Emilia en souriant. C'est du décaféiné. Tu peux le boire.

Camila prit la tasse en fronçant les sourcils. Comment Emilia avait-elle pu deviner ? Nue devant un miroir, Camila voyait son ventre s'arrondir, premier signe visible de la grossesse. Mais elle n'en était qu'à sa douzième semaine.

Emilia rit, lisant la question silencieuse dans ses yeux.

— Appelle ça un sixième sens.

Elle prit son téléphone dans sa poche de blouse, le déverrouilla d'un coup de pouce, et le montra à Camila. La photo présentait deux fillettes habillées et coiffées pareil, bien que l'une soit légèrement plus grande que l'autre. Elles se tenaient dans une cuisine miniature et manipulaient ce qui ressemblait à des légumes en bois.

Camila leva les yeux vers Emilia.

— Ce sont tes filles ?

— Oui. J'avais des problèmes de fertilité, alors mon mari et moi nous sommes adressés à des agences d'adoption. Même pas une semaine après avoir ramené June à la maison, mon test de grossesse s'est révélé positif, et c'est ainsi que nous avons eu Mina.

Souriante, elle tapota du doigt le visage de la plus petite enfant, et la joie qui émanait autant d'elle que de la photo imprégna Camila. C'était *cela* qu'elle s'était permis de croire deux semaines plus tôt, lorsque Niko et elle s'étaient embrassés. Avant qu'il ne décide de l'ignorer.

— C'est mon premier, dit-elle, buvant une gorgée de café, espérant que même sans caféine, il ranime son cerveau.

Emilia acquiesça, puis son regard se fixa sur l'écran.

— Que penses-tu de ce que tu as pu voir jusqu'à présent ?

Camila fit défiler le document devant elles, sans chercher de points particuliers. Elle allait devoir passer beaucoup de temps à trier toutes les informations pour les réduire à des marqueurs génétiques spécifiques. Pour cela, elle devait déjà se préparer à quelques diagnostics potentiels. Elle baissa les yeux sur son carnet de notes, parcourant la longue liste.

— Je suis sûre qu'il ne s'agit pas d'une cardiomyopathie hypertrophique. Une myocardite semble peu probable au vu de l'électrocardiogramme. Les résultats du laboratoire n'indiquent pas non plus d'infection virale des tissus. Donc...

Elle marqua une pause, regarda Emilia, sourcils froncés.

— Pour l'instant, j'hésite entre syndrome de Wolff-Parkinson-White ou tachycardie ventriculaire polymorphe catécholaminergique. La TVPC est logique, car seule l'activité physique peut la déclencher. Les deux fois où Alexis a eu un épisode, c'était lors de son entraînement régulier et lors de notre test d'effort. Mais là encore, l'ECG réalisé juste après l'épisode ne semble pas tout à fait correct.

— Et le syndrome de Brugada ? Je me suis penchée sur la question, mais la présentation de l'ECG écarte ce diagnostic aussi, dit pensivement Emilia.

Camila prit son stylo et l'ajouta à la liste des maladies à vérifier. Les marqueurs génétiques faciliteraient au moins la confirmation du diagnostic, même s'ils avaient encore trop de choix pour l'instant. Avec toutes les bizarreries qui planaient entre Niko et elle, elle aspirait à une certaine distance. Peut-être qu'ils auraient plus de facilité à parler d'arrangements une fois qu'elle serait de retour en Suisse.

— Il pourrait s'agir d'un allongement de l'intervalle QT provoqué par un médicament, déclara une voix grave derrière elles, dont le timbre familier la fit frémir involontairement.

Malgré toute la confusion qui régnait entre eux, son corps réagissait à sa présence. Il fallait que cela cesse tout de suite.

Même si Camila ne voulait surtout pas tenir compte du fait que Niko parlait, le diagramme de l'ECG qu'elle avait regardé un instant auparavant lui revint à l'esprit.

— Il y avait un intervalle QT anormalement prolongé ? Je pensais que la morphologie de l'onde T ne concordait pas avec les changements typiques induits par une substance, dit-elle en se tournant vers lui, et le haussement d'épaules qu'il lui adressa en réponse lui fit monter la moutarde au nez.

D'abord, il l'ignorait pendant deux bonnes semaines, et quand il se décidait enfin à lui adresser la parole, il déballait un diagnostic sans fondement et haussait les épaules quand elle le mettait en doute ? Sa mâchoire se crispa et elle ravala ses réponses. Elle devait rester professionnelle, et il était toujours le directeur médical de l'Athena Institute. C'était une des nombreuses raisons pour lesquelles elle devait se montrer gentille avec Niko. Même si cette idée l'exaspérait en ce moment.

— Docteur Pereira Frey, pourriez-vous me rejoindre dans mon bureau ? J'ai une réunion avec la Fédération hellénique de natation plus tard dans l'après-midi, et j'aimerais vous poser quelques questions pour mieux comprendre la trajectoire diagnostique actuelle, dit-il, sans prendre la peine de répondre à ses objections à propos de son diagnostic.

Camila décida donc qu'il ne valait pas non plus la peine qu'elle lui adresse la parole. Elle se contenta de hocher la tête, attrapa son ordinateur, son carnet de notes et son café avant de dire au revoir à Emilia avec un sourire reconnaissant. Elle ne manqua pas le regard perçant d'Emilia entre Niko et elle, et réprima un soupir. Avec son œil aiguisé, Emilia avait déjà découvert sa grossesse. La dernière chose dont elle avait besoin était que des rumeurs circulent sur le fait que le patron de l'Athena Institue attendait un enfant avec une chercheuse de passage.

— C'est du déca ? demanda Niko alors qu'ils longeaient le couloir, ses talons claquant sur le sol de marbre blanc.

Elle s'arrêta net, regardant Niko à travers des yeux plissés.

— C'est ce que tu veux savoir ? Je ne t'ai ni vu ni parlé depuis deux semaines, et ta première préoccupation concerne mon *café* ?

Niko se raidit et il eut la décence de paraître quelque peu surpris. Il déglutit avant de dire :

— La caféine peut avoir un impact négatif sur le poids de l'enfant à la naissance.

— Je le sais, puisque *je* porte ce bébé moi-même, Niko. Malgré les nombreuses options délicieuses qu'il y a ici, j'ai également supprimé les fruits de mer et bien d'autres choses omniprésentes dans la cuisine méditerranéenne. Tu le saurais si tu avais pris la peine de prendre de mes nouvelles au cours des quinze derniers jours.

Redressant les épaules, elle prit une gorgée de son café. Elle savait que c'était exagéré, peut-être même un peu rageur, mais en l'occurrence, elle s'en fichait. Leur baiser avait changé quelque chose en elle, lui avait insufflé un sentiment de désir qui ne se réduisait pas à leur affinité physique. Pendant un moment, elle avait été certaine qu'ils pourraient se retrouver – et puis c'était parti comme si cela n'avait jamais existé. Et pour ajouter à sa confusion déjà grandissante, Niko avait ensuite choisi d'ignorer son existence pendant les deux dernières semaines.

Niko croisa les bras sur sa poitrine et Camila força ses yeux à rester sur son visage. Il y avait un temps et un lieu pour admirer les avant-bras ridiculement bien dessinés de cet homme, et ce n'était pas maintenant. Cela ne ferait que la distraire de sa juste colère.

— Je t'ai dit dès le début que je ne m'impliquerais pas trop dans le traitement d'Alexis en dehors des demandes spéciales que tu pourrais avoir, dit-il gravement, ce qui ne fit que la courroucer davantage.

— Arrête. Tu sais que le travail n'est pas le sujet. Ça ne l'a jamais été. Non, il s'agit de *nous*. De la façon dont tu étais ravi de m'embrasser, pour m'envoyer promener juste après.

Un muscle se contracta sur la mâchoire de Niko, et il prit une profonde inspiration.

— Ce n'est pas... Je ne voulais pas donner l'impression de t'ignorer. C'est juste que...

Un bip strident l'interrompit au milieu de sa phrase, et Camila sortit le bipeur qu'Emilia lui avait remis le premier jour. Elle lui avait dit de ne pas s'attendre à des appels puisqu'elle ne s'occupait que d'un seul patient, mais qu'il serait bon qu'elle en ait un, au cas où. C'était apparemment le cas aujourd'hui. Elle dit vivement :

— Je dois y aller, il y a un problème avec Alexis.

Mais lorsqu'elle se retourna pour partir, Niko était déjà à ses côtés, avançant dans la même direction qu'elle.

Il y avait trois personnes dans la chambre d'Alexis Theodorou lorsque Camila et Niko arrivèrent. Il reconnut un interne en cardiologie, Ilias Georgiou, debout devant le moniteur cardiaque. Le jeune médecin pressa rapidement la petite poche de perfusion suspendue à l'un des cadres métalliques, puis leva les yeux vers eux.

— Une arythmie inexpliquée a commencé il y a environ quarante-cinq minutes. Nous avons administré des bêtabloquants par voie intraveineuse. Il y a eu une première baisse initiale de la gravité de l'incident, mais une autre arythmie s'est produite, expliqua-t-il.

Camila lui décocha un regard en coin. Il y avait beaucoup de choses floues entre eux, des choses qu'il devait lui dire. Comme le fait que la mention de son père l'avait suffisamment effrayé pour qu'il s'éloigne d'elle. S'il était allé à Vancouver, c'était dans le but de recruter de nouvelles personnes pour l'institut, afin de remplacer les employés de son père à mesure qu'il les poussait vers la sortie. Depuis qu'il était devenu directeur médical de l'Athena Institute, il s'était efforcé de réformer l'établissement de fond en comble et d'en modifier l'orientation. Cela consistait notamment à se dissocier de tous ceux qui parlaient trop favorablement de Stavros Vassilis ou de l'époque où il était directeur.

Niko savait qu'il manquait à Camila certains éléments importants concernant son père, et que sa réaction à l'évocation de son nom n'était pas rationnelle. Mais cela avait été plus fort que lui, et depuis, il avait du mal à remettre de l'ordre dans ses idées.

— Les bêtabloquants ne fonctionnent pas ? demanda Camilla, en se mordillant la lèvre inférieure.

Cette vision lui fit ressentir un désir profond, mais Niko le repoussa. Il l'ignora comme il avait ignoré tout le reste ces deux dernières semaines.

— On vient d'administrer une nouvelle dose pour voir si cela améliore l'arythmie, répondit Ilias.

— On lui a fait faire des tests particuliers aujourd'hui ? s'enquit Niko, afin de garder son attention sur le patient.

Il avait examiné le dossier d'Alexis plus tôt pour préparer sa réunion téléphonique. L'épreuve d'effort avait déclenché une arythmie, mais le test d'inclinaison n'avait révélé aucun effet indésirable – ce qui avait fait reculer le diagnostic de quelques étapes. Camila acquiesça à ses questions, suivant manifestement le même cheminement de pensée.

— Rien qui sorte de l'ordinaire. Le patient a passé du temps sous surveillance en dehors du lit et s'est senti revigoré ensuite. Il n'y a eu qu'un stress minime lors de sa promenade dans les jardins, et on a gardé un œil sur son moniteur cardiaque tout du long. De son propre aveu, il se sentait bien, ajouta Ilias en regardant Alexis.

Niko suivit le regard de Camila vers le moniteur cardiaque, examinant les signes vitaux à la recherche d'un indice sur la pathologie dont souffrait Alexis. Ils avaient déjà fait cela tant de fois depuis son admission, et bien qu'ils aient écarté certaines maladies, il en restait beaucoup – et Alexis semblait aller plus mal sans raison particulière.

— Tu as reçu les données de cartographie génétique ce matin. Il y a quelque chose qu'on pourrait utiliser pour lancer le processus de diagnostic ? demanda Niko, les premiers mots qu'il lui adressait depuis leur échange dans le couloir.

— Non, pas dans un délai aussi court que celui-ci. Nous devons d'abord stabiliser Alexis avant d'approfondir le diagnostic. Même si nous savions ce que c'est, il faudrait qu'il soit stable pour confirmer nos soupçons.

Elle se retourna pour lui faire face.

— Tu es ici pour nous aider ?

Il hocha la tête, ne cherchant pas à interpréter sa question. Il était le directeur, et ne pouvait pas lui reprocher de croire qu'il pourrait avoir d'autres choses à faire. Il s'approcha d'Alexis, qui respirait par petites bouffées, chacune embrumant le masque à oxygène. Ses yeux étaient fermés, son front couvert de sueur.

— À quoi penses-tu ? demanda-t-il à Camila.

— Les arythmies sont réfractaires. Notre meilleure option est la cardioversion électrique, dit-elle, regardant autour d'elle et pointant le chariot de réanimation.

— Prépare le défibrillateur. Je m'occupe de la sédation.

Choquer le cœur d'un patient encore conscient n'était jamais agréable, et le moins que l'on puisse faire était de l'endormir pour qu'il ne se souvienne pas de la douleur.

Camila rapprocha le chariot du lit, puis tourna un bouton sur la machine. Lorsque Niko s'avança, une seringue à la main, elle hocha la tête et s'adressa à Alexis.

— Vos arythmies se révèlent résistantes aux bêtabloquants. Nous allons devoir essayer de stabiliser votre cœur avec un choc électrique, d'accord ? Nous sommes sur le point de vous administrer un sédatif pour la procédure, vous sentirez donc la douleur s'arrêter bientôt.

Alexis n'était pas en état de répondre, et Niko inséra la seringue dans la canule de l'intraveineuse. Il ne fallut que quelques instants pour que le sédatif à action rapide se propage dans l'organisme du patient. Lorsque son visage se relâcha et que ses mains se détendirent, Camila et lui agirent tous deux en tandem.

Camila saisit les tampons de l'appareil tandis qu'il écartait la blouse du torse du patient. Lorsqu'elle les plaça sur le haut du sternum droit et sur le côté gauche de la poitrine, elle le regarda, puis elle regarda Ilias qui se tenait sur le côté.

La machine se mit à vrombir et délivra une décharge électrique synchronisée avec les battements du cœur d'Alexis. Les yeux de Camila se portèrent sur le moniteur, vérifiant à la fois les signes cardiaques et les autres signes vitaux. Le schéma restait le même au fur et à mesure que les secondes s'écoulaient, et Niko l'entendait marmonner.

Il lui demanda s'ils devaient répéter la manœuvre, mais elle leva la main pour l'en empêcher, fixant l'écran – jusqu'à ce qu'il se stabilise.

Un soupir de soulagement collectif s'éleva dans la salle. Ils échangèrent des regards, l'inquiétude pour leur patient se lisant sur leurs visages, et la tension retomba lorsque Camila reposa les électrodes du défibrillateur dans un bruit sourd.

— C'était donc sa troisième arythmie ? dit-elle, et quand Ilias acquiesça, elle se tourna vers Niko. Vous avez une unité de soins intensifs ?

— Pas un espace isolé où nous plaçons tous nos patients critiques. Nous avons un protocole de soins intensifs. Alexis restera ici, mais avec une surveillance et des contrôles des constantes vingt-quatre heures sur vingt-quatre.

Il réfléchit au planning des cardiologues disponibles. Depuis que l'Athena Institute était devenu un hôpital très spécialisé, il fonctionnait différemment des hôpitaux traditionnels et n'avait pas les mêmes structures en place. Chaque jour, il n'affectait qu'une ou deux personnes aux gardes de nuit, n'ayant jamais besoin de plus. Camila avait dû lire ses pensées sur son visage, car elle déclara :

— Je vais rester cette nuit pour l'observer.

— Ce n'est pas nécessaire. Je vais en parler à Emilia et lui demander de désigner quelqu'un.

Il s'apprêtait à faire demi-tour quand il remarqua une lueur d'agacement dans les yeux de Camila et s'arrêta. Il se tourna vers Ilias et lui dit :

— Va informer Emilia de ce qui s'est passé ici et dis-lui qu'Alexis Theodorou doit être placé en observation jusqu'à ce que nous puissions confirmer que les arythmies ont cessé.

Ilias hocha la tête, referma la porte derrière lui et les laissa seuls. Lorsque Niko se retourna vers elle, Camila se tenait devant le moniteur cardiaque et étudiait l'impression de l'échocardiogramme.

— C'est une tachycardie ventriculaire. Si nous détectons l'une d'elles trop tard, on risque de le perdre. Il vaut mieux que je reste.

— Je ne dis pas que nous ne devrions pas le mettre sous observation. Mais que quelqu'un d'autre dans l'équipe d'Emilia peut le faire. Tu n'es pas obligée de rester ici.

Niko ne savait pas bien pourquoi il s'y opposait. Le sentiment de protection qui l'habitait était malencontreux. Camila savait comment prendre soin d'elle, et c'était lui qui avait refroidi les choses entre eux – pour des raisons qu'il n'était pas prêt à examiner plus avant.

Lorsqu'ils s'étaient embrassés, tout avait basculé en lui, et il savait qu'il en était ressorti différent. Il était même allé jusqu'à l'inviter chez lui. Une partie de Niko était soulagée qu'elle n'ait pas accepté, car si elle l'avait fait, il n'aurait pas pu la laisser repartir. Mais une autre partie de lui voulait la garder. Être avec elle. C'était la pensée qui le terrorisait. Une idylle n'avait jamais fait partie du compromis qu'ils avaient passé. Il ne faisait pas dans les relations sentimentales, il n'avait pas l'espace nécessaire dans sa vie pour laisser y entrer quelqu'un comme ça. Il lui restait trop de l'œuvre de son père à défaire pour pouvoir donner autant de lui-même.

Et Camila… Ses ambitions ne risquaient-elles pas d'entraver les choses ? Elle voyait son père comme un pionnier important dans le domaine de la cardiologie, à l'instar de beaucoup d'autres. Aucun n'avait vu ce qui se passait en coulisses.

— Tu ne peux pas m'empêcher de passer la nuit ici si je le veux, Niko, lança Camila, croisant les bras sur sa poitrine.

Son premier réflexe fut de relever le défi, de lui opposer la pareille. Il était le directeur médical de l'institut. Il pouvait interdire à qui il voulait l'accès à *son* hôpital. Mais il se força à garder son calme. Avec Camila, rien n'était jamais simple ou facile. C'était ce qui l'attirait chez elle. Personne ne l'avait jamais provoqué de la sorte de toute sa vie.

— Tu veux vraiment prendre la garde de nuit ou tu t'acharnes parce que tu sais que je n'aime pas cette idée ? dit-il avec un énorme soupir.

— Crois-le ou non, railla-t-elle, je ne base aucune de mes décisions sur ce que tu peux en penser. Sinon, je n'arriverais à rien si tu décides de m'ignorer encore une semaine.

Cette attaque atteignit Niko au plus profond dans sa chair. Il savait qu'il méritait ce reproche, même s'il avait besoin d'un peu d'espace vis-à-vis d'elle. Pour réfléchir, pour... surmonter cette *chose*, ce remous dans sa poitrine chaque fois qu'il la voyait. Car il fallait que ce remous cesse. Avant de devenir trop grand pour qu'il puisse le contenir.

Peut-être qu'il était plus facile qu'elle soit en colère contre lui que de la laisser se rapprocher de lui. Une fois la tension entre eux apaisée, ils pourraient décider quoi faire pour leur enfant.

— Très bien, comme tu veux. Emilia t'expliquera les protocoles de garde et je te verrai tout à l'heure pour la réunion téléphonique avec la Fédération de natation, dit-il en tournant les talons avant que Camila ne puisse ajouter quoi que ce soit.

7

Le froissement du papier réveilla Camila de son sommeil précaire. Elle cligna plusieurs fois des yeux avant que le monde ne devienne plus net, et quand ce fut le cas, son regard croisa celui de Niko. Il était assis sur une chaise au pied du lit, feuilletant une pile de papiers et s'arrêtant de temps en temps pour prendre des notes.

— Qu'est-ce que tu fais là ? demanda Camila, cherchant son téléphone à tâtons pour regarder l'heure.

Il était presque 8 heures du matin. Emilia était venue plus tôt pour la remplacer auprès d'Alexis. Camila avait envisagé de rentrer à l'hôtel, mais la fatigue l'avait submergée. Elle était donc retournée dans la chambre vide qu'elle avait utilisée toute la nuit et s'était promis de ne fermer les yeux que pendant vingt minutes. C'était il y a deux heures.

— Je pourrais te poser la même question. Aux dernières nouvelles, tu n'étais pas une patiente dans cet hôpital, dit-il.

Camila percevait de l'inquiétude dans son ton.

— Comment as-tu pu savoir que j'étais encore là ?

Elle se redressa avec précaution, les muscles raides. Alors qu'elle s'appuyait contre la tête du lit d'hôpital, une douleur sourde l'élança de la jambe à l'abdomen.

Niko ne leva pas les yeux de sa paperasse et répondit :

— Emilia m'a donné des nouvelles quand elle a pris le relais et mon chauffeur a signalé qu'il ne t'avait pas ramenée à l'hôtel. Il n'y a pas beaucoup de chambres vides, il suffisait donc de vérifier chacune d'entre elles.

Camila fronça les sourcils.

— Tu es venu voir si j'allais bien ?

Lorsqu'il releva enfin le regard, Camila sentit son souffle se bloquer dans sa gorge. Après la façon dont ils s'étaient quittés hier, elle s'était attendue à de la tension ou même à de l'agacement, mais ce qu'elle voyait dans ses yeux était brut. Vulnérable. Mais pourquoi le fait qu'elle ait passé la nuit dans son hôpital le mettait-il dans un tel état d'inquiétude ?

— Bien sûr que je suis venu voir comment tu allais.

Il referma le dossier avec un soupir, le posa sur la chaise en se levant et vint se placer devant le lit.

— Camila, je tiens à toi, à notre enfant. Ta surprise me montre que je n'ai pas été assez clair à ce sujet.

Ses yeux s'écarquillèrent à cet aveu, et son esprit se vida. Après le départ de Niko la veille au soir, Alexis avait souffert de quelques arythmies supplémentaires qu'ils avaient dû contrôler. Camila avait consulté les données sur son ordinateur et réussi à exclure certains autres diagnostics potentiels. Elle avait maintenant réduit leur nombre à trois.

— Alexis a fait des arrêts cardiaques la nuit dernière. Il aura besoin d'un monitoring constant jusqu'à ce que nous ayons établi son diagnostic et les prochaines étapes.

Camila ne savait pas trop pourquoi elle avait dit ça. Bizarrement, c'était la première chose qui lui était venue à l'esprit. Niko venait de lui dire qu'il tenait à elle, après qu'elle avait passé deux semaines à se demander pourquoi ce n'était pas le cas – pourquoi il l'ignorait après avoir partagé un baiser si passionné avec elle. À sa décharge, il ne montra aucune surprise à ce changement de sujet.

— Emilia m'en a informé. J'ai déjà affecté du personnel supplémentaire au chevet d'Alexis, dit-il gentiment.

— Que s'est-il passé ces deux dernières semaines ?

Niko soupira, son regard se posa sur ses mains, qui blanchirent au niveau des jointures.

— J'étais embrouillé et j'ai mal réagi. Il y a beaucoup de facteurs à prendre en compte quand il s'agit de… nous, et je ne suis pas sûr de savoir comment gérer tout ça.

Il y avait une hésitation dans ses paroles, comme s'il avait besoin de soupeser tout ce qu'il disait. Camila le savait bien, car elle aussi avait besoin de réfléchir aux mots qu'elle employait. Sa mère lui avait appris à ne pas se fier aux gens avec ses sentiments, et parler avec son cœur était devenu très compliqué. Niko était-il pareil ? Était-ce la raison pour laquelle ils n'arrivaient pas à trouver une voie à suivre qui ne dépendait pas de leur attirance physique l'un pour l'autre ?

— On devra finir par résoudre ces problèmes. Pour le bien de notre enfant, en tout cas, dit-elle.

Niko prit une grande inspiration avant de se lancer.

— Il y a encore beaucoup de choses que tu ne sais pas sur moi et sur ma situation. Il y a deux semaines, je me suis braqué parce que… j'ai connu une facette de Stavros Vassilis très différente de celle que le reste du monde voyait.

Camila se figea. Ce n'était pas du tout la raison à laquelle elle s'attendait. Elle savait qu'il se passait quelque chose derrière ces yeux sublimes, mais elle n'avait jamais pensé…

— C'est-à-dire ?

Niko s'approcha, puis s'installa au bout du lit quand Camila retira ses jambes pour lui laisser un peu de place.

— L'image du pionnier et du bâtisseur dans le domaine de la cardiologie a été soigneusement élaborée. À la maison, il n'était pas du tout comme ça. Ma sœur et moi le voyions à peine, et quand c'était le cas, il nous poussait tous les deux dans des endroits où nous n'avions pas vraiment envie d'aller. Tout cela au nom de l'image qu'il avait créée.

Camila le considéra sans rien dire.

— Bien que je ne le regrette pas, c'est à cause de lui que j'ai fait médecine. Dès mon plus jeune âge, il m'a dit que prendre la tête de l'Athena Institute me revenait de droit. Que la poursuite de son aspiration à faire de notre nom l'un des plus importants dans le domaine médical reposait sur mes épaules. Le jour où j'ai décidé de tourner le dos à ses exigences – à cet hôpital – a été déterminant pour moi. Travailler avec d'autres médecins et voir comment d'autres directeurs médicaux géraient les choses m'a fait découvrir une perspective que je n'avais jamais eue auparavant. Tout ce que je savais, c'était ce que mon père me disait et ce que je lisais dans la presse à propos de l'institut. Mais en rejetant son offre alléchante, j'ai pris mon destin en main et j'ai acquis une lucidité que je n'avais pas lorsque j'étais proche de lui. Puis il est mort et je me suis retrouvé à la tête de l'hôpital. Je me suis penché sur tout ce qu'il avait fait pour obtenir la gloire et l'argent – au service de sa propre vanité.

Niko marqua une pause, se tassa un peu sur lui-même. Il lui jeta un regard en coin, et le tumulte des émotions dans ses yeux la bouleversa. L'air ambiant s'alourdit tandis qu'elle attendait qu'il poursuive sa confession.

— Quand l'institut est devenu plus célèbre, il a commencé à faire payer les gens au prix fort pour des interventions mineures qui auraient tout aussi bien pu être pratiquées dans un hôpital public. Il les a convaincus que lui et son équipe étaient la meilleure chance de survie et a ajouté un supplément au coût déjà élevé des soins de santé. Il… il s'est servi de son nom pour profiter de gens candides. Si j'avais fait ma formation ici, m'aurait-il entraîné dans cette voie ? Ou est-ce que mon désir d'éviter mon père m'a rendu complice ? Si j'étais venu ici, j'aurais pu m'en rendre compte. J'aurais pu… l'arrêter plus tôt.

Lorsque Niko finit de parler, Camila était estomaquée. Stavros Vassilis avait fait ça à des innocents ? Cette idée était inimaginable pour elle. Comment quelqu'un qui avait insufflé tant de changements dans le domaine de la cardiologie s'était-il avéré être aussi inhumain ? Elle ne savait comment réconforter Niko avec les bons mots. Alors elle se leva du lit, ignorant la protestation de ses muscles, la douleur sourde dans son ventre. Elle vint se placer devant lui, prit son visage entre ses mains, et lui caressa les joues.

— Et tu as géré les conséquences de tout cela tout seul ?

Il tourna la tête de façon que sa bouche s'appuie contre sa paume. Elle frissonna lorsqu'il y déposa un baiser.

— Quand j'ai pris la direction de l'Athena Institute et que j'ai découvert jusqu'où c'était allé, j'ai juré de défaire tout ce qu'il avait fait. C'est plus difficile que je ne l'imaginais, et éliminer tous ceux qu'il a engagés dans sa combine sournoise est une tâche ardue. Je dois m'assurer que j'ai encore assez de médecins pour prendre soin de nos patients. Mais c'est pour ça que j'ai mal réagi l'autre soir.

Il déglutit avec peine et ajouta :

— Tu comptes pour moi, maintenant. Tu es la mère de mon enfant. Alors quand tu as parlé de mon père en termes si élogieux, cela a réveillé des émotions désagréables. Et j'ai paniqué – parce que j'ai aimé t'embrasser.

La vérité voltigeait autour d'eux et Camila expira l'air qu'elle avait retenu pendant qu'il parlait. Son cœur battait à tout rompre, s'accrochant aux mots qu'il venait de prononcer et voulant les lui retourner. Voulant lui dire qu'elle aussi tenait à lui. Qu'elle était prête à essayer, malgré tous les avertissements de sa mère dans sa tête. Niko n'était pas comme son père ou les autres hommes inconstants qu'elle avait rencontrés dans sa vie. Dès qu'il avait appris l'existence de leur enfant, il avait pris ses responsabilités.

Lui aurait-il même confié tout cela à propos de son père s'il n'avait pas été sérieux ? Camila se pencha, prête à briser la tension d'un baiser. Mais un petit cri lui échappa quand la douleur sourde qui lui tenaillait les jambes et le ventre s'intensifia, la pliant en deux, cramponnée à son ventre.

Niko se leva d'un bond, inversant leurs positions pour qu'elle s'asseye sur le lit. Il s'accroupit, le visage plissé d'inquiétude, et posa sa main par-dessus la sienne.

— Qu'est-ce qui ne va pas ? Est-ce que c'est… ?

Camila força sa respiration à rester stable alors qu'une nouvelle douleur lui transperçait le ventre. La panique menaçait de la submerger. Elle pensait que ses muscles avaient été endoloris par le fait d'être restée à veiller toute la nuit, mais... Était-ce normal ? Elle tenta de se rappeler les symptômes et les malaises de la grossesse qu'elle avait étudiés dans la brochure remise par la clinique d'obstétrique.

La clinique.

— Il faut qu'on aille voir mon médecin, dit-elle, tentant de combattre la douleur en relâchant son souffle.

— Tu as déjà un médecin ? demanda Niko en sortant son téléphone de sa poche. Quel est le nom de la clinique ? Je les appelle tout de suite.

Qu'est-ce qui n'allait pas avec son bébé ? La panique croissante l'enveloppait d'un brouillard confus. Ils devaient voir son médecin tout de suite.

— C'est le Dr Karalis. Sa clinique se trouve juste à côté.

Elle poussa un autre cri et se plia de nouveau en deux.

— Ton médecin est *Daphne* Karalis ? *Skata*.

Ce dernier mot sonna comme un mot grossier. Niko fit défiler sa liste de contacts, et appuya sur l'un d'eux.

— Je sais où se trouve sa clinique. Elle nous recevra tout de suite.

Camila ne demanda pas comment il le savait. Tout ce qui comptait, c'était qu'ils y aillent avant qu'il n'arrive quoi que ce soit de grave à leur bébé. Elle n'était pas tout à fait à douze semaines. S'il se passait quelque chose, elle...

Elle ne s'attarda pas sur cette pensée et essaya de se mettre debout, mais n'y parvint pas à cause de la douleur qui la traversait. Niko la souleva dans ses bras. Le téléphone coincé entre son épaule et son oreille, il commença à parler rapidement en grec tout en la portant à travers l'hôpital.

En tant que chirurgien cardiovasculaire, Niko avait vécu de nombreux moments de tension au cours de sa carrière. Même tous réunis, ils n'étaient pas comparables à la terreur pure et simple qui l'avait envahi lorsque Camila avait crié, cramponnée à son ventre. Cette peur le submergeait encore maintenant, alors que Camila était allongée sur la table d'examen, le visage plus détendu.

Le Dr Daphne Karalis se tenait près de l'appareil à échographie et soulevait la blouse de Camila sur son ventre.

— Comme la dernière fois, ça va être froid, et ça pourrait faire un peu mal, dit-elle en étalant le gel lubrifiant.

Camila gémit et Niko cessa immédiatement de faire les cent pas pour lui prendre la main. Qu'elle l'étreigne montrait à quel point elle était encore aux prises avec sa propre peur, et il se força à rester calme. Elle avait besoin de lui en ce moment. Leur enfant avait besoin de lui.

— Bon, voyons ce qui se passe. Vous deviez venir la semaine prochaine pour votre échographie de datation. Vous avez donc une douleur lancinante dans la région abdominale ? demanda Daphne en souriant à Camila.

Cette dernière acquiesça et jeta un coup d'œil à Niko. Il pressa sa main avec un calme qu'il n'éprouvait pas.

— Oui. Je viens de terminer une garde de nuit, et quand je me suis levée, la douleur sourde que je ressentais a augmenté de façon drastique, expliqua-t-elle.

Il savait qu'elle essayait de paraître aussi clinique que possible malgré sa panique. Il lui pressa à nouveau la main et ne manqua pas le regard de Daphne sur leurs doigts noués. Elle demanda si cela s'accompagnait de pertes de sang, et lorsque Camila secoua la tête, elle s'empara de la sonde.

L'écran était intentionnellement détourné d'eux. Daphne savait que Camila et lui savaient lire une échographie, ce qui leur permettait de devancer des informations potentielles. Cette pensée lui crispa la gorge.

— C'est parti, dit Daphne, appuyant sur une touche.

Le cœur de Niko cogna dans sa poitrine alors que les battements rapides et puissants du cœur de son bébé résonnèrent dans la pièce. Camila eut une réaction similaire, lâchant sa main pour la presser sur son propre cœur.

Daphne fit pivoter l'écran.

— Votre bébé va bien et vous n'avez pas à vous inquiéter. Ce que vous ressentez, c'est une douleur au ligament rond. Elle survient lorsque l'utérus se dilate et se manifeste souvent par une sensation de coups dans le bas-ventre. Cela peut surprendre les femmes primipares.

Elle fit une pause, les regardant tous les deux.

— Je sais que c'est ton premier enfant, Niko, mais je suppose que c'est aussi le premier pour vous.

Niko réprima un soupir d'agacement. La terreur ayant quitté son corps dès qu'il avait entendu les battements de cœur du bébé, il pouvait se concentrer sur d'autres choses - comme le fait que Daphné Karalis-Vassilis apprenait qu'il allait avoir un enfant de la pire façon qui soit.

Camila saisit la formulation de Daphne, l'intimité avec laquelle la gynécologue s'était adressée à lui. Ses yeux passèrent de l'une à l'autre avec un air perplexe qui se transforma lentement en ébahissement.

— Camila, je te présente ma mère, Daphne, dit-il d'une voix tendue.

— C'est un plaisir, Camila. Je crains que mon fils ne m'ait pas beaucoup parlé de vous, déclara Daphné avec un grand sourire sincère

Il vit que Camila cherchait les mots justes. Lui-même ne savait pas quoi dire. Il n'avait pas annoncé à sa mère ni à sa sœur qu'il attendait un enfant. Il avait prévu d'en parler à maintes reprises, mais avec la tension entre Camila et lui, le bon moment ne s'était jamais présenté, alors il s'était tu lors de leurs dîners familiaux hebdomadaires.

— Mère, n'en faisons pas toute une histoire, dit-il à Daphne en grec. Elle a juste eu un moment de stress. Si tu veux te fâcher, tu pourras t'énerver contre moi plus tard.

— D'accord, mais toi et moi, nous aurons une discussion sur ce que tu pourrais me cacher d'autre, répliqua-t-elle en lui jetant un regard éloquent.

Elle essuya l'excès de gel sur le ventre de Camila et remit sa blouse en place, poursuivant à son attention :

— Le mieux que vous puissiez faire quand vous ressentez une telle douleur, c'est de vous détendre. Reposez-vous, et prenez un bain chaud si la douleur augmente.

Camila hocha la tête, les fixant toujours tour à tour avec une expression incertaine. Il ne pouvait pas lui en vouloir. Ce n'était pas du tout la façon dont il avait prévu d'annoncer la nouvelle, ni la façon dont elle était censée rencontrer la grand-mère de leur enfant.

— Tu devrais ramener Camila à la maison, mon fils. Nous maintenons le rendez-vous de la semaine prochaine qui permettra de fixer la date de l'accouchement.

Elle s'arrêta, le regardant à nouveau avec une expression qu'il avait connue toute sa vie. Même aujourd'hui, la trentaine passée, il savait qu'il était dans le pétrin et qu'il en entendrait parler plus tard.

8

Camila ne protesta pas quand Niko lui ouvrit la portière de sa voiture avant de monter de l'autre côté et de donner au chauffeur de brèves instructions en grec. Encore trop tendue, elle ne réagit pas lorsque la voiture passa devant son hôtel et ne s'arrêta que devant une grande maison entourée d'une clôture de marbre blanc. Le portail s'ouvrit de lui-même et la voiture entra, puis s'arrêta. Niko sortit du véhicule et vint ouvrir sa portière avant de l'aider à se lever.

Sans un mot, il la mena dans sa maison et au bout d'un couloir qui s'ouvrait sur une salle de séjour lumineuse. Tout était en marbre gris ou blanc. Des décorations le long des murs à la table basse placée devant un somptueux canapé gris foncé, tout était haut de gamme et choisi par un architecte d'intérieur méticuleux.

C'était aussi un endroit plein d'angles saillants. Ce fut la première idée qui vint à l'esprit de Camila. Il n'y avait pas un seul coin arrondi en vue. Des verres et des bouteilles d'alcool trônaient au centre de la table basse, attendant d'être renversés par un bambin remuant qui apprenait à peine à marcher. Elle pressa une main contre son ventre lorsque la vision de leur enfant dans cet espace s'imposa involontairement à elle. Douleur au ligament rond. Bien sûr, il s'agissait de quelque chose de tout à fait inoffensif, et si sa propre panique ne l'avait pas anéantie, elle aurait pu se rappeler que les malaises pendant la grossesse étaient tout à fait normaux - et même prévisibles, en réalité.

— Allons te mettre dans ce bain, dit Niko en l'entraînant.

La salle de bains était tout aussi lumineuse et moderne que le salon, avec un sol de marbre blanc-gris et de grandes fenêtres donnant sur le jardin clôturé. Camila s'émerveilla de la grande douche à effet de pluie qu'elle aperçut au fond de la pièce et pouvait presque sentir l'eau chaude sur son corps. Jusqu'à ce que Niko appuie sur un bouton sur le mur et que le bouillonnement de l'eau remplisse l'air.

La luxueuse baignoire était parfaitement intégrée au sol, l'invitant à se plonger dans ses profondeurs. Sa surface en porcelaine blanche étincelante reflétait la lumière tamisée de la salle de bains. Les rayons du soleil filtraient à travers les fenêtres et dansaient sur les éléments décoratifs argentés qui tapissaient les murs.

— Oh ! mon Dieu…, souffla-t-elle tandis que l'eau se déversait dans la baignoire, ses muscles aspirant au réconfort de sa chaleur.

— Il faut un certain temps pour qu'elle se remplisse. Je peux te faire visiter la maison en attendant, proposa Niko.

Et pour la première fois depuis qu'ils avaient quitté le bureau du Dr Karalis, ils se regardèrent. Camila était certaine que le même tourment se reflétait sur leurs visages.

Ils se fixèrent en silence pendant quelques instants, tandis qu'ils digéraient le choc puis le soulagement de leur matinée. Lorsque la main de Niko s'approcha de son visage pour lui caresser la joue, elle se laissa aller contre sa paume.

— J'ai eu une peur bleue, dit-il doucement.

Et l'aveu grave de cet homme habituellement stoïque brisa la mainmise qu'elle avait sur ses propres sentiments. Ils remontèrent à la surface avec une férocité débridée. Camila entoura Niko de ses bras, se pressa contre lui, alors que le barrage intérieur se rompait et que les larmes jaillissaient enfin de ses yeux. Il l'enlaça et posa son menton sur sa tête tandis qu'il frottait son dos et murmurait en grec des mots apaisants qu'elle ne comprenait pas. Cela n'avait pas d'importance. Ils l'atteignirent quand même, sa voix l'enveloppant comme une couverture chaude.

— Moi aussi, murmura-t-elle, blottie contre lui. Cette grossesse n'était pas prévue, mais quand j'ai pensé que quelque chose n'allait pas, mon esprit s'est bloqué. Je n'ai jamais eu aussi peur de ma vie. Niko, je…

Il l'écarta un peu pour la regarder. Ses mains encadrèrent son visage, effaçant les larmes qui coulaient sur ses joues.

— J'ai ressenti la même chose. C'était mon propos quand j'ai dit que tu étais devenue importante pour moi, Cami.

Puis il se rapprocha jusqu'à ce que leurs fronts se touchent. Elle sentit son cœur cafouiller dans sa poitrine, son pouls s'emballer. L'épuisement de cette nuit l'avait vidée, autant physiquement qu'émotionnellement. Niko dut le voir sur son visage, car il posa un léger baiser sur ses lèvres.

— On peut en parler demain. Ma priorité, c'est de te préparer à savourer un bon bain qui te détendra.

Il recula d'un pas, la tourna dos à lui. Puis il ôta sa veste, enfouit le visage dans son cou et ses mains passèrent devant elle pour déboutonner son chemisier.

Camila retint son souffle quand il fit glisser le chemisier le long de ses bras, jusqu'au sol. Un désir explosif l'envahit, bannissant sa fatigue dans un coin éloigné de son cerveau. Elle ne parvenait à se concentrer que sur le contact des doigts de Niko sur sa peau, qui effleuraient son ventre.

Il posa les lèvres dans son cou, y sema d'infimes baisers tout en suivant les contours de son torse avec ses mains. Puis, d'une pichenette habile, il dégrafa son soutien-gorge. Ensuite, il prit délicatement ses seins entre ses mains.

Un exquis frisson parcourut le corps de Camila, les caresses même légères de Niko suffirent à enflammer les braises qui couvaient pour lui depuis leur nuit à Vancouver. Elle gémit quand ses pouces frôlèrent ses mamelons tendus. Son excitation à lui ne faisait aucun doute, pressante contre ses reins. Elle se cambra, et Niko grogna ce qu'elle supposa être un juron alors qu'elle se frottait lascivement contre lui. Avec tout ce qu'ils avaient traversé aujourd'hui, cette forme de connexion primitive était exactement ce dont elle avait besoin pour s'apaiser. Pour les aider tous deux à oublier leur peur et juste… être ensemble.

— Je suis censé te mettre dans ce bain, murmura-t-il dans son oreille, tout en descendant d'une main le long de son ventre jusqu'à la ceinture de son jean, puis plus bas.

Renversant la tête sur son épaule, elle gémit et souffla :

— Le Dr Karalis m'a dit de me détendre. Un bain chaud peut être relaxant. Mais tu sais ce qui me détend aussi ? Avoir un orgasme.

Avec un son rauque dans la gorge, Niko baissa affreusement lentement la fermeture Éclair du jean, effleurant au passage son pubis. Puis le fit glisser sur ses cuisses.

— Crois-moi, assura-t-il contre sa peau, elle aurait probablement suggéré ça après le bain chaud. Je me réjouis de t'avoir sortie du cabinet avant qu'elle puisse le dire.

— À ce propos, bredouilla-t-elle avec ce qu'il lui restait de lucidité pendant qu'il tripotait sa petite culotte. Daphne…

Elle essaya de se retourner mais Niko l'en empêcha.

— On en parlera plus tard. Je dois d'abord t'enlever ces vêtements pour que tu puisses prendre ton bain.

Et il s'exécuta, laissant Camila nue, frissonnante mais le corps en feu. Elle n'avait aucune intention d'entrer dans ce bain. Elle allait bien, le bébé aussi, et Niko… il tenait à elle. Cet aveu l'avait profondément touchée, ouvrant dans son cœur un chemin qu'elle voulait parcourir. Dopée par un mélange d'excitation et de reste d'adrénaline, elle voulait sentir le poids de Niko sur elle, son odeur, le sentir en elle… parce que la dernière fois, elle ne savait pas à quel point cela changerait sa vie. Elle se tourna pour chercher ses lèvres, mais Niko avait d'autres projets.

Il glissa sa main entre ses cuisses, caressa la chair tendre nichée là, mais à son souffle lourd, Camila comprit que lui aussi, se retenait. Elle s'abandonna à la caresse, pantelante, le ventre en fusion, et l'incendie se propagea dans tout son corps. Passant une main entre eux, elle tâta son érection à travers le pantalon. Il gémit, et le son l'excita de plus belle. Les premières vagues de plaisir montaient.

— Niko, je t'en prie, viens…

Mais Niko poursuivit sa torture magique, puis, en la sentant se crisper à l'approche de l'orgasme, accéléra le rythme de ses doigts, qu'il descendit plus bas, à l'entrée de son sexe. Qu'il glissa ensuite à l'intérieur, tout en explorant de l'autre main son ventre nu, ses seins.

— Comment se fait-il que la femme la plus intelligente que je connaisse soit aussi la plus belle que j'aie jamais vue ?

Sa voix était rauque, du désir qu'il avait pour elle. C'est elle qui l'avait mis dans cet état, qui le faisait murmurer ses mots délicieux au creux de son oreille. Camila se laissa aller, relâcha tout son corps. Elle ferma les yeux, poussa un long gémissement tandis que ses muscles se contractaient autour de ses doigts et qu'un orgasme fulgurant la submergeait enfin. Niko resserra sa prise autour de sa taille, la plaqua contre lui, respirant de manière hachée.

— Alors, c'est comment comme détente ? demanda-t-il.

— Bien plus efficace qu'un bain chaud, j'avoue…

Elle se retourna entre ses bras et cette fois, il la laissa faire. Ils s'embrassèrent, et son excitation se ranima. Le baiser s'approfondit, tandis qu'elle s'attaquait aux boutons de sa chemise. Découvrant sa peau nue à mesure que le tissu la révélait, elle explora son torse, son abdomen, encouragée par le gémissement de Niko. S'arrêtant à la ceinture du pantalon, elle sentit son membre palpiter sous ses doigts, et sourit.

— Tu as changé d'avis sur le fait de me montrer ta chambre ? demanda-t-elle entre deux baisers, immisçant sa main sous la ceinture, récoltant un léger hoquet.

— Je ne veux pas te faire de mal, chuchota-t-il.

— Tu ne me feras aucun mal. Cette douleur n'a jamais été grave, répliqua-t-elle, sachant que son sens de l'honneur l'empêcherait de la prendre là, tout de suite.

Sauf que c'était ce qu'elle voulait de lui à tout prix. Établir cette connexion qu'ils avaient nouée depuis son arrivée à Athènes. Mais Niko la serra contre lui.

— Tu as eu une journée difficile. Je ne peux pas… en profiter. Tu devrais vraiment… entrer dans ce bain.

— D'accord. Mais tu te joins à moi puisque tu es si buté.

Et elle le débarrassa de son pantalon et du reste.

Niko ne savait pas quand il avait complètement perdu le contrôle, mais en regardant Camila descendre dans la baignoire, il comprit qu'il était fichu. Chaque muscle de son corps était douloureusement tendu vers l'assouvissement du plaisir que seule Camila pouvait lui donner. Jamais il n'avait ressenti avec personne pareille connexion que la leur, laquelle s'était intensifiée après cette terrible matinée.

Il la suivit dans la baignoire, s'assit sur un des bancs intégrés, attira Camila sur lui et elle le chevaucha. Il gémit au moment où son sexe tendu se pressa contre ses hanches. D'instinct, il prit un de ses seins dans sa bouche.

La saveur de sa peau explosa en lui, ravivant encore son désir. Camila gémit, ses mains glissées dans ses cheveux et l'attirant plus près. Son bassin dansait contre lui et il haleta.

— Jamais je ne me lasserai de ton goût, Cami.

— Tu peux me goûter tant que tu veux, répliqua-t-elle d'une voix tremblante alors qu'il léchait son autre sein.

Elle renversa la tête en arrière, exposant son long cou gracile. La vision était trop excitante, et il sema des baisers sur toute sa poitrine, tandis qu'elle tirait fort sur ses cheveux, Oscillant entre douleur et plaisir, le visage enfoui dans son cou, Niko lui donnait toute l'attention qu'elle méritait. La vénérait telle la déesse qu'elle était. C'était son objectif.

Son esprit se vida quand Camila enroula ses doigts autour de lui et lui prodigua une longue caresse érotique.

— Un peu de détente ne te ferait pas de mal non plus. Tu as traversé la même chose que moi aujourd'hui. Tu devrais bénéficier du même traitement.

— Cami…

Elle le regarda entre des paupières mi-closes, sa respiration précipitée et les joues rosies de passion. Comment pourrait-il la laisser repartir un jour ? La pensée tournoya dans sa tête tandis qu'elle s'enfonçait sur lui. Dans un même gémissement, leurs bouches s'écrasèrent l'une sur l'autre. Il lui prit les hanches et guida le rythme de ses allers-retours.

— Tu es… si parfaite.

C'était comme la prolongation de leur connexion à Vancouver, et en même temps totalement nouveau. Son corps lui était familier, les sons qu'elle émettait, les expressions sur son visage à l'apogée de son plaisir, une vision d'une pure beauté. Il se perdit dans sa passion, voulant que ce moment ne s'arrête jamais.

— Niko, je t'en prie, je… Niko… N'arrête pas !

À la pression de ses muscles autour de lui, il sut qu'elle était toute proche de la jouissance. Ils bougeaient ensemble, donnant et prenant à mesure que le fil qui les unissait déjà se solidifiait en lien réel. En quelque chose d'une beauté déchirante. Niko poussa en elle une, deux, trois fois tandis que des étoiles s'allumaient devant ses paupières. Chaque muscle dans son corps se crispa en même temps que ceux de Camila palpitaient autour de lui, puis se relâcha, et ils mêlèrent leurs gémissements en un baiser empli de passion et de tendresse l'un pour l'autre.

Ce lit était indéniablement plus confortable que celui de sa chambre d'hôtel. Camila avait envie de replonger dans le sommeil, mais une légère caresse la ramena à la conscience. Des mains chaudes dessinaient de grands cercles dans son dos, et lui donnaient la chair de poule. Elle s'abandonna en gémissant de plaisir au toucher de Niko. Derrière elle, les draps bruissèrent puis elle sentit ses lèvres sur sa nuque.

C'était si parfait, à tant de niveaux. Après ces dernières semaines et la frayeur pour sa santé plus tôt dans la journée, elle n'arrivait pas à croire qu'elle se trouvait dans le lit de Niko, blottie dans son étreinte, enveloppée de béatitude.

— Je ne voulais pas te réveiller. Juste te goûter un peu, chuchota-t-il, explorant de la langue le petit coin sensible juste derrière son oreille, et elle ouvrit les yeux.

— Je ne voulais pas dormir toute la journée, riposta-t-elle en s'étirant sur le dos, avant de regarder Niko.

Il était allongé sur le flanc, la tête calée sur un bras, et la tendresse dans ses yeux la fit fondre. Ceux-ci s'attardèrent sur son visage, puis se baissèrent sur ses seins, et enfin sur son ventre. De sa main libre, il effleura le renflement à présent visible, mais à peine, et une douce décharge électrique la traversa. Elle vit son regard se troubler.

— À quoi tu penses ? demanda-t-elle.

— À quel point tu es belle.

Elle rougit, sans pouvoir réprimer un sourire. Est-ce qu'un homme lui avait déjà dit cela ? Jamais aussi sérieusement, en tout cas. Les mots de Niko la retournèrent. C'était idiot qu'elle ait envie de jeter ses bras autour de lui et ne jamais le lâcher ? N'était-ce pas ceci contre quoi sa mère l'avait mise en garde ? Ils l'appâteraient avec des paroles passionnées et de grandes promesses vite abandonnées quand ça se gâterait.

Camila repoussa ces pensées. Ce n'était pas la même relation que celle de sa mère avec son père. Niko ne ressemblait pas à ce dernier non plus. Jamais il n'aurait pu lui faire baisser la garde ainsi s'il n'avait pas été une bonne personne – un homme gentil qui serait un père merveilleux pour son enfant – leur enfant. Pouvait-elle réellement espérer que cet accident l'avait menée à celui avec qui elle était censée être ? Avant Vancouver – avant sa grossesse – elle ne croyait même pas que cette personne existait, mais ça… c'était désormais plus qu'une simple connexion physique.

Il étala sa main sur son ventre, caressa l'infime rondeur, et Camila, bouleversée, posa sa main sur la sienne. Il leva les yeux vers elle, et l'émotion qu'elle y vit lui coupa le souffle.

— C'est étrange. Avant que tu n'arrives, j'ignorais l'existence de ce minuscule être humain, mais dès que je l'ai apprise, ma vie a changé. Quelque chose en moi s'est ouvert, a fait de la place pour tout ceci, dit-il d'une voix grave, et l'émoi la fit chavirer. Je l'ai senti grandir en moi, mais je ne savais pas ce que c'était, jusqu'à ce que j'aie cru que j'allais le perdre. La pure panique qui m'a saisi...

— Je sais. C'était pareil pour moi, admit-elle, repensant à ces heures atroces. Je ne sais pas ce que j'aurais fait sans toi.

Il se pencha pour embrasser sa tempe.

— Pour commencer, tu n'aurais jamais su que ton obstétricienne était ma mère, dit-il en riant.

Le souvenir de cette interaction lui revint. Entre l'épuisement de la nuit de garde et la terreur de perdre le bébé, elle n'y avait pas repensé, et elle rougit de nouveau.

— Oh Seigneur ! Ta mère va me voir sous toutes les coutures ! Comment me montrer nue à la mère de mon...

Sa voix mourut quand elle comprit qu'elle ne savait pas comment terminer sa phrase. Qu'était Niko pour elle à présent ? Ils étaient coparents, mais ce n'était pas le mot qui lui manquait. Elle le fixa, les yeux ronds.

Mais les yeux qui la fixaient en retour étaient chaleureux. Calmes. Il lui prit la main, la regarda bien en face.

— Comment veux-tu m'appeler, ma chérie ? Coparent ? Amant occasionnel ? Petit ami ? Amoureux ?

Il effleura ses lèvres entre chaque suggestion, sa bouche s'attardant après la dernière, leurs langues se mêlant brièvement avant qu'il ne s'écarte. Cela suffit à la mettre de nouveau en feu, un désir brûlant entre les jambes.

— Je ne sais pas. On devrait peut-être y réfléchir ensemble ? répliqua-t-elle, à demi rassurée par son sourire.

— Peu importe comment tu m'appelles. Tant que tu es à moi.

À lui ? Une part primale d'elle enfouie loin déferla à l'expression qu'il avait choisie. Comme si personne ne pouvait être son égale – sauf elle. Et elle voulait qu'il le soit, lui aussi. Elle se rapprocha de lui, leurs corps nus pressés l'un contre l'autre. Elle se plaqua contre son sexe érigé, et sourit sous le baiser fougueux qu'il lui donna.

— Je me sens de nouveau tendue. Tu pourrais peut-être...

Leur gémissement partagé avala le reste de la phrase alors que Niko s'enfonçait en elle, leur folle passion balayant toute autre pensée.

9

Niko ouvrit la portière et tendit la main à Camila pour l'aider à sortir. Elle lui sourit, et son cœur failli lâcher tant elle était rayonnante. Deux semaines s'étaient écoulées depuis leur frayeur médicale, et Camila s'était pratiquement installée chez lui – ce qu'il aimait bien plus qu'il ne l'aurait cru. À force de vivre en célibataire, il aurait pensé qu'avoir quelqu'un dans son espace personnel serait épuisant.

L'échographie de datation la semaine précédente n'avait pas été concluante. Leur enfant était positionné d'une façon qui rendait difficile toute mesure précise. Ils devraient bientôt revenir faire un essai. Mais Niko s'en moquait. Ils avaient de nouveau entendu les battements de cœur du bébé. La joie sur le visage de Camila avait renforcé sa propre excitation – y compris celle de la partager avec elle.

Est-ce que deux semaines suffisaient à cerner comment serait le reste de leur vie ? Le côté rationnel de Niko disait que non, ce n'était pas possible, et qu'il se laissait emporter par la griserie de ce qui le liait, quoi que ce fût. Mais il y avait une autre part en lui, dont il n'avait jamais su l'existence. La part qui avait attendu que Camila entre dans sa vie. La part de lui qui tombait amoureux d'elle.

C'était la seule explication qu'il avait pour l'emmener à Nea Makri passer le week-end avec sa mère et sa sœur.

Camila considéra, les yeux ronds, la propriété familiale des Vassilis tandis qu'il la guidait jusqu'au premier patio. La maison principale se dressait à gauche, imposante, en pierre blanche, comme beaucoup d'autres maisons autour d'eux.

— Si cette petite maison dans la banlieue d'Athènes est celle où tu as grandi, celle-ci est quoi ? demanda-t-elle alors qu'ils montaient les marches menant à la bâtisse.

— Notre maison du bord de mer, par exemple ?

Il pointa l'horizon du doigt. La plage n'était qu'à quelques minutes de marche, et la mer si proche qu'ils la voyaient.

— Tu viens souvent ici ?

— Pas aussi souvent que le voudrait ma mère, répondit-il avec un petit rire. S'il n'en tenait qu'à elle, Eleni et moi serions ici chaque week-end pour passer du temps en famille.

Agrippant son sac à main, Camila scruta nerveusement la maison. Il lui caressa tendrement la joue. Bon Dieu, comme il aimait la toucher. Tout s'électrisait en lui au contact de sa peau, et il devait se rappeler qu'ils n'étaient pas seuls. Sa mère les observait sans doute derrière la porte.

— Tout ira bien, dit-il, désireux de la rassurer. Et souviens-toi, on peut partir à n'importe quel moment. Sans avoir à fournir la moindre explication. Il te suffit de le dire.

Bien que Camila ait voulu rencontrer sa famille, il percevait sa tension, mais il ne savait pas pourquoi. Elle avait grandi avec une maman solo, mais était-ce pour cette raison que les situations familiales la mettaient mal à l'aise ? Ou y avait-il autre chose derrière son malaise ? Elle prit une grande inspiration, hocha la tête, et il ouvrit la porte d'entrée.

Sa mère les attendait dans le vaste salon, un livre à la main – un simple accessoire, probablement. Elle leur sourit.

— Mon fils, c'est bon de te voir, dit-elle en se levant pour le serrer dans ses bras. Et Camila aussi, ajouta-t-elle en se tournant vers elle. Comment va le bébé ? Plus de douleurs ?

Elle prit Camila dans ses bras aussi, et à son regard, il vit que cette dernière ne s'y attendait pas.

— Non, tout va bien. Pas de changement depuis que vous nous

avez vus à la dernière échographie, répondit-elle, bien plus timide qu'il n'en avait l'habitude.

Jamais, quand elle était sur une scène ou parmi des collègues, Niko ne l'avait vue hésiter ou mal assurée.

— Je compte sur mon fils pour vous nourrir correctement. C'est le meilleur moment de ma semaine quand il vient cuisiner, poursuivit sa mère avec entrain, ne remarquant pas la réserve de Camila, ou l'ignorant avec la détermination de qui voulait connaître la première personne que son fils ait jamais amenée à un repas familial.

Camila le fixa, les yeux ronds.

— Il m'a nourrie, oui. Mais pas avec des plats faits maison. Je pensais que ta cuisine était purement décorative.

Il haussa les épaules, lui attrapa le poignet quand elle lui donna une petite tape pour rire, et l'attira contre lui. Elle renversa la tête en arrière, et il effleura ses lèvres.

— Tu vas découvrir mes talents ce soir, dit-il.

Il savoura le rose qui lui monta aux joues lorsqu'elle saisit le double sens de ses paroles. Comment en étaient-ils arrivés au point qu'il témoigne autant son affection à Camila, il l'ignorait. Tout ce qu'il savait, c'était qu'il voulait qu'elle reste, et qu'il ferait tout pour la garder. Niko avait l'intention de parler au département immobilier de l'Athena Institute pour savoir comment relocaliser ici les laboratoires de Camila en Suisse. Il ne se souciait pas du nombre de pièces qu'il fallait réaménager ou construire dans l'hôpital pour l'accueillir.

Mais il devrait aussi en parler à Camila. Leurs vies s'étaient presque fondues en une seule durant ces deux dernières semaines et quelque chose en lui hésitait. Tout était si nouveau – si fragile – entre eux, et il ne savait pas jusqu'où il pouvait aller. Si en parler allait tout fiche en l'air.

Bientôt, se dit-il. Il lui parlerait de leurs conditions de vie bientôt. Dans l'immédiat, il voulait juste profiter de ce qu'ils avaient et ignorer le besoin de le définir – de planifier.

— J'ai cru comprendre que ta prochaine visite d'obstétrique allait être très gênante.

Eleni s'approcha de Camila, adossée à l'îlot de cuisine, qui trempait une tranche de pita dans un petit bol de tzatziki que Niko venait de poser là. Le goût du yaourt frais se répandit dans sa bouche, suivi de la saveur rafraîchissante du citron et de l'ail. Pourquoi lui donnait-il des plats à emporter et l'emmenait-il au restaurant alors qu'il savait faire cela ?

Le regarder cuisiner faisait monter en elle une nouvelle vague d'excitation, qu'elle devait à tout prix dissimuler, avec sa mère et sa sœur autour d'eux.

— C'est devenu gênant à la seconde où elle a appris l'existence de son petit-enfant, quand il a franchi la porte de son cabinet avec moi, répliqua-t-elle en riant.

Elle fit un signe de tête en direction de Niko, qui, debout devant la cuisinière à induction, remuait le contenu d'une casserole tout en parlant à Daphne en grec. Bien qu'elle ne comprenne toujours pas un mot de sa langue maternelle, sa cadence, sa sonorité, devenaient plus familières à son oreille.

— Ah, oui, j'ai déjà entendu cette histoire, dit Eleni avec un sourire en coin.

Camila avait immédiatement apprécié la sœur de Niko, comme il l'avait prédit quelques semaines auparavant – un moment qui ressemblait à une vie antérieure. Où ils n'étaient pas ensemble et n'avaient pas non plus l'intention de franchir cette ligne. Elle était si différente de son frère aîné, beaucoup plus pétillante et extravertie. Avec Niko, elle devait s'efforcer d'éplucher les couches qui cachaient le véritable homme derrière son vernis professionnel. Sa sœur était tout le contraire. Depuis la seconde où elles s'étaient rencontrées, Eleni l'avait laissée voir ses pensées et qui elle était vraiment. Il y avait quelque chose d'étrangement libre chez elle, et Camila en ressentait une pointe de jalousie.

Elle n'avait jamais pu se laisser aller ainsi, sans souci. Pas avec sa mère toujours derrière elle, la démoralisant chaque fois qu'elle devenait trop indépendante. La blâmant quand les choses ne se passaient pas comme elle le souhaitait...

— Ne t'inquiète pas trop à ce sujet. Maman sera heureuse de s'occuper du bébé une fois né, et d'ici là, elle aura fait le point avec Niko. Il a eu plein d'occasions de lui dire qu'il attendait un enfant. Ou même qu'il avait une amoureuse.

Eleni lui décocha un regard entendu, et Camila faillit s'étouffer avec sa bouchée de pita en entendant le dernier mot. Eleni lui tendit un verre d'eau, un rire mélodieux fusant de ses lèvres.

— Ne me dis pas que vous n'avez pas encore eu cette conversation, tous les deux.

— Si, on l'a eue. Mais... on ne l'a pas vraiment terminée.

Camila ne savait pas trop pourquoi elle était honnête avec Eleni, mais sa réponse jaillit avant qu'elle puisse en envisager une autre. Quelque chose dans la chaleur des yeux d'Eleni, d'une nuance légèrement différente de ceux de Niko, éveillait un sentiment de sécurité en elle. Elle poursuivit donc :

— Cette grossesse n'était pas tout à fait prévue, alors on prend les choses au jour le jour.

Niko avait dit qu'elle pouvait l'appeler comme elle le voulait, que cela n'aurait pas d'importance pour lui, et elle en était à la fois soulagée et troublée. Tout dans sa vie avait une étiquette et s'inscrivait dans un espace prédéterminé. Toute la carrière de Camila – ses recherches – consistait à connaître quelqu'un jusqu'à son ADN. Son travail avec Alexis en était la preuve. C'était en décrivant et en étiquetant les choses qu'elle trouvait, qu'elle donnait du sens au monde. C'était ainsi qu'elle aiderait le nageur à comprendre sa situation – et peut-être même à reprendre la compétition.

L'indifférence de Niko était un bon signe dans le sens où, si elle le voulait, il serait d'accord pour être son petit ami. Elle pouvait consolider leur relation de cette manière. Mais... comment savoir s'il le voulait vraiment quand son avis le plus tranché était « Je me fiche de comment tu m'appelles » ?

Et comment imaginaient-ils leur vie ensemble ? Les deux

dernières semaines avaient été un aperçu de ce à quoi ils pouvaient s'attendre. Mais si elle voulait que Daphne et Eleni aient l'occasion de dorloter son enfant, il fallait qu'elle soit là, n'est-ce pas ? Elle n'avait pas envisagé de déménager, et son premier réflexe était de rejeter l'idée d'emblée. Sa vie, son travail, tout était en Suisse.

Niko n'avait rien évoqué non plus. En fait, à part savourer le temps qu'ils passaient ensemble, aucun des deux n'avait vraiment abordé le sujet des étapes logistiques de leur coparentalité. Une petite partie d'elle avait peur de le faire, trop contente de profiter du calme et de la tranquillité qui régnaient entre eux. Mais Eleni avait raison. Ils devaient en discuter – même si ne pas savoir était plus facile.

Eleni prit un bout de pain pita et le trempa dans le bol de houmous avant de le mettre dans sa bouche.

— Il n'a jamais amené personne ici. Il est vrai que c'était probablement pour contrarier notre père.

Camila haussa les sourcils, mais Eleni n'explicita pas davantage. Niko n'avait jamais ramené à la maison quelqu'un avec qui il sortait, juste pour énerver son père ? Elle savait ce que c'était que d'avoir un parent difficile, mais chacun d'eux l'avait géré de façon tellement différente. Alors qu'elle avait toujours essayé d'adapter les attentes de sa mère à ses propres souhaits et désirs, il semblait que Niko avait coupé court à leur relation père-fils, ne faisant que ce qui était nécessaire pour arriver à ses fins.

Peut-être que si Camila ne s'était pas enfermée dans son travail dès son entrée à l'école de médecine, elle ne se sentirait pas si mal préparée aujourd'hui. La voix de sa mère était encore si étroitement liée à la sienne qu'elle avait du mal à distinguer ce qui était sa propre voix de ce qui était les réflexions toxiques de sa mère. Si elle avait acquis plus de ses propres expériences, saurait-elle quoi faire maintenant ? Saurait-elle gérer l'indécision qui la faisait réfléchir quand elle envisageait de discuter de leur avenir ensemble ?

— C'est bien d'en parler ouvertement, dit-elle en avalant une gorgée d'eau pour calmer la sécheresse de sa bouche.

Eleni acquiesça, mais une lueur curieuse dans son regard donna envie à Camila de se tortiller. Elle avait l'impression d'être étudiée, d'être sous un microscope.

— Tu crois qu'il est heureux ? demanda Eleni, d'un ton beaucoup plus grave.

Camila ne savait comment répondre à cette question, alors qu'elle-même n'était pas tout à fait sûre des sentiments de Niko. Heureux ? Ils avaient parlé de beaucoup de choses, mais le bonheur était un concept tellement intangible.

— Je l'espère, dit-elle finalement d'une voix douce.

Eleni la fixa d'un air pensif. Camila s'était attendue à ce que son affinité avec Niko soit examinée de près. Mais le voir se produire était une tout autre chose. Comment changerait son statut dans la famille Vassilis une fois le dîner terminé ? Niko s'en soucierait-il seulement ?

Après un petit silence, Eleni prit un autre morceau de pita.

— Il a l'air différent avec toi, lâcha-t-elle.

— Qu'est-ce que tu veux dire ?

C'était une phrase qui pouvait être un grand compliment ou souligner une tendance inquiétante. Comme si leur relation changeait quelque chose de fondamental chez Niko.

— Je le vois au moins une fois par semaine, et depuis que tu es arrivée ici, il est... plus doux. Il a toujours été si réservé, même avec les personnes les plus proches de lui.

Les yeux d'Eleni se posèrent sur le dos de son frère, qui jonglait avec trois casseroles différentes tout en riant avec sa mère. Elle poursuivit :

— C'est chouette de le voir se relâcher un peu.

Camila aurait aimé avoir connu le Niko d'avant, même brièvement. Mais la version que sa sœur décrivait maintenant, la personne plus décontractée, c'était le Niko qu'elle connaissait. Celui qui l'avait abordée deux fois à la réception de Vancouver. Le contrôle n'avait jamais existé entre eux, et elle en était heureuse. Sa mère avait exercé suffisamment de contrôle sur elle, même aujourd'hui, alors qu'elle n'était plus dans sa vie, pour qu'elle ait besoin que la personne dans sa vie la laisse gérer les choses.

En observant Niko, Camila ressentit une chaleur dans sa poitrine qui n'avait rien à voir avec le houmous épicé. Elle était heureuse de l'avoir rencontré et encore plus heureuse qu'ils aient un enfant ensemble. En le regardant avec sa famille, en voyant comment il interagissait avec sa mère et sa sœur et combien elles l'aimaient… Elle voulait que son enfant ait cela aussi.

Les doigts glacés du doute s'insinuèrent en elle, menaçant d'arracher l'image parfaite qui se construisait dans son esprit. Malgré les tensions entre son père et lui, Niko avait grandi en sachant que sa mère et sa sœur le soutenaient. Ils s'étaient entraidés pour surmonter les difficultés de leur vie et ils étaient restés soudés. Et Camila, que lui restait-il ? Rien qu'une amertume qui remontait encore à la surface de temps à autre. Une conversation qu'elle aurait voulu avoir avec sa mère flottait dans son esprit, et le sentiment toujours douloureux, tant d'années plus tard, d'avoir laissé les choses inachevées. Camila savait qu'elle était une personne différente, qu'elle avait retenu la leçon et appris de leur expérience. Il était hors de question qu'elle fasse la même chose. Son enfant serait libre d'être qui il voulait, et elle ferait tout pour le soutenir. Mais même cette conviction ne pouvait pas chasser le doute qui la tenaillait.

Comme s'il avait senti son regard, Niko jeta un coup d'œil pardessus son épaule. Il lui adressa un sourire nonchalant, un sourire qu'elle avait vu tant de fois cette semaine – et qui ne manquait jamais d'attiser le feu qui brûlait à l'intérieur d'elle. Elle voulait s'habituer à cette sensation, s'y perdre à sa guise. Mais cela serait-il possible pour quelqu'un comme elle ? Ou l'amertume de sa mère avait-elle laissé trop de traces pour qu'elle puisse s'en remettre ?

— J'espère vraiment qu'il est heureux, dit-elle, laissant ses insécurités remonter à la surface.

Ils finissent tous par s'ennuyer. Une fois que c'est le cas, ils passent à autre chose. Les mots de sa mère s'invitèrent dans son esprit, lui volant l'ardeur qui l'habitait et la remplaçant par une obscurité insidieuse.

Mais Niko était différent. Dès qu'il avait appris leur situation, il n'avait rien fait d'autre que de s'impliquer. Il n'y avait aucune chance qu'il se lasse et parte, n'est-ce pas ?

Tant que tu es à moi. C'était ce qu'il avait dit. Cette phrase qui l'avait tant émoustillée lui donnait à présent à réfléchir. Et si ce n'était pas le signe romantique qu'elle croyait ? Et s'il s'agissait de l'avertissement auquel sa mère lui avait appris à faire attention ? Qu'il y avait des conditions à sa présence dans sa vie ? Comme le fait qu'elle soit près de lui, qu'elle déplace sa vie ici.

Pourquoi n'en avaient-ils pas parlé ? Camila l'avait voulu tant de fois, mais n'avait jamais trouvé le bon moment. Le courage de le faire – car, et si la réponse ne lui plaisait pas ?

Les sourcils de Niko se froncèrent tandis qu'il continuait à la regarder, puis il se retourna et dit quelque chose à sa mère avant de s'approcher d'elle et de sa sœur.

— Eleni, maman a besoin d'aide pour mettre la table, dit-il, et elle s'éloigna en leur jetant un coup d'œil complice.

Il porta un regard inquiet sur Camila et lui caressa la joue.

— Tu vas bien ? Tu as besoin d'une pause dans tous ces bavardages ?

J'ai besoin de savoir ce que tout cela représente pour toi. Camila secoua la tête, ravalant les mots qui se formaient dans son esprit. Ils auraient le temps d'en discuter dans les jours à venir. Même si le doute s'insinuait dans sa poitrine, elle le repoussa, s'enracinant dans le moment présent autant qu'elle le pouvait. La famille de Niko les entourait, la famille de son enfant. C'étaient des liens qui valaient la peine d'être tissés, même si la relation entre Niko et elle risquait de se dégrader.

Ils finissent tous par se lasser.

Le dîner s'était avéré beaucoup moins perturbant et embarrassant que Niko ne l'avait imaginé. Pour la première fois, sa mère et sa sœur s'étaient bien comportées et s'en étaient tenues à des anecdotes appropriées. Même s'il n'avait aucun point de comparaison. Camila était la première – la seule – personne qu'il n'ait jamais emmenée les voir.

Main dans la main, doigts entremêlés, ils marchaient dans l'herbe luxuriante jusqu'à la petite maison d'amis située de l'autre côté du domaine. L'air était encore chaud malgré l'heure tardive, la chaleur emmagasinée dans le sol en pierre autour de la piscine empêchant les environs de se refroidir.

— Tu sais vraiment très bien cuisiner, dit Camila. J'ai l'impression que je ne fais encore que gratter ton vernis.

Niko sourit.

— Pendant ma formation, un des chirurgiens nous incitait à exercer nos points de suture sur des poitrines de poulet. Je n'aimais pas l'idée de gaspiller autant de nourriture juste pour m'entraîner, alors j'ai commencé à les cuisiner et à les apporter à l'hôpital.

— Tu devais être populaire auprès de tes pairs à l'époque.

— Pas au début, parce que je n'étais pas doué. Mais comme pour tout, j'ai persévéré suffisamment longtemps. C'est devenu un rituel apaisant dans ma vie. Un moment pour ralentir quand tout autour de moi était si mouvementé.

Il s'arrêta, entoura Camila de ses bras. Son cœur s'emballa quand elle posa sa tête sur sa poitrine, comme si c'était quelque chose qu'ils avaient fait pendant des années.

— Tu peux peut-être m'apprendre des trucs. Ma mère n'était pas très... maternelle. Elle était trop occupée à cumuler deux emplois pour nous faire vivre, répliqua Camila. Ce qui était difficile pour elle, car elle pensait que les femmes ne doivent pas avoir de carrière ambitieuse.

Il perçut l'hésitation habituelle dans sa voix quand elle parlait de sa mère. Que Camila n'ait grandi qu'avec elle, il le savait déjà. L'absence de son père l'avait amenée à se méfier de ses motivations à lui – un sujet dont il était heureux qu'ils aient parlé. Mais concernant sa mère, elle était restée plutôt discrète. Ayant eu sa propre part de problèmes familiaux, Niko n'avait jamais voulu creuser davantage. Il ne réagissait pas bien quand les gens le poussaient à parler de Stavros, et il ne voulait pas faire la même chose à quelqu'un d'autre. Même s'il mourait d'envie d'en savoir plus.

— En tout cas, je sais que ma mère et Eleni ont vraiment apprécié de faire ta connaissance aujourd'hui. Elles t'ont déjà demandé de devenir une invitée régulière au dîner hebdomadaire familial, dit-il en lui frottant doucement le dos.

Il ignora le doute que suscitèrent ses propres paroles. Comment pourrait-elle venir dîner avec lui si elle retournait en Suisse ? Aurait-elle même envie de vivre ici ? Niko ferait tout ce qu'il fallait pour lui donner ce dont elle avait besoin, il avait déjà pris contact avec des gens pour y parvenir. Mais un blocage se forma en lui à la perspective de la questionner.

Bientôt, se promit-il une fois de plus.

Elle soupira, et il la sentit sourire alors que ses épaules se détendaient un peu. Ce fut ce sourire qui arrêta les questions dans son esprit. L'équilibre entre eux était déjà si fragile.

— Je suis contente. Je n'ai jamais rencontré la famille de quelqu'un, et après avoir appris la nouvelle à Daphne comme on l'a fait, je n'étais pas sûre de ce qu'elle penserait de moi.

— Ma mère t'adore. Je peux le voir à la façon dont elle ne voulait pas qu'on quitte la maison.

Il posa les mains sur ses épaules, la regarda dans les yeux. À cette distance de la ville, le ciel était illuminé par les étoiles et la lune suspendue loin au-dessus d'eux.

— Je suis heureux de l'entendre. Je l'appréciais déjà en tant que médecin, et ce sera agréable de l'avoir comme…

Elle s'interrompit et détourna les yeux de son visage pour les diriger vers la maison d'amis. Niko saisit sa demande silencieuse, la libéra de ses bras et la conduisit vers leur lieu de résidence pour la nuit.

Il faisait beaucoup plus frais à l'intérieur de la petite maison qu'à l'extérieur, les fenêtres bien fermées empêchant la chaleur de s'infiltrer au cours de la journée. Il alluma les lumières, les réduisant jusqu'à ce qu'elles ne soient plus qu'une lueur tamisée rebondissant sur les murs blancs. Une grande bibliothèque remplie de romans et de manuels médicaux bordait l'un des murs, et le canapé au centre du salon engageait les invités de la famille Vassilis à se détendre et à se relaxer.

Il observa Camila quand elle entra, admirant le décor décontracté et l'atmosphère chaleureuse de la maisonnette. Imaginait-elle le temps qu'ils passeraient ici à l'avenir ? En aurait-elle envie ? Niko ne voyait pas pourquoi elle ne le ferait pas. Il disposait d'un hôpital ultramoderne, d'un réseau de relations, et d'espace dans sa maison à ne savoir qu'en faire. Elle accepterait de déménager ici. Il le fallait. Il ne pouvait pas être aussi loin d'elle, de son enfant.

Les épaules de Camila s'affaissèrent légèrement et il l'attira contre lui, un bras passé autour de sa taille.

— Tu n'as pas passé une bonne soirée ? demanda-t-il.

— Non, ce n'est pas ça, répondit-elle, posant la tête sur son épaule. J'aime que notre enfant ait une grand-mère et une tante. C'est quelque chose que j'aimerais bien pouvoir lui donner aussi...

Il l'entraîna sur le canapé et sur ses genoux. Camila se tortilla contre lui au point que le sang afflua dans la partie inférieure de son corps. Il réfréna le désir qui montait en lui.

— Que s'est-il passé entre vous deux ?

Il voulait le savoir depuis longtemps, mais n'avait jamais osé demander. De toute évidence, le fait de voir sa famille avait ravivé certains des souvenirs les plus douloureux.

— Je ne sais pas forcément, mais le départ de mon père a dû changer quelque chose de fondamental chez ma mère. Elle est restée amère et triste pendant toute ma vie, sans jamais oublier la blessure que lui avait infligée l'abandon de mon père. Je ne m'en souvenais pas moi-même, c'était comme s'il n'avait jamais existé. Mais elle a fait en sorte que je me souvienne de lui comme elle l'avait fait.

Niko resta silencieux, caressant lentement son dos. Il pouvait le faire toute la nuit si elle le voulait.

— Ma mère se souciait peu de mes choix professionnels ou de quoi que ce soit me concernant, en fait. Malgré son expérience, elle pensait qu'être médecin n'était pas une carrière convenable pour une femme, et elle avait des opinions très arrêtées sur ce que je *devais* faire. Elle a fait de son mieux pour me transmettre l'amertume de son cœur. Elle me rappelait que les hommes avaient leur utilité, mais qu'il ne fallait pas trop s'attacher à eux. Et s'ils se donnaient la peine de rester, ils partiraient bientôt de toute façon, car c'est ce que font tous les hommes. Ils partaient. Une partie de moi pense que même si c'est mon père qui l'a quittée, elle m'en a voulu aussi. Comme si, sans mon arrivée dans leur existence, elle aurait pu vivre heureuse pour toujours avec cet homme.

Ses doigts commencèrent à danser dans ses cheveux, comblant le peu d'espace qui restait entre eux. Le feu qu'il sentait monter dans sa poitrine s'entrechoqua avec la glace dans ses veines, provoquée par les paroles de Camila, et déclencha une tempête en lui. Même s'il avait eu des mots pour la réconforter, il savait qu'ils ne suffiraient jamais à effacer l'indignité de la façon dont elle avait été traitée.

Maintenant, tout s'expliquait et la dernière pièce du puzzle se mettait en place. La raison pour laquelle elle avait réagi si vivement lorsqu'ils avaient discuté pour la première fois. La raison pour laquelle elle avait voulu entendre de sa bouche qu'il ne partirait pas quand les choses deviendraient difficiles. Mais ils avaient dépassé ce stade. Il n'avait jamais envisagé d'abandonner son enfant, mais à présent, ils étaient bien plus que cela. Une vraie famille. Et une fois que Camila aurait accepté de venir vivre avec lui, elle verrait cet engagement réaffirmé chaque jour. Il s'en assurerait.

Camila secoua la tête, comme si elle venait de terminer une conversation silencieuse avec elle-même.

— Qu'est-ce qu'il y a ? demanda-t-il.

— Rien…, répondit-elle. Une fois que je suis partie à l'université, on s'est parlé de moins en moins. Et puis elle est morte, et je n'ai jamais pu résoudre les tensions entre nous.

Niko acquiesça, reconnaissant dans ces paroles un point

vulnérable en lui. Bien que ses batailles avec son père aient été différentes, il ne connaissait que trop bien ce procédé. Stavros l'avait utilisé contre lui avec l'expertise d'un homme habitué à humilier les gens.

— Mon père ne m'a jamais considéré que comme un moyen de faire fructifier son héritage. Il m'a traité moins comme son fils que comme un instrument lui permettant d'atteindre l'immortalité.

Le concept semblait ridicule, mais il n'y avait pas d'autres mots pour le décrire. La pérennité de son nom et de l'Athena Institute était tout ce qui lui importait.

Et même si Niko avait travaillé dur pour faire de l'hôpital, un lieu où l'on aidait réellement les gens, une partie de lui assumait mal cet exploit. Le fait qu'il soit directeur médical était encore davantage le rêve de son père que le sien.

Camila laissa échapper un rire amer.

— Nous avons donc tous les deux été élevés par des narcissiques, et nous devons juste nous assurer que notre enfant grandira avec la tête sur les épaules.

Son ton le fit sourire, et il plongea le nez dans ses cheveux pour respirer son parfum.

— Je suis sûr qu'on s'en sortira très bien, dit-il, chaque mot accompagné d'un petit baiser au sommet de son crâne.

Malgré la gravité de leur conversation, un sentiment de légèreté s'installa en Niko. Ils avaient tous les deux des choses à régler, mais il était à présent tout à fait certain qu'ils y parviendraient ensemble. Demain, il appellerait le département immobilier de l'institut et mettrait tout en place pour que Camila puisse installer son laboratoire ici.

Camila le regarda avec de grands yeux. Ses lèvres pulpeuses étaient légèrement écartées, et quand Niko prit son visage d'une main et passa son pouce sur sa lèvre inférieure, elle laissa échapper une petite expiration, qui suffit à allumer le feu de la passion en lui, et il approcha sa bouche de la sienne. Le baiser, d'abord hésitant, devint vite fougueux.

— J'ai pensé à ça toute la soirée, murmura-t-il.

Cette fois-ci, il ne refréna pas la passion qui le ravageait. Cette soirée l'avait tellement rapproché d'elle, bien plus qu'il ne l'aurait cru possible, et le désir d'être avec elle était dévorant. Il ne pouvait pas arrêter ses sentiments, pas plus qu'il ne pouvait arrêter la rotation de la terre.

— Niko... Je t'ai confié tout ça parce que...

Un faible gémissement interrompit les paroles de Camila tandis que les lèvres de Niko descendaient le long de son cou, trouvant ce point sensible derrière son oreille.

— ... j'ai besoin... de planifier pour pouvoir... Oh !

Niko défaisait les boutons de son chemisier et écartait son soutien-gorge. Sa langue effleura son mamelon déjà tendu. Il embrassa la courbe de son sein, puis descendit le long de son ventre, s'émerveillant de son léger renflement.

— Je m'en occupe, Cami. Je ne suis pas comme les hommes sur qui tu es tombée dans ta vie. Je suis là pour rester, pour que ça marche, quoi qu'il arrive.

Camila haleta lorsqu'il glissa les mains sous la ceinture de son pantalon et le tira vers le bas.

— D'accord, donc tu...

Niko se redressa et l'embrassa. Le gémissement de Camila vibra sur ses lèvres quand sa main s'immisça sous la dentelle de la culotte et trouva le siège humide de son désir.

— Tu es à moi, Cami. Et je suis à toi. Fais-moi confiance.

Et il sourit lorsqu'elle souleva ses hanches en réponse, impatiente de rencontrer les siennes.

10

Après six semaines, ils avaient enfin un diagnostic. Lorsque le message de Camila arriva, Niko lui demanda de passer à son bureau pour qu'ils puissent annoncer la nouvelle à la Fédération hellénique de natation. Comme elle lui proposait de se joindre à Emilia et elle pour le communiquer au patient, il jeta un coup d'œil à son emploi du temps surchargé et décida de saisir l'occasion.

Cela faisait bien trop longtemps qu'il n'avait pas été impliqué dans le traitement d'un patient. Le cas d'Alexis Theodorou était celui où il s'était le plus investi, et être présent à ce moment-là tombait sous le sens.

Camila et Emilia l'attendaient devant la chambre du patient quand il arriva, toutes les deux souriantes. Le petit sourire de Camila s'illumina lorsqu'elle posa les yeux sur lui. Le cœur de Niko tressaillit dans sa poitrine et il dut se rappeler qu'ils étaient au travail et qu'il ne pouvait pas la prendre dans ses bras, juste parce qu'il en avait envie.

— J'ai trouvé des marqueurs génétiques intéressants qui indiquent une histoire familiale particulière, expliqua Camila. J'ai donc interrogé certains membres de sa famille et j'ai fini par trouver un modèle de maladie cardiaque.

— Les entretiens familiaux ne sont-ils pas la première chose que nous faisons ? demanda Niko à Emilia, surpris.

— Si, mais il faut les répéter très fréquemment. Les gens ne se souviennent pas toujours de tout la première fois. Ce n'est que lorsqu'on leur pose des questions très précises qu'ils se souviennent soudain que leur arrière-grand-père est mort d'une crise cardiaque.

Emilia secoua la tête en signe d'exaspération et Camila éclata de rire, le son résonnant en lui comme une musique. Même dans cet environnement professionnel, il avait envie d'être avec elle. Ce sentiment s'émousserait-il un jour ?

Il espérait que non.

— On y va ? dit Camila avant de frapper à la porte.

Alexis Theodorou était assis dans son lit, un ordinateur portable sur les cuisses. Il leva les yeux de l'écran lorsqu'ils entrèrent, et Niko se rendit compte à quel point il paraissait jeune. Le visage d'Alexis affichait une résignation tranquille, comme s'ils n'étaient pas les premiers médecins à lui rendre visite aujourd'hui et qu'ils ne seraient certainement pas les derniers. Mais comme Camila et Emilia ne disaient rien tout de suite, il se redressa et ses yeux s'arrondirent.

— Vous savez quelque chose ? demanda-t-il, la voix empreinte d'un espoir qu'il essayait tant bien que mal de contenir.

Camila acquiesça, puis désigna Niko.

— Je crois que vous avez déjà vu le Dr Vassilis. C'est le directeur médical de l'hôpital et il est en contact permanent avec la Fédération hellénique de natation. C'est également lui qui m'a finalement aidée à trouver votre diagnostic grâce à une suggestion qu'il a faite.

Niko tourna la tête vers Camila au moment où Alexis s'exclamait :

— Vous savez ce qui ne va pas chez moi ?

— Vous souffrez du syndrome du QT long – ou SQTL en abrégé. Il s'agit d'un trouble du rythme cardiaque qui, dans votre cas, se traduit par une pulsation rapide et chaotique. Il peut entraîner des crises d'épilepsie et des évanouissements, ainsi qu'un arrêt cardiaque soudain. Le signe révélateur du SQTL est l'allongement de l'intervalle QT. C'est ce qu'a suggéré le Dr Vassilis lorsque nous avons essayé de réduire le nombre de diagnostics possibles, expliqua Camila. L'arrêt cardiaque est le symptôme le plus grave que l'on puisse avoir avec cette pathologie.

Niko fronça les sourcils en entendant ces derniers mots et vit Alexis blêmir. Camila avançait prudemment, avant d'annoncer la suite sans l'anéantir instantanément.

— OK, maintenant qu'on sait ce que c'est, comment on le guérit ? Vous avez un remède, n'est-ce pas ?

Camila prit une grande inspiration.

— On ne peut pas guérir le SQTL. C'est une maladie génétique avec laquelle vous êtes né et qui s'est manifestée à ce moment de votre vie. J'ai amené avec moi le Dr Seo parce que nous devons parler de la façon de gérer la maladie.

— D'accord, mais si je peux la gérer, ça veut dire qu'il ne nous reste plus qu'à résoudre certaines choses et qu'ensuite je pourrai nager à nouveau, n'est-ce pas ? dit Alexis.

Sa voix contenait une note désespérée, ce que Niko comprenait fort bien. Camila le regardait avec sympathie.

— La réponse est malheureusement un « peut-être » très vague. Je ne veux pas l'écarter complètement, mais en même temps, vous avez réagi défavorablement aux tests d'effort que nous avons effectués, expliqua-t-elle, donnant toutes les informations dont Alexis avait besoin pour accepter sa nouvelle réalité. Nous avons réussi à contrôler vos arythmies avec des bêtabloquants, et nous vous en prescrirons. Mais le moyen le plus efficace de traiter le syndrome du QT long est de modifier son mode de vie et d'éviter les déclencheurs tels que le stress ou l'exercice physique intense.

Alexis les fixa tous les trois à mesure que la vérité s'imposait à lui. Son visage se tordit en une expression de douleur qui déchira le cœur de Niko. Ce n'était pas la bonne nouvelle qu'ils espéraient tous, mais il finirait par comprendre qu'une réponse, même aussi perturbante que celle-ci, valait mieux que l'absence de réponse.

Emilia s'approcha d'Alexis.

— Je suis prête à essayer pour vous, Alexis. Nous devrons faire des tests très minutieux avec du personnel médical à portée de main pour intervenir si nécessaire. Mais je sais à quel point la natation est importante pour vous, alors on va travailler sur un programme pour vérifier si vous pouvez encore faire de la compétition avec le syndrome du QT long. Je ne peux pas vous promettre que cela fonctionnera, mais nous essaierons, ajouta-t-elle avec un sourire.

D'après son hochement de tête démoralisé, il était évident qu'Alexis ne partageait pas l'espoir réservé que contenaient les mots d'Emilia, et Niko ne pouvait pas le blâmer.

— Je vais informer la Fédération hellénique de natation de votre diagnostic, dit-il. Je suis sûr qu'ils vous offriront tout le soutien possible pour les prochaines étapes.

— Nous disposons également de services d'aide psychologique, que je vous encourage vivement à utiliser, Alexis, reprit Emilia. Les informations qui bouleversent une vie s'accompagnent de leur lot de traumatismes, et nous pouvons vous aider à y faire face. Nous allons vous laisser un peu tranquille pour absorber la nouvelle. Si vous avez des questions, nous sommes là pour vous aider à y répondre.

Niko jeta un dernier regard à Alexis avant de suivre les deux femmes dans le couloir. Lorsqu'il s'approcha, elles étaient déjà en train de discuter avec animation.

— ... mais quoi qu'il en soit, une publication sur ce cas aidera vraiment à faire connaître mes recherches, dit Camila.

L'estomac de Niko s'emplit de plomb. C'était la première chose qui la préoccupait après avoir bouleversé la vie de leur patient ? Qu'on parle encore d'elle dans la presse ?

Ils avaient évoqué ce sujet, n'est-ce pas ? Ses motivations étaient claires, elle l'avait affirmé. Était-ce réellement la vérité, ou lui avait-elle dit ce qu'il voulait entendre ? Leur conversation paraissait si lointaine maintenant...

Niko repoussa les doutes qui l'assaillaient. Mais une pensée tenace demeurait : même s'ils allaient avoir un enfant ensemble, ils avaient encore tant à découvrir l'un sur l'autre.

— Je suis heureuse qu'on ait toutes les deux obtenu de cette collaboration ce que nous voulions, répliqua Emilia. J'espère qu'on aura l'occasion de recommencer bientôt. Il ne fait aucun doute que ce sur quoi tu travailles deviendra bientôt une évidence pour tout le monde.

— C'est l'objectif. Mon équipe travaille déjà sur le mémento de diagnostics. Ce sera une excellente étude de cas à ajouter.

Le sourire de Camila était éclatant lorsqu'elle se tourna vers Niko, et il eut un goût de bile dans la bouche.

— Dans mon bureau, maintenant, s'il vous plaît, leur dit-il, en passant devant elles à vive allure.

Il sentit leurs regards dans son dos, mais il continua à marcher sans se retourner. Le chaos régnait dans sa tête. N'était-ce pas exactement ce genre de motivations qu'il ne voulait pas avoir dans son hôpital ? Niko ne s'opposait pas à ce que les gens gagnent leur vie. Ils en avaient tous besoin pouvoir continuer à aider, et il serait le premier à admettre qu'il était dans une position bien plus chanceuse que d'autres. Mais Alexis venait d'apprendre la nouvelle à peine une minute plus tôt, et c'était cela qui la préoccupait ? Pas de savoir comment il allait ? Comment ils pouvaient l'aider davantage ? Il avait beau essayer de refouler ces pensées, il se sentait glacé jusqu'à la moelle.

Peut-être étaient-ils allés trop vite ? Certes, ils allaient avoir un enfant ensemble, mais leur engagement l'un envers l'autre... Était-ce le bon moment pour cela, alors qu'il avait encore tant de travail à accomplir à l'hôpital ? Alors qu'il la connaissait à peine ? Est-ce qu'ils faisaient bien de foncer tête la première dans cette relation pour leur enfant ?

Il n'avait pas le temps dans l'immédiat de réfléchir à tout cela. La Fédération hellénique de natation attendait son appel, et c'était à eux et à une équipe de médecins ici de voir s'ils arriveraient à refaire nager Alexis Theodorou.

L'atmosphère entre Niko et elle était étrange depuis leur discussion avec Alexis, et elle ne savait pas bien pourquoi. Tout au long de l'échange téléphonique, elle avait essayé d'attirer son regard, d'y lire ses intentions. Mais, exprès ou non, Niko avait évité de poser les yeux sur elle.

— Je sais que ce n'est pas ce que nous voulions entendre, mais c'est ainsi. Il serait bon de faire venir bientôt des gens ici, à la fois pour parler à Alexis et pour déterminer nos prochaines étapes, disait Niko. Laissez-moi discuter de cette nouvelle avec l'équipe médicale. Je demanderai à mon assistante d'appeler la vôtre pour convenir d'une date.

Il raccrocha après un bref au revoir. La tension dans la pièce était palpable. Les choses s'étaient peut-être bien passées pour ses propres recherches, mais ils allaient être aux prises avec un patient qui espérait de meilleures nouvelles.

— Maintenant, si tu veux bien nous excuser, dit Niko à l'attention d'Emilia. Le Dr Pereira Frey et moi-même avons quelques sujets à discuter.

Emilia acquiesça et adressa un sourire discret à Camila avant de refermer la porte derrière elle.

Quelque chose ne tournait pas rond. Niko était froid, et Camila ne comprenait pas pourquoi. Que s'était-il passé entre ce matin, quand il l'avait passionnément embrassée dans la voiture, et maintenant ? Elle l'ignorait, mais elle était tétanisée, ses tripes l'avertissant de quelque chose d'intangible. Malgré ses efforts pour chasser de son cerveau les paroles toxiques de sa mère, elles tonitruaient en elle à cet instant, lui rappelant la vérité qu'elle ne voulait pas croire.

Était-ce le moment où Niko allait la laisser tomber ? Le moment qu'elle attendait en retenant son souffle depuis leur nuit chez lui ? Elle avala la boule dans sa gorge et demanda :

— Qu'est-ce qui ne va pas ?

— C'est un diagnostic difficile pour Alexis, déclara Niko, les mains jointes devant lui, les lèvres pincées, ce qui ne fit qu'augmenter le mauvais pressentiment qui la tenaillait.

— Oui, mais si quelqu'un peut trouver une solution, c'est Emilia et son équipe. Et même si le pire arrive, je suis sûre qu'ils mettront un plan en place pour qu'il continue à participer sous une forme ou une autre.

Il ne s'agissait pas d'Alexis. Niko avait à peine été impliqué dans son traitement, et même si elle ne contestait pas à quel point il se souciait du patient, sa réaction était disproportionnée. Non, d'une manière ou d'une autre, il s'agissait d'elle. D'eux. Le sang se figea dans ses veines. Il allait vraiment partir, n'est-ce pas ? Et elle ne savait même pas ce qui s'était passé.

— C'est ça le problème ? Tu as eu une sorte de révélation pendant qu'on parlait au patient, et tu as réalisé que la paternité n'était pas faite pour toi, après tout ? Que je ne suis pas assez importante pour toi pour changer quoi que ce soit ?

Elle laissa jaillir ses inquiétudes, trop fatiguée pour faire semblant de garder son sang-froid. Elle réussit à attirer la pleine attention de Niko. Il la fixa des yeux, sourcils froncés. C'était la première fois depuis qu'ils avaient quitté la chambre d'Alexis qu'il la regardait directement.

— Quoi ? Pourquoi tu… ?

Sa voix mourut et il se leva, contourna son bureau, auquel il s'appuya, croisant les bras sur sa poitrine.

— Je suis énervé parce qu'à la seconde où tu es sortie de la chambre du patient, tu ne parlais que de la gloire que cette affaire allait te valoir.

Camila leva des yeux médusés vers lui.

— La gloire… Je n'ai jamais dit gloire. J'ai dit que cette affaire allait faire parler de mon travail et de celui de mon équipe. Niko, je fais cela pour aider les gens, mais je dois payer mes employés. Je dois payer mon loyer, plaida-t-elle, tandis que l'indignation enflammait le sang dans ses veines.

Il ne s'agissait pas de l'engagement de Niko envers elle, mais quelque part, c'était bien pire. Il l'accusait de quelque chose d'ignoble, et elle n'arrivait pas à identifier quoi. Comment voulait-il qu'elle fonctionne sans financement ? Bien sûr qu'elle devait courtiser les investisseurs et les revues médicales, sinon personne ne saurait ce qu'elle faisait.

— On parle d'un homme qui a tout perdu en l'espace de deux mois. Un matin, il s'est réveillé et est allé s'entraîner, et soudain, depuis, il vit dans un hôpital. Sa vie a changé à jamais, et la première chose à laquelle tu as pensé après lui avoir annoncé cette nouvelle, c'est de savoir comment elle s'inscrirait dans ton mémento.

Son ton était plat et dur. Elle y chercha la chaleur habituelle, les éléments d'affection cachés dans son accent chantant qu'elle pouvait écouter pendant des heures. Elle serra la mâchoire. Laisser sa colère prendre le dessus ne résoudrait pas le problème – même si cette querelle était à la limite du ridicule.

— Niko, mon travail ici était terminé au moment où j'ai donné mon diagnostic. C'est à ton équipe maintenant de s'occuper d'Alexis, et ils sont bien mieux armés que moi pour le faire.

Une expression passa sur le visage de Niko, une lueur de doute qui la fit presque pousser un soupir de soulagement. Elle n'aimait pas la tension qui s'installait entre eux. De toutes les choses pour lesquelles ils pouvaient se disputer, celle-ci ne semblait pas en valoir la peine.

— Je n'aime pas que tu sois si dépendante des financements extérieurs. J'ai vu ce que ça peut faire aux gens, comment ça altère leur sens du devoir, déclara-t-il.

— Ah, je vois d'où ça vient.

Il craignait qu'elle ne fasse passer son profit et le financement de ses recherches avant le bien-être des patients. Son cœur se fissura, et la déception s'infiltra par cette minuscule fracture. Comment pouvait-il avoir si peu d'estime pour elle qu'il en vienne à s'emporter ? La voyait-il vraiment comme son père, quelqu'un qui mettait son propre intérêt avant celui des patients ? N'avait-elle pas montré maintes fois sa fiabilité depuis qu'elle avait commencé ici ?

Elle s'efforça de garder une voix assurée.

— Tu devras me faire confiance sur ce point, car sans financement extérieur, je ne peux pas continuer mes recherches. Et sans mes recherches, nous n'aurions pas pu sauver la vie d'Alexis. Ni aucune des autres vies que nous avons déjà sauvées dans le monde entier. Bien sûr, je passe une grande partie de mon temps à courtiser des gens fortunés, à les convaincre de ma cause. Ce n'est pas un aspect que j'apprécie, mais ça fait partie de mon travail. Je ne vais pas cesser de le faire parce que…

Niko la fixa pendant ce qui lui sembla être une éternité.

— Parce que quoi ? demanda-t-il, les yeux plissés.

— Tu dois faire face à tes insécurités de manière constructive. Pas en les rejetant sur moi.

Les yeux de Niko s'écarquillèrent et elle regretta presque immédiatement ces mots, lâchés sous le coup de l'émotion.

— Je suis désolée, ce que j'essaie de dire…

Il l'arrêta en secouant la tête.

— Tu n'as pas à t'inquiéter de cela. L'Athena Institute a suffisamment de fonds pour te permettre de continuer. Je ne voulais rien dire avant d'en être certain. Mais j'ai eu des nouvelles du département immobilier, et nous pouvons agrandir l'aile ouest pour faire de la place à ton laboratoire.

Camila en resta sans voix. Elle le regarda fixement, analysant ses paroles et scrutant son visage à la recherche d'un indice lui permettant de croire qu'il s'agissait d'une plaisanterie ou d'un malentendu. Car sinon, ce qu'il disait, c'était qu'il avait pris unilatéralement une décision qui la concernait en tant que personne *et* en tant que professionnelle. Cela ne cadrait pas avec l'image de Niko qu'elle s'était forgée au cours de leur histoire d'amour fulgurante des dernières semaines.

— Quoi ? Pourquoi étendrais-tu l'hôpital pour moi ? Je ne déplacerai pas mon laboratoire ici.

L'idée seule était ridicule. Elle était bien établie en Suisse. Toute son équipe s'y trouvait, travaillant en ce moment même pendant qu'elle accomplissait cette mission. Comment pouvait-il suggérer cela de manière aussi catégorique ?

— Pourquoi pas ? rétorqua-t-il, fronçant les sourcils. Je suis en mesure de t'offrir les ressources du meilleur hôpital cardiaque d'Europe. Tu ne manqueras de rien et, avec mon appui, tu pourras aller plus loin que jamais sans avoir à mendier devant les investisseurs et la presse médicale.

— Mendier ?

C'était le seul mot sur lequel Camila buta, sans même enregistrer le reste de sa phrase. Bien sûr, elle aimerait avoir le soutien de l'Athena Institute, et s'y associer était l'une des principales raisons de sa venue ici. Mais elle ne pouvait pas se contenter de l'accepter parce que...

— Je n'ai jamais rien *mendié* de toute ma vie. Tout ce pour quoi j'ai travaillé, je l'ai obtenu de mes propres mains. Moi, on ne m'a pas donné un hôpital pour que j'en fasse ce que je veux à ma guise.

Elle s'était levée, répondant au regard de Niko par son propre regard furieux. Elle poursuivit d'un ton dur :

— Et j'aurais peut-être considéré cette offre si tu l'avais présentée comme telle, et non comme une décision unilatérale concernant mon travail.

Niko soupira, et se frotta la tempe.

— Ce n'était pas ce que tu voulais ? Tu m'as parlé de toutes tes difficultés durant ta jeunesse, du fait que tu devais te débrouiller pour financer ton travail. Je t'ai dit que je m'en occuperais, que je m'occuperais de toi... de vous *deux*.

Les yeux de Camila s'arrondirent et sa main se posa sur son ventre.

— Je sais qu'on n'a pas parlé de ce que nous voulons faire. Mais il n'est pas envisageable que je déplace mon activité ici pour être sous tes ordres. J'ai travaillé si dur ces cinq dernières années. Je ne peux pas te donner un tel contrôle sur moi. Quelle assurance ai-je si ça ne marche pas entre nous ? Je ne peux pas risquer toute ma carrière pour...

Elle s'interrompit et il la darda d'un regard rétréci.

— Tu ne peux pas la risquer pour moi ? Pour que nous soyons une famille ? Si tu ne veux pas venir t'installer ici, c'est quoi ton super plan pour cette relation ? Comment nous vois-tu la mener à bien, séparés par la moitié de l'Europe ?

Camila déglutit avec peine.

— Je ne sais pas ce que je veux, mais je ne me laisserai pas forcer la main pour une telle décision. Pas quand nous avons tous les deux évité d'aborder ce sujet.

Ils étaient arrivés au point pour lequel Camila avait prié qu'il n'arrive jamais. Celui où les mots de sa mère deviendraient une vérité immuable. Peu importaient les dégâts que la toxicité constante de ses avertissements avait apportés dans sa vie, Camila ne pouvait nier leur véracité.

Niko ne le voyait peut-être pas ainsi, mais planifier une chose aussi importante sans même la consulter était une première tentative de lui arracher le contrôle. Elle ne pourrait jamais permettre à un homme de faire cela. C'était la raison pour laquelle elle n'avait jamais eu de relation sérieuse avec personne et qu'elle s'était focalisée uniquement sur son travail pendant la majeure partie de sa vie d'adulte.

— Je n'essaie pas de te contrôler, et le fait que tu le penses montre que tu ne me fais pas confiance pour rester auprès de toi. Pour… rester quand les choses se compliqueront, conclut Niko, la mâchoire serrée.

Il n'avait pas tort. Camila attendait que le couperet tombe, parce qu'elle ne pouvait pas concevoir que Niko avait changé sa vie à ce point. Qu'elle était amoureuse de lui à ce point et que malgré cela, ils ne s'accordaient pas.

Il ne comprendrait jamais qu'elle ait besoin d'être sous les feux de la rampe. Non pas parce que cela lui faisait plaisir, mais parce que le travail de sa vie en dépendait. Il en serait toujours terrifié, et elle serait toujours terrifiée qu'il parte, parce qu'ils le faisaient toujours. Comme son père.

— Je ne te fais pas confiance pour rester à mes côtés, admit Camila, les mots pesant dans sa bouche, comme si elle devait se convaincre qu'ils étaient vrais alors qu'elle savait qu'ils ne l'étaient pas.

— Et je ne peux pas te voir vendre ton âme au diable comme ça alors qu'il y a d'autres choix, répliqua-t-il.

Et Camila voulut croire qu'elle entendait la même pesanteur dans ses mots. Qu'il luttait lui aussi.

— Alors peut-être qu'on s'est trop laissés emporter par le moment présent, au point d'ignorer les problèmes de compatibilité. Peut-être qu'on a simplement pensé qu'il y avait quelque chose entre nous à cause de notre situation. Sans réaliser qu'il fallait plus que notre attirance mutuelle pour que cela fonctionne.

C'était la seule explication qu'elle avait. Sinon, comment en étaient-ils arrivés à cette discussion – à cette conclusion ?

La fêlure dans son cœur s'élargit lorsque Niko acquiesça, une moue se dessinant sur les lèvres qu'elle avait envie d'embrasser, même maintenant.

— Oui, je suppose...

Et elle était là. La fin qu'elle avait sue inexorable dès qu'elle l'avait laissé s'approcher trop près. Elle aurait cru que ce moment la fracasserait. Mais il fallait qu'elle tienne bon. Qu'ils tiennent le coup tous les deux. Ils devaient rester dans la vie l'un de l'autre pour le bien de leur enfant.

Camila se sentait brusquement oppressée. Elle devait partir avant que tous les sentiments qui bouillonnaient en elle n'éclatent au grand jour.

— On a toujours rendez-vous pour la nouvelle échographie la semaine prochaine. Je te verrai là-bas et on pourra discuter... des prochaines étapes, dit-elle précipitamment, avant qu'elle ne s'effondre.

Niko se rapprocha d'elle, sa main se tendit comme pour la toucher, mais il s'arrêta au dernier moment. Elle vit qu'il cherchait les mots justes. Mais il n'y en avait pas. Rien de ce qu'il pourrait dire n'arrangerait quoi que ce soit entre eux. Parce qu'en fin de compte, ils s'étaient simplement laissés emporter par une attirance qu'ils n'auraient pas dû avoir. Certaines choses dans ce monde étaient des vérités immuables. Peu importait combien Camila voulait qu'elles soient différentes.

Ils finissaient toujours par partir.

11

Les couloirs de l'Athena Institute paraissaient particulièrement sinistres aujourd'hui, songea Niko.

Il ne se demanda pas si ce changement pouvait être lié à sa mauvaise humeur depuis quelques jours. Ou si elle s'assombrissait encore alors qu'il traversait l'hôpital pour se rendre à son bureau. Partout, les gens parlaient avec leurs proches et le personnel de l'hôpital s'affairait, réconfortant les patients, leur administrant des médicaments ou les aidant simplement en discutant et en passant du temps avec eux. C'était à tout cela que Niko accordait de l'importance, ces changements qu'il voulait voir à l'institut. Et il devrait être fier de les constater.

Pourtant, il n'arrivait pas à se débarrasser de l'aura négative qui l'entourait. Il avait l'impression que tous les regards étaient braqués sur lui alors qu'il longeait les couloirs. Mais pourquoi le regarderaient-ils seulement ? Étaient-ils au courant de la décision que Camila et lui avaient prise la semaine dernière après le diagnostic de leur patient ? Personne à l'hôpital ne savait qu'ils étaient ensemble.

Ils avaient pris la décision ensemble, et il pensait que ce serait réconfortant. Deux adultes décidant qu'ils devaient changer leur relation, qu'ils devaient… être autre chose.

— Oh ! mon Dieu, tu es vraiment pénible, dit la voix familière, bien trop joyeuse pour cette heure matinale, comme Niko poussait la porte de son bureau. Tu n'as même pas bronché en me voyant ici.

Il alla poser sa mallette avant de se retourner et de fixer sa sœur, nonchalamment étendue sur le canapé.

— J'ai grandi avec toi, Eleni. Tu ne pourrais pas me faire peur, même si tu le voulais, répondit-il en s'asseyant et en démarrant son ordinateur.

— Ne me propose pas un défi que tu regretteras. Tu sais à quel point j'ai l'esprit de compétition, riposta-t-elle.

— Et tu sais que je suis quelqu'un d'occupé, alors qu'est-ce qui t'amène ici ?

Plus vite ils tireraient cela au clair, plus vite il pourrait revenir à ce qui comptait – cet hôpital. Le *seul* centre d'intérêt qu'il devrait avoir en ce moment, jusqu'à la naissance de son enfant. À cette pensée, son cœur se serra.

— Tu n'es pas venu dîner hier, dit Eleni en se redressant, ses yeux marron fixés sur les siens.

Il s'arrêta un instant, réfléchissant. Hier, c'était jeudi ? Zut, cela lui avait échappé.

— J'étais occupé par certaines choses, répliqua-t-il.

Un mensonge, sachant que s'il admettait l'avoir oublié, il y aurait doit à un autre genre de conversation.

— Trop occupé pour nous prévenir avec un texto ?

— Le temps que je m'en rende compte, il était déjà trop tard pour vous appeler.

C'était techniquement vrai, puisqu'il venait à l'instant de se souvenir qu'il était censé être au dîner hier soir.

À en juger par les sourcils froncés d'Eleni, il voyait qu'elle ne le croyait pas. De toute façon, les choses étaient trop chaotiques pour qu'il passe du temps avec sa famille. Elles comprendraient une fois qu'il les aurait mises au courant – ce qu'il n'avait pas l'intention de faire avant longtemps. Pour le moment, ça tourbillonnait trop dans sa tête pour qu'il puisse donner une bonne explication sur ce qui leur était arrivé, à Camila et à lui. Comment ils étaient passés de la vie dans leur petite bulle ensemble, trop effrayés pour bouger au cas où elle éclaterait, à la décision qu'il valait peut-être mieux qu'ils suivent des chemins séparés. Des chemins entremêlés et parallèles, mais avec suffisamment d'espace pour diverger.

— Je vais te dire ce que je pense et tu me diras ce que tu en penses. Mon grand frère n'est pas du genre geignard ou maussade. Mais en entrant ici, j'ai eu droit à beaucoup de regards de la part de ton personnel, et quand j'ai posé des questions, on m'a dit que tu étais « renfrogné ». Je sais que tu n'es pas quelqu'un de renfrogné. Les gens qui viennent de te rencontrer *penseront* que tu es de mauvaise humeur, mais ce n'est que ton visage, pas ton vrai toi.

Niko fronça les sourcils.

— Tu es venue ici dans un but précis, Eleni ? Ou juste pour rigoler ? J'ai un hôpital à diriger, moi.

À ces mots, sa sœur pencha légèrement la tête comme si elle avait remarqué quelque chose qu'elle seule pouvait voir.

— Quoi ? demanda-t-il.

— Ah, quand tu as dit « J'ai un hôpital à diriger », des souvenirs me sont revenus. Père me disait souvent ça lorsque je venais lui parler de quelque chose.

Niko la regarda fixement tandis qu'un frisson glacial se répandait dans son corps. Il avait dit quelque chose qui le faisait ressembler à son père ? Les deux enfants Vassilis avaient eu leur part de traumatismes dus à Stavros, et l'une des compensations avait été de trouver refuge l'un chez l'autre. Il se rappelait le nombre de fois où Eleni l'avait appelé au milieu de la nuit après une vilaine dispute avec leur père, qui ne ratait jamais une occasion de la faire douter d'elle-même. Si Niko était chargé de perpétuer l'héritage familial, Eleni était la déception que leur père n'hésitait pas à pointer du doigt chaque fois qu'il le pouvait.

Elle savait à quel point sa propre blessure était profonde et elle n'aurait jamais fait une telle comparaison à moins qu'elle ne la voie vraiment – et qu'elle s'inquiète pour lui.

Il poussa un soupir.

— D'accord… je t'entends. Qu'est-ce qui te tracasse ?

Eleni tapota la place à côté d'elle sur le canapé avec un sourire crispé et attendit qu'il s'y asseye. Enfin, elle lâcha :

— Tu n'étais pas au dîner hier. Mais Camila, si.

Son pouls s'accéléra à la mention de son nom, son cœur cognant fort, dans une sensation qu'il combattait depuis une semaine – depuis qu'il l'avait vue sortir de ce bureau.

Camila était encore là ? Il vérifia la date sur son téléphone. La nouvelle échographie pour déterminer la date d'accouchement était le lendemain. Il avait supposé qu'elle serait déjà rentrée en Suisse, menant une vie complètement indépendante de la sienne. Les prochaines étapes dont elle voulait discuter concernaient-elles la façon de gérer leur coparentalité entre deux pays ?

— Je vois. Alors tu as probablement déjà tous les détails de ce qui s'est passé ? demanda-t-il, comprenant enfin la présence de sa sœur dans son bureau.

Elle et sa mère savaient et elles voulaient prendre de ses nouvelles. Ou lui dire à quel point il était idiot. Dieu savait qu'il le méritait et qu'il le pensait lui-même dans les heures vides de la nuit.

— Vraiment, Niko ? Tu as une si piètre opinion de Camila que tu crois réellement qu'elle déballerait la fin de votre relation au cours du dîner de famille ?

Eleni le fixait d'un regard noir. Il laissa échapper un profond soupir en réalisant qu'il allait devoir s'expliquer. Ce qui était difficile à faire car il ne savait pas vraiment lui-même ce qui s'était passé.

— Non, bien sûr que non, elle ne ferait pas ça.

— Quand avez-vous rompu ? Je *suppose* qu'il s'agit d'une rupture parce qu'en fait, tu n'as même jamais dit que tu la voyais. Seulement qu'elle portait votre enfant et… Eh bien, pour être honnête, je ne suis pas tout à fait sûre de la chronologie de votre relation.

La perplexité sur le visage d'Eleni suffit à le faire rire, même dans ce moment sombre de sa vie. Camila et lui étaient tombés amoureux si rapidement que Niko ne pouvait pas blâmer Eleni pour sa confusion.

— Nous n'avons pas vraiment suivi la voie traditionnelle. Camila est loin d'être traditionnelle. Depuis un âge bien plus jeune que nécessaire, elle a pris son destin en main. Mais cela n'a rien à voir avec notre... situation.

Niko fit une pause et prit une grande inspiration.

— Nous avons mis fin à notre relation après un désaccord sur l'avenir. Je voulais qu'elle vienne vivre ici, mais elle m'a dit que son travail l'obligeait à rester en Suisse. Elle ne voulait pas déménager sa base opérationnelle à Athènes.

— D'accord, elle est établie là-bas, admit Eleni. Je peux le comprendre. Elle a dit pourquoi elle ne voulait pas envisager de déménager ?

— Elle ne voulait pas me donner autant de contrôle sur son travail et sa vie, répondit Niko, se souvenant presque exactement des mots de Camila.

Il avait été révulsé de les entendre, qu'elle puisse même penser qu'il se servirait de leur lien pour la contrôler. Même si c'était lui qui finançait ses recherches, il n'aurait jamais eu l'audace de s'en mêler. Elle serait toujours restée libre de ses choix, quoi qu'elle veuille faire.

— Pourquoi penserait-elle cela ? demanda Eleni.

— Je lui ai dit que l'Athena Institute avait suffisamment de fonds pour ses recherches et que je serais plus qu'heureux d'y participer. J'avais déjà parlé au département immobilier pour aménager un espace pour son laboratoire, avec des plans et tout le reste.

Les lèvres d'Eleni se plissèrent en une fine ligne.

— Tu lui as dit que tu aimerais qu'elle te rejoigne ici, tu as parlé avec le département immobilier du type d'espace dont elle avait besoin, et puis elle s'est retirée du projet ?

— Hum... non. J'ai parlé au département immobilier pour tout organiser et j'ai ensuite présenté à Camila la solution à notre problème.

Eleni le fixa d'un air médusé, et il eut l'étrange impression qu'ils avaient fini par parler une langue différente.

— Mais... comment peux-tu planifier l'installation de son

laboratoire si tu ne lui as pas demandé ce dont elle avait besoin ? Tu as abordé le sujet de sa venue permanente à Athènes avec elle *avant* ou *après* avoir monté tes plans ?

À chaque mot de sa sœur, un frisson partant de la base de sa colonne vertébrale commençait à étendre ses vrilles glacées à travers son corps. Il tourna les mots dans sa tête, essayant de les voir sous des angles auxquels il n'avait pas pensé auparavant et…

— Elle refuse d'accepter mon aide ou de trouver une autre solution au problème auquel nous sommes confrontés. J'aurais peut-être pu faire ma proposition d'une autre manière, mais elle n'a pas voulu me donner d'alternative non plus, plaida-t-il, et il tressaillit devant l'immaturité de son propos – était-ce ce qu'il ressentait vraiment ou tout était-il si confus en lui qu'il n'arrivait pas à faire la part des choses ?

— Quel est le problème auquel vous êtes confrontés ?

Eleni mettait le doigt sur l'insécurité qu'il traînait depuis le début, à savoir l'opinion qu'il avait eue de Camila lors de leur première rencontre, ancrée si profondément en lui qu'il ne pouvait plus s'en débarrasser. Et encore moins quand il en voyait la confirmation dans tout ce qu'elle faisait.

— Je ne sais pas si je peux supporter son besoin d'être sur le devant de la scène pour faire son travail. Lui fournir un financement de ma part semblait être la solution idéale pour répondre à cette exigence. Elle doit vraiment *vouloir* ce genre de vie, sinon ce serait facile de dire oui. Elle aurait pu trouver un compromis, à mi-chemin entre ses désirs et les miens…

Quelque chose ne sonnait pas juste. Niko en était conscient. Mais même s'il y réfléchissait depuis leur discussion, il n'arrivait à aucune conclusion. Tout était trop alambiqué et confus pour qu'il y trouve un sens.

— Je pense qu'elle pourrait voir les choses différemment de son point de vue, déclara Eleni. Il est possible qu'elle fasse tout ce qu'il faut pour que le plus grand nombre de personnes puissent bénéficier de ses recherches. Tu ne l'as pas vue comme un médecin attentionné pendant qu'elle travaillait ici ?

— Oui, elle était attentionnée, brillante, même. Mais notre père l'était aussi avant... je ne peux pas m'empêcher de penser que quelque chose sur le chemin de la réussite et de la notoriété l'a fait chuter. Comment être sûr d'elle, alors que son parcours est si semblable ? Quand elle refuse d'accepter l'offre qui lui permettrait de ne plus avoir à demander de l'argent à qui que ce soit.

Eleni se pencha vers lui et posa une main sur sa cuisse.

— J'espère que tu comprends que je te dis ça avec tout l'amour et l'affection que j'ai pour toi, mais tu es tellement à côté de la plaque que je ne pense même pas qu'on soit sur la même planète.

Niko regarda sa jeune sœur d'un air renfrogné.

— Est-ce que maman et toi vous êtes déjà fait une opinion hier soir à propos de cette histoire ?

— Non, mais après le départ de Camila, on avait une bonne idée de ce qui a pu se passer. Et je pense que tu te préoccupes beaucoup trop du passé. Tu essayes de résoudre un mal qui n'a rien à voir avec elle. Elle n'est pas notre père, et le fait qu'elle ait besoin de publicité pour financer ses recherches ne fait pas d'elle notre père non plus. En fin de compte, des gens partout dans le monde bénéficient de ses recherches, et elles sauveront de nombreuses vies, non ?

Il se contenta de marmonner, incapable de réfuter la vérité de ses paroles. Il n'aimait peut-être pas que Camila parle à la presse pour faire circuler son nom et entretenir sa réputation, mais Alexis n'aurait pas eu son diagnostic sans son aide.

— Je prends ton silence pour un accord. Alors, dernière question et je te laisse tranquille puisque je sais que tu as « un hôpital à diriger ». Est-ce qu'elle a demandé des honoraires exorbitants pour sa collaboration ici à l'institut ?

Ce n'était pas la question à laquelle il s'attendait. Qu'est-ce que ses honoraires avaient à voir avec... ? Il se rappela la conversation qu'il avait eue avec Emilia, de l'étonnement de sa cardiologue en chef parce que...

— Elle l'a fait gratuitement, dit Niko, la voix à peine plus qu'un murmure, s'adressant autant à lui-même qu'à sa sœur. Nous lui avons proposé des honoraires correspondant à son ancienneté dans le domaine. Mais elle a refusé… Elle a dit qu'elle trouvait le cas passionnant et qu'elle préférait ajouter l'étude à ses recherches plutôt que de nous faire payer quoi que ce soit pour son aide. Emilia a dit qu'elle n'avait même pas voulu accepter un hôtel à nos frais, mais j'ai insisté.

Un petit sourire se dessina sur le visage d'Eleni, comme si elle voyait les pièces du puzzle se mettre en place dans l'esprit de son frère. Elle lui pressa la cuisse avant de se lever du canapé et d'attraper son sac sur la table basse.

— Je parie que pas une seule fois non plus elle ne t'a demandé une pension alimentaire pour le bébé.

En effet. Parce qu'il n'avait jamais été question d'argent pour elle. C'était Niko qui avait projeté cette peur sur elle quand elle faisait quelque chose qui ressemblait à ce qu'il avait appris à mépriser chez son père. Mais si tout ce que Stavros faisait avait pour but de se remplir les poches, il n'en allait pas de même pour Camila. Tout ce qu'elle avait fait, c'était pour faire avancer ses recherches afin de donner à un plus grand nombre de personnes une chance de guérir, et non pour devenir une femme riche. Elle recherchait la célébrité comme un moyen d'arriver à ses fins. Pour sauver des gens.

— Attends, Eleni. Hier soir, Camila, comment était-elle ? Est-ce que je… ? Est-ce que j'ai encore le temps de tout arranger ? demanda-t-il, une boule dans la gorge

Eleni sourit, et lui donna une tape rassurante.

— Tu devrais lui parler, grand frère.

Elle laissa Niko seul pour rassembler ses pensées – et élaborer un plan.

Les larmes n'étaient jamais loin ces jours-ci, et Camila les mettait pour la plupart sur le compte du bébé. Ou du calme. Ou du soleil radieux ce jour-là. N'importe quelle excuse valait mieux que d'examiner le chagrin qui enveloppait son cœur.

Ils avaient convenu que c'était la meilleure décision pour eux. Ils avaient découvert trop de forces opposées dans leur relation qu'ils ne pouvaient pas surmonter. Malgré cela, Camila n'avait pas encore réservé son vol de retour. Elle s'était dit que c'était parce qu'elle voulait se rendre au rendez-vous avec Daphne, bien qu'une partie d'elle-même reconnaisse que c'était un mensonge réconfortant.

Camila n'était plus très sûre de ses convictions. Serait-ce vraiment grave si elle déménageait ses activités à Athènes ? Elle ne s'était jamais souciée de savoir d'où venait l'argent pour ses recherches, seulement si elle en recevait assez pour continuer à travailler.

Chaque soir, elle regardait son téléphone, les derniers messages qu'elle avait échangés avec Niko, pensait aux mots qu'elle n'avait pas dits. Mais même alors, elle ne pouvait se forcer à l'appeler. La peur la tétanisait, l'empêchant de regarder en arrière. Ou d'aller de l'avant. Camila était coincée dans cet espace intermédiaire, incapable de se libérer. Tout ce qu'elle savait, c'était que tout faisait mal sans Niko. Même respirer était plus difficile que d'habitude, et un mélange de sensations montait en elle alors qu'elle se préparait à le revoir aujourd'hui, au cabinet de Daphne.

Elle remarqua cependant qu'il était en retard pour le rendez-vous. Ce n'était pas bon signe. Il n'avait jamais été en retard dans aucun de leurs contextes professionnels. Elle avait voulu croire que s'agissant de leur enfant, il serait encore plus ponctuel. Mais à mesure que les minutes passaient sans qu'il n'apparaisse, son malaise augmentait, et quand Daphne l'appela dans la salle d'examen, Camila eut l'impression que le sol était fait de caoutchouc.

Daphne parut le remarquer, car sa main se referma sur le bras de Camila et la guida jusqu'à son siège.

— Tu te sens bien ? lui demanda-t-elle doucement.

— Oui, c'est juste que…

La pression derrière ses yeux se fit plus forte et elle essaya d'empêcher les larmes de couler.

— La semaine a été difficile, finit-elle, la gorge nouée.

Daphne sourit, lui tapota la main puis ouvrit une armoire et en sortit une boîte de mouchoirs.

— Mes patientes ont tendance à beaucoup pleurer, ce que j'encourage. Il vaut mieux laisser les larmes sortir ici que de les garder enfermées, dit-elle, et l'incitation qui se dégageait de ses paroles n'échappa pas à Camila.

Le pire, c'était qu'elle avait vraiment envie de tout déballer. En dehors de Niko et de sa famille, elle ne connaissait personne à Athènes, et elle passait donc la plupart de son temps dans sa chambre d'hôtel, à contempler tous les choix qui l'avaient amenée à ce moment. Souvent, son doigt avait frôlé le bouton d'achat d'un vol pour la Suisse, mais quelque chose au fond d'elle l'avait empêchée d'aller jusqu'au bout. Elle prit un mouchoir d'une main tremblante.

— Merci.

Daphne s'adossa à sa chaise.

— Je ne te demanderai pas comment tu vas, car j'en ai une bonne idée. Je suis désolée que vous deux ayez du mal à vous entendre.

— Oui. Je crains qu'il n'y ait que moi aujourd'hui, alors on peut commencer quand vous voulez.

— Mmhum, fit Daphne en regardant sa montre, ça ne lui ressemble pas d'être en retard. Mais je n'ai jamais connu non plus Nicolas comme quelqu'un qui fuit les responsabilités.

Elle s'interrompit, examina gentiment Camila.

— J'espère que je ne vais pas trop loin. Mais pourquoi as-tu si peu confiance que mon fils viendra pour toi ?

Camila tressaillit devant cette question si directe, qui touchait en plein un point si sensible. Son manque de confiance en l'engagement de Niko avait été l'une des principales raisons de leur rupture – en écho aux avertissements de sa mère, qu'elle n'arrivait pas à oublier. N'empêche qu'il était parti. Elle était ici toute seule, luttant pour trouver la paix dans leur décision. Qu'y avait-il d'autre à répondre à ça ? La solitude était cinglante, la perspective de devoir traverser cette épreuve seule presque insupportable. Mais les paroles de sa mère ne s'étaient-elles pas finalement avérées ?

— Il n'est pas là, et j'avais juste… l'intuition que ce jour viendrait. Mon père est parti quand j'étais jeune et ma mère ne s'en est jamais remise. Elle ne m'a jamais laissée l'oublier non plus. Maintenant, Niko me demande d'abandonner tout ce pour quoi j'ai travaillé pour venir vivre ici, alors que je ne sais même pas si notre relation va fonctionner. Et si ce n'est pas le cas et que je suis laissée à sa merci parce que j'ai tant donné de moi-même ?

Les mots jaillirent sans filtre ni retenue, et Camila était trop triste, trop fatiguée, trop tout pour s'en soucier davantage. Elle ne pouvait plus se retenir, elle n'avait plus la force de faire semblant d'aller bien. Lorsque la première larme glissa sur sa joue, elle ne l'essuya pas.

Daphne se contenta d'acquiescer, écoutant ses paroles en silence jusqu'à ce qu'elles se tarissent, puis la laissa verser quelques larmes supplémentaires avant de demander :

— Ta mère t'a appris à te méfier ?

La phrase fit bouger quelque chose en elle, lui montrant une perspective qu'elle n'avait jamais vue auparavant. À se méfier ? C'était ce qu'elle faisait ?

— Ce n'était pas facile de la voir lutter, même si nous n'étions pas d'accord sur beaucoup de choses. Au moins, j'ai su que je ne voudrais jamais me retrouver dans cette situation…

— Sur quoi n'étiez-vous pas d'accord ?

Camila tenta de se ressaisir, ne s'attendant pas à ce que l'interrogatoire prenne cette tournure, ni à ce qu'il y ait des questions du tout. Elle n'était pas venue pour se décharger de ses problèmes sur Daphne, mais comme il n'y avait personne d'autre dans sa vie en ce moment et qu'elle était si gentille avec elle…

— Elle pensait qu'être médecin n'était pas une carrière convenable pour moi, elle se fichait que ce soit ce que je voulais faire de ma vie. Lorsque j'ai défié ses souhaits, qu'elle a perdu le contrôle sur moi, notre relation s'est encore plus tendue. Elle l'était toujours quand elle est décédée et parfois les choses me semblent... inachevées. Comme si je n'avais pas reçu certaines informations cruciales en grandissant et maintenant... je me sens perdue.

Des bruits de pas retentirent à l'extérieur, sortant Camila de l'instant présent, tandis qu'elle tendait l'oreille. Mais ils dépassèrent la porte fermée de la salle d'examen, la laissant encore plus abattue. Malgré la certitude que Niko ne viendrait pas, une partie d'elle continuait d'espérer.

Daphne lui adressa un doux sourire, et lui tapota le genou.

— Il semble que ta mère t'ait inculqué certaines de ses insécurités, et j'espère que tu n'en subiras pas les conséquences, tant d'années plus tard.

Camila la regarda, les sourcils froncés.

— Qu'est-ce que vous voulez dire ?

Daphne baissa les yeux, et son regard se voila, comme si elle était dans son propre monde. Finalement, elle dit :

— Mon mari était un homme dur, surtout avec Nicolas. J'ai tenté de mon mieux de le protéger, mais il y avait des limites à ce que je pouvais faire quand il a atteint l'âge adulte. Parfois, il voulait être comme son père et vénérait le sol sur lequel il marchait. Mais lorsqu'il essayait d'être lui-même, de trouver sa propre voie... c'est là que ça s'est tendu entre eux. Stavros avait tellement planifié la vie de Nicolas sans l'impliquer, et quand mon fils s'est rebellé contre ça, il a rejeté son père et presque choisi d'être tout le contraire. Mais encore aujourd'hui, il porte un morceau de son père avec lui et cela l'entrave aussi. Pourtant, c'est la seule chose de lui qui reste à Nicolas.

Les mots de Daphne se frayaient un chemin dans son cerveau et dans son âme meurtrie. Il portait un morceau de son père avec lui ? Était-ce cela qui avait perturbé leur relation ? De vieilles cicatrices qui n'avaient jamais vraiment guéri ? La vérité de ces mots s'enfonça profondément en elle, et le choc qu'ils provoquèrent vibra dans ses os. Avait-elle porté les mots de sa mère parce que c'était la seule chose qui lui restait d'elle ? Des paroles de prudence qu'elle voulait croire bien intentionnées, mais qui étaient lourdes des propres insécurités de sa mère ?

— Il s'est emporté contre moi parce qu'il pensait que le fait que je vante mes recherches auprès de différentes revues médicales me saccagerait… parce qu'il l'avait vu se produire avec son père. Mais j'ai pris ça comme une confirmation qu'il finirait par partir, comme on me l'avait dit toute ma vie.

Sa main se posa sur son ventre dans un geste instinctif de protection, car elle désirait ardemment préserver son propre enfant de tout ce qui pouvait se rapporter à cela. Comment avait-elle pu tomber dans un piège aussi profond de son propre esprit ? Elle se redressa alors que l'énormité de son erreur lui apparaissait clairement.

— Il faut que je parle…

Des pas résonnèrent à nouveau, bien plus pressés que les précédents, et son cœur se serra parce qu'elle connaissait ces pas. Même pas une seconde plus tard, la porte s'ouvrit et Niko entra, les cheveux ébouriffés, légèrement essoufflé.

— Pardon, il y a eu une urgence. Pourquoi tu pleures ?

Il s'agenouilla devant elle, prit son visage entre ses mains et essuya les larmes sur ses joues. Le geste était si intime, si banal, comme s'ils ne venaient pas de passer une semaine séparés, persuadés que leur relation était vouée à l'échec.

— La semaine a été difficile, répondit-elle, et elle se surprit à rire timidement.

Le sourire de Niko était faible et il resserra son emprise sur son visage puis pressa son front contre le sien.

— Je suis désolé, Camila. Tout est ma faute. J'ai réagi de manière excessive, s'il te plaît…

Un toussotement les fit tous deux tourner la tête. Daphne s'était levée et les regardait.

— Je vous donne quelques minutes, mais nous devons encore faire l'examen avant que mon prochain rendez-vous n'arrive, dit-elle en regardant sa montre.

Lorsque la porte se referma derrière elle, la douleur que Camila lut dans les yeux de Niko la frappa en pleine poitrine. Ils se regardèrent en silence avant que Niko poursuive.

— J'ai eu peur, parce que ce que tu fais, je ne l'ai vu se dérouler que d'une seule façon. Mais en supposant que ce serait pareil pour toi, je ne te faisais pas assez confiance. Je t'ai accusée alors que c'est moi qui ne croyais pas en toi.

Camila secoua la tête, même si les paroles de Niko étaient un baume sur son âme meurtrie.

— J'ai joué mon rôle dans tout ça. Dès le début, j'ai attendu que tu partes, et dès que j'ai vu le moindre signe d'hésitation, je l'ai pris comme une confirmation que tu étais exactement comme que je le craignais.

Niko soupira, et son regard se baissa sur leurs mains jointes.

— J'ai trop présumé, pensant que cet arrangement était ce que nous voulions, mais je ne t'en ai pas parlé parce que... tout était si parfait. Bien plus que cela ne l'a jamais été dans ma vie. J'avais peur que, si je bougeais, si je disais quoi que ce soit, tout cela pourrait disparaître. Mais je sais maintenant que j'aurais dû être plus courageux.

— J'aurais pu dire quelque chose aussi, mais je ne l'ai pas fait, répliqua Camila, le cœur battant la chamade. Je me suis également contentée de notre bulle confortable sans penser à l'avenir, à la façon dont nous devrions vivre ça ensemble. On a tous les deux d'anciens problèmes de confiance à régler. Mais je ne veux pas que cela vienne perturber ce que je ressens pour toi. À propos... d'être une famille avec toi.

— S'il te plaît, pardonne-moi de ne pas avoir été plus courageux plus tôt.

Elle prit son visage entre ses mains.

— Il n'y a rien à pardonner. On est là maintenant.

Le sourire de Niko était à présent plus lumineux.

— Nous avons tous les deux décidé qu'on devait en finir, alors devrions-nous tous les deux décider que nous... ?

Le cœur gonflé d'émotion, Camila se mordit la lèvre, à mesure qu'elle comprenait le sens de ses paroles. Elle hocha lentement la tête, puis sourit.

— Nous devrions, oui.

Niko la serra dans ses bras et Camila appuya sa tête contre sa poitrine, comme elle l'avait fait si souvent, sachant désormais que ce ne serait pas la dernière fois. La chaleur de son corps était comme un bouclier autour du sien et elle ne voulait pas que ce moment se termine, elle voulait le prolonger pour toujours. Mais ils avaient des choses importantes à se dire.

À contrecœur, elle s'écarta de lui et croisa son regard, un doux sourire aux lèvres.

— Je t'aime, Niko. Je veux être avec toi et donner à cet enfant la famille qu'aucun de nous n'a jamais eue.

— Je t'aime aussi, Camila. Où que tu veuilles nous emmener, je serai là, répondit-il en effaçant la dernière larme de sa joue avant de l'embrasser dans un baiser qu'elle voulait éternel.

Et maintenant, elle savait que ce serait le cas.

Épilogue

Une brise fraîche pénétrait dans la pièce et Camila frissonna en levant les yeux de son ordinateur. Son bureau était exactement le même qu'en Suisse, même si les murs de l'Athena Institute étaient bien moins isolés contre le froid.

Deux ans plus tard, elle n'était pas encore tout à fait habituée aux divers changements survenus dans sa vie – certains difficiles, la plupart bien plus agréables qu'elle n'aurait pu l'imaginer. Après de nombreuses discussions tout au long de la grossesse, Camila et Niko avaient décidé qu'elle déménagerait à Athènes avant l'accouchement. Eleni et Daphne avaient été indispensables au cours de ces premiers mois, vivant pratiquement avec eux alors qu'ils s'installaient dans leur vie de nouveaux parents.

Son téléphone s'alluma et un grand sourire apparut sur ses lèvres quand ses yeux tombèrent sur la photo d'arrière-plan. Sa fille Helena, assise sur les genoux de Niko et agitant les bras avec le reste de la foule autour d'eux, la regardait avec de grands yeux bruns et souriait de toutes ses petites quenottes. Ils avaient été invités aux Jeux Olympiques pour voir Alexis Theodorou tenter sa chance pour la médaille d'or – après de nombreuses séances d'entraînement supervisées par son entraîneur et Emilia Seo pour s'assurer qu'il était vraiment à la hauteur. Ensemble, ils avaient réussi à rendre à Alexis ce qui comptait le plus pour lui : reprendre la compétition et essayer de remporter la médaille.

Elle avait reçu un message de l'un de ses chercheurs, mais nota de n'y répondre que le lendemain. Il était tard et Camila avait déjà des projets. Ses recherches étaient toujours l'une de ses priorités, mais maintenant… il y avait des choses plus importantes dans sa vie.

Et comme si ses pensées avaient invoqué ces choses importantes, sa porte s'ouvrit et Niko entra, Helena sur la hanche. Il arborait un sourire éclatant, ses yeux brillaient d'une étincelle amusée.

— Quoi ? demanda Camila en le remarquant.

— Rien, répondit-il en lui tendant leur fille, qui poussa un cri ravi quand Camila l'entoura de ses bras. C'est juste que j'aime bien venir dans ton bureau.

Le sens caché de ses paroles ne lui échappa pas. Il était heureux qu'ils partagent cette vie, qu'ils aient réussi à concilier leur vie personnelle et leur vie professionnelle pour en faire quelque chose qui leur convenait à tous les deux. Cela n'avait pas été difficile non plus. Lâcher le contrôle avait été un défi, et croire que tout se passerait bien quoi qu'il arrive n'était pas quelque chose dont Camila avait l'habitude. Mais le fait d'être parents avait tout changé, les avait changés, d'innombrables façons. Tout cela pour le meilleur, et elle n'aurait pas voulu le faire sans Niko.

Elle n'aurait jamais imaginé que la vie puisse être ainsi. Niko avait assumé son rôle de père avec une telle facilité, s'occupant en grande partie d'Helena pendant qu'elle travaillait. Les voir à la fin de la journée et entendre parler des grandes aventures qu'ils avaient vécues faisait monter son cœur vers de nouveaux sommets.

— Tu es prête à partir ? demanda-t-il, ses yeux parcourant les papiers éparpillés sur son bureau.

— Oui, allons-y. J'ai attendu ce dîner toute la journée, dit-elle en se levant, Helena dans les bras.

Niko se tourna vers elle en haussant les sourcils.

— Ah oui ? Quelque chose de spécial ?

Il y avait une pointe de suspicion espiègle dans sa voix, et Camila se mit à rire.

— J'ai peut-être des choses intéressantes à te dire, répondit-elle, un sourire secret se dessinant sur ses lèvres tandis qu'elle passait sa main libre sur son ventre.

Les yeux de Niko s'écarquillèrent une seconde. Puis il sourit, lui aussi, d'un sourire plein de malice et de secrets.

— C'est trop drôle. J'ai peut-être aussi une chose intéressante à te demander, répliqua-t-il.

La bouche de Camila s'arrondit de surprise.

— C'est pour ça qu'Eleni m'a demandé de lui prêter certaines de mes bagues l'autre jour ? Alors qu'elle ne m'avait jamais interrogée à propos de mes bijoux ? s'enquit-elle, se rappelant l'étrange rencontre avec la sœur de Niko.

Mais celui-ci se contenta de hausser les épaules, et elle sut que ce moment l'amusait énormément.

— Tu le découvriras pendant le dîner, se borna-t-il à dire en l'escortant hors de son bureau, et Camila respira son eau de toilette lorsque son bras l'enlaça par la taille.

Peu importait ce qu'il avait à demander. La réponse serait oui.

C'était toujours oui lorsqu'il s'agissait de Niko.

SCARLET WILSON

Une idylle à la clinique

Traduction française de
GABY GRENAT

BLANCHE

HARLEQUIN

Titre original :
HER SUMMER WITH THE BROODING VET

Prologue

Eli s'appliquait à contenir sa colère quand il s'adressa à ses conseillers :

— Nous en sommes vraiment arrivés là ?

Le comptable détourna le regard sans dire mot. Le notaire passa la main sur son front et laissa échapper un soupir désolé avant de déclarer :

— Hélas, oui. Nous n'avons pas le choix, la clinique doit se déclarer en faillite.

En entendant ce mot, Eli faillit exploser de frustration. Ou de désespoir, de rage… Ou d'inquiétude pour l'avenir ? Tout son travail, tout son enthousiasme, tout le soin qu'il avait déployé pour ouvrir son propre cabinet de consultation vétérinaire se trouvait brutalement réduits à néant. Les longues heures passées à s'échiner sur des dossiers ingrats, à lire les dernières revues scientifiques pour fournir un travail de qualité, venaient d'être rayées d'un coup de plume. Et à cause de quoi ? À cause d'une femme !

Ou plutôt, à cause de sa propre bêtise.

En entendant le notaire s'éclaircir la voix, il devina ce qui allait suivre. Tout son corps se crispa d'appréhension.

— Il faut maintenant que je vous parle de la clinique de votre père, commença lentement l'homme de loi.

C'était exactement ce qu'Eli redoutait. Il se tassa sur sa chaise.

— Le dernier vétérinaire qui travaillait avec lui a obtenu sa mutation, reprit le notaire, impitoyable. Étant donné que l'associé de votre père se trouve en congé maladie, il ne reste désormais à la clinique que deux infirmières spécialisées, parfaitement compétentes toutes les deux. L'une est en poste à la clinique depuis dix-sept ans. L'autre n'y est que depuis dix-huit mois. Si vous ne reprenez pas l'établissement, il n'y aura plus de vétérinaire dans la région pour assurer les soins des animaux de compagnie ni celui des animaux des fermes environnantes. Qui sont nombreuses, comme vous le savez.

Eli serra les mâchoires. Il se trouvait dans la situation qu'il avait toujours refusé d'envisager. Toujours. Chacun avait imaginé qu'il marcherait sur les traces de son père et qu'il prendrait la suite de ce dernier quand il partirait à la retraite. Mais ce n'est pas du tout ce qu'il souhaitait. Passionné lui aussi par la profession de vétérinaire, il avait fait les études qui convenaient, mais dans son esprit, tout était clair depuis le départ : jamais, au grand jamais, il ne travaillerait dans la clinique de son père.

Cette détermination avait provoqué quelques discussions aigres-douces dans la famille mais il avait fermement maintenu sa position. Son choix était de collaborer avec des cabinets vétérinaires de toutes tailles, importants ou tout petits, un peu partout dans le monde, afin d'acquérir une expérience aussi vaste que possible. Il avait donc travaillé en Angleterre, aux États-Unis, en France et en Espagne, bien décidé à ne rien devoir à son père et à monter sa propre clinique. Enfant, déjà, il avait toujours fait preuve d'un esprit indépendant mais voilà qu'aujourd'hui, en dépit de lui-même, il se trouvait dans la situation qu'il s'était juré de ne jamais connaître.

Fallait-il par son entêtement obliger la clinique de son père à être rayée de la carte ?

Ce n'est pas ce qu'il souhaitait.

Par ailleurs, être tenu pour responsable de la fermeture de deux cliniques ne ferait pas bon effet auprès de ses collègues, et dans cet univers comme dans bien d'autres, la réputation fait souvent office de carte de visite.

Une issue moins contrariante lui paraissait tout de même possible.

— Comme je vous l'ai déjà dit, je pense que la meilleure solution est de vendre la clinique. Pourquoi ne pas mettre une nouvelle annonce ?

L'avocat fit une moue dubitative.

— La précédente est restée en ligne pendant quatre semaines. Les seuls vétérinaires qui y ont répondu étaient fraîchement diplômés. Aucun d'entre eux n'avait l'expérience nécessaire pour travailler dans une clinique comme celle-ci, surtout en ce qui concerne le travail dans les fermes.

Eli passa la main sur son front.

— Je vais reconsidérer la situation.

— C'est-à-dire ? demanda le notaire.

— Eh bien… je peux envisager de rester travailler quelques mois avec la personne que nous recruterons. Cela me permettra de la former et au bout de ce délai, Matt qui est actuellement en congé maladie sera prêt à revenir pour prendre ma suite.

Il posa la main sur sa poitrine, comme pour se persuader du bien-fondé de cette hypothèse.

— C'est une solution provisoire qui permettra de susciter davantage de candidatures. Remettez l'annonce ! Et précisez que je resterai aussi longtemps que nécessaire pour permettre au nouveau vétérinaire de s'adapter en douceur.

L'avocat approuva cette décision d'un signe de tête tandis qu'Eli se levait pour se rapprocher de la fenêtre et cacher sa contrariété. Il n'avait aucune envie de faire ce qu'il venait de proposer. Vraiment aucune, mais il n'était pas suffisamment entêté pour refuser de comprendre que s'il ne faisait pas cet effort, la clinique de son père devrait fermer. Ce qui signifiait que les gens de la région n'auraient personne pour prendre soin de leurs animaux.

Cette pensée, insupportable pour lui, avivait encore la rancœur qu'il éprouvait à l'égard de la femme qui s'était jouée de lui et l'avait amené à cette triste extrémité. Les animaux sont tellement plus honnêtes que les humains !

C'est pour eux qu'il se résignait. Oui, pour que ses amis les animaux ne souffrent pas de son propre malheur.

1

Debout devant la porte de la clinique, Aurora Hendricks coinçait un petit chien contre sa poitrine d'une main tout en sortant de l'autre ses clés de sa poche. La petite bête avait tant gigoté qu'elle se trouvait à moitié déshabillée ! Le haut de son uniforme avait glissé hors de sa ceinture et laissait entrevoir quelques centimètres de peau nue au niveau de sa taille. Tirer sur son chemisier fut loin de suffire à rectifier son allure débraillée. Heureusement, elle avait tout le temps de se changer avant l'arrivée des clients habituels ou potentiels.

Comme le petit chien recommençait à se trémousser dans ses bras, elle lui tapota gentiment la tête.

— Du calme, petiot ! Dès que nous serons à l'intérieur, je regarderai si tes maîtres t'ont fait pucer. Je suis sûre qu'ils te cherchent partout.

Ce début de journée était loin d'être habituel. Quelques instants plus tôt, alors qu'elle roulait vers la clinique, la voiture qui se trouvait devant elle avait fait un écart brusque et klaxonné très fort. Aurora avait alors aperçu un petit chien terrorisé traverser la route comme une flèche. Aussitôt, elle s'était arrêtée pour partir à sa recherche.

Dix minutes plus tard, après avoir marché dans la boue à travers bois, elle avait découvert le chiot terrifié, blotti dans les broussailles. À force de paroles douces et grâce aux friandises qui se trouvaient dans ses poches, elle avait réussi à l'amadouer et à l'embarquer dans sa voiture.

Depuis qu'elle le tenait dans ses bras, il paraissait beaucoup moins effrayé mais ses pattes pleines de boue avaient laissé leur signature sur l'uniforme d'Aurora dont les chaussures également salies par cette équipée laissaient des marques sur le carrelage habituellement étincelant de la clinique.

— C'est dans vos habitudes d'arriver dans cet état ? demanda une voix dure dans son dos. Et en retard, par-dessus le marché ?

Aurora se retourna vivement. Un homme grand et mince, aux cheveux châtains pas très bien coiffés, arborant la barbe de trois jours très à la mode, la toisait, une expression mécontente sur le visage.

Elle pivota sur elle-même pour lui faire face.

— Qui êtes-vous ? répliqua-t-elle sur un ton aussi peu aimable que celui qu'avait utilisé son interlocuteur.

Tous ses sens étaient en alerte. C'est à elle que revenait ce matin la tâche d'ouvrir la clinique. Normalement, elle ne devait y trouver personne, et certainement pas un parfait étranger à l'établissement.

— Je m'apprêtais à vous poser la même question, répondit-il, toujours aussi sec.

Aurora ravala son envie de répondre vertement pour se contenter d'une phrase calme et sensée.

— Au cas où vous ne l'auriez pas remarqué, je porte l'uniforme de la clinique et j'ai en ma possession les clés de la porte d'entrée. Il me semble que c'est plutôt à moi de poser les questions, non ?

Tout en parlant, elle avait jeté un coup d'œil désolé sur son chemisier rose maculé de boue.

— Qui vous a donné le droit de débarquer sans prévenir dans ma clinique ? reprit-elle.

L'intrus n'avait pas l'air d'être un voleur, encore moins un clochard. En fait, plus elle le regardait, plus elle le trouvait intéressant. Il était beau. Oui, beau d'une façon qu'elle trouvait dérangeante, mais il ne lui inspirait pas la moindre peur, ce qui était un point positif. En effet, à cause de malheureuses expériences antérieures, elle avait développé une intuition tout à fait fiable en ce qui concernait le danger que lui faisaient courir certains hommes.

Après avoir déposé le chiot aux poils sales et embrouillés sur une table d'examen, elle retira sa veste d'une main tout en le maintenant en place de l'autre.

Elle avait hâte d'attraper le scanner de microchips pour savoir à quoi s'en tenir au sujet de son rescapé.

— Ah bon, reprit l'homme ironiquement, parce qu'ici, c'est *votre* clinique ?

Ce ton narquois la hérissa.

Elle déposa une friandise devant le chiot et de l'autre, attrapa le scanner.

— Oui. Tout au moins, tant que je suis la seule personne autorisée présente dans les lieux, marmonna-t-elle.

Puis, après avoir marqué une pause :

— Est-ce que par hasard vous seriez encore un nouveau suppléant ?

Le front de l'inconnu se plissa.

— Qu'est-ce que vous voulez dire par « *encore un nouveau suppléant* » ?

Elle ne se pressa pas de lui répondre, concentrée sur le scanner qu'elle passait sur le chiot. Après avoir examiné tous les endroits habituels où l'on insère les microchips, elle dut se rendre à l'évidence : ce chiot n'était pas pucé.

— Oh là là… soupira-t-elle en le reprenant dans ses bras. Tu es sûrement un jeune fugueur !

L'homme fit un pas vers elle, comme si, par ces mots, elle venait de capturer son attention.

— À votre avis, d'où aurait-il fugué ?

Elle haussa les épaules.

— Certainement d'un des élevages voisins. Il y en a plusieurs dans le coin. S'il n'est pas pucé, c'est qu'il n'a pas été encore vendu.

Puis, après lui avoir jeté un nouveau coup d'œil, elle ajouta :

— J'ai l'impression qu'il n'est pas de pure race.

À son tour, l'homme considéra le petit chien.

— En effet, on dirait un croisement de border collie et de labrador…

Aurora leva brusquement la tête vers lui.

— Mais… comment vous êtes-vous procuré un trousseau de clés ?

— Ce sont les miennes.

Aurora fut si surprise qu'elle faillit laisser l'intrus lui enlever le chiot des bras.

— Laissez-moi l'examiner, commanda l'inconnu.

En ce qui concernait les animaux, elle avait un instinct de protection très fort.

— Pas question, répondit-elle en posant sa main sur celle de l'homme pour l'empêcher de s'emparer de son protégé. Tant que vous ne m'aurez pas donné votre identité et fourni une preuve de votre compétence, vous ne le toucherez pas !

L'homme lui adressa un regard surpris.

— Si je comprends bien, découvrir ici un parfait inconnu ne vous dérange pas outre mesure. Par contre, si je fais mine d'examiner un chien perdu sans collier, vous voulez contrôler mes diplômes ?

Impossible pour Aurora de savoir s'il était en colère, agacé, ou un mélange des deux, mais dans le fond, cela lui était bien égal.

Elle le dévisagea des pieds à la tête.

— Vous ne me paraissez pas dangereux mais la vie m'a appris à être prudente. Tant que je ne saurai pas qui vous êtes, il est hors de question que vous touchiez à ce chiot.

Ils demeurèrent muets, tous les deux à s'observer, un peu comme s'ils se livraient une joute silencieuse.

Au bout d'un moment, après avoir invité Aurora à le suivre d'un signe de tête, l'homme l'amena dans le couloir et s'arrêta devant une photo accrochée au mur.

Aurora était passée devant des milliers de fois mais pour la première fois, elle la regarda vraiment. La photo représentait le premier propriétaire de la clinique, David Ferguson, en compagnie de son associé Matt et de son fils.

L'homme se tourna vers elle.

Et la lumière se fit !

Elle s'approcha de la photo en plissant les yeux.

— C'est vous ?

L'incrédulité perçait dans sa voix.

L'adolescent maigrichon, noyé dans un T-shirt trop grand et un pantalon mal ajusté n'avait pas grand-chose à voir avec le bel homme élancé élégamment vêtu qui se tenait près d'elle. Mais les traits du visage ne mentaient pas.

Après l'avoir considéré une fois de plus, elle finit par faire amende honorable.

— En effet, vous avez bien la même implantation de cheveux.

L'homme éclata de rire.

— Bravo, mademoiselle ! Je suis bien Elijah Ferguson, le fils de David Ferguson. Je suis ici en attendant que Matt se rétablisse et reprenne le travail. Et aussi pour recruter le nouveau vétérinaire qui complétera l'équipe.

Aurora réfléchissait à voix haute.

— Matt m'avait dit en effet que vous étiez vétérinaire vous aussi.

Entendre son interlocuteur prononcer le nom de Matt l'avait immédiatement rassurée. Cela signifiait que cet étranger savait qui travaillait à la clinique. Il ne s'agissait donc pas de quelqu'un en train de dérouler une mise en scène destinée à voler des médicaments ou un chien de race temporairement hébergé dans leur chenil.

— Cette nuit, reprit Elijah, j'ai dormi dans la maison voisine, ajouta-t-il, mais je n'y resterai pas. Elle sera mentionnée comme logement de fonction dans la nouvelle offre d'emploi que je vais diffuser. C'est un argument qui peut peser lourd pour un postulant.

Il jeta un coup d'œil en direction de l'escalier.

— Pendant la période où je superviserai la formation du nouveau vétérinaire, j'occuperai l'une des chambres d'en haut

— Du nouveau ou de *la* nouvelle… corrigea Aurora.

— Ou de *la* nouvelle, en effet, admit Eli, en insistant lui aussi sur le féminin.

Sur ce, il se rapprocha du chiot.

— Et maintenant, est-ce que vous m'accordez la permission d'examiner votre protégé ?

— J'imagine que oui… répondit-elle, en le voyant se diriger vers une des salles de consultation.

C'était clair qu'il connaissait les lieux comme sa poche. Sans doute y avait-il passé beaucoup de temps avant d'obtenir son diplôme.

Aurora admettait maintenant sans réticence qu'il était bien la personne qu'il proclamait être, mais pourquoi cette arrivée inopinée ? Bien sûr, elle n'était qu'une employée, mais elle estimait avoir le droit de savoir ce qu'il se passait.

Il n'y avait que peu de temps qu'elle était infirmière-vétérinaire – quatre ans depuis la fin de ses études— mais c'était plus que suffisant pour lui permettre de déceler la compétence d'un intervenant.

Elle regarda donc le fils de David Ferguson ausculter le chiot, inspecter sa dentition, ses yeux, ses oreilles, palper son ventre et ses côtes, sortir la balance et le peser en pensant qu'elle aurait aimé procéder elle-même à cet examen. Non par manque de confiance à des mains qui lui paraissaient expertes mais parce qu'elle ne comprenait pas pourquoi ce fils vétérinaire n'avait pas collaboré avec son père, comme le bon sens le plus élémentaire l'aurait voulu, afin de prendre sa suite le moment venu. Peut-être Ferguson père dont elle connaissait les grandes exigences ne l'avait pas estimé suffisamment compétent pour l'intégrer à son équipe ?

À moins que Ferguson fils n'appartienne à cette catégorie de praticiens qui passent de remplacement en remplacement jusqu'à ce que l'on découvre leur manque de capacités…

Toutes ces pensées lui traversèrent l'esprit pendant qu'elle remplissait le grand évier d'eau tiède.

Elijah la regardait faire tout en continuant son examen.

— Cette petite bête est bien maigre…

Ce diagnostic n'impressionna guère Aurora. Le premier venu aurait constaté comme elle l'avait fait elle-même dès qu'elle l'avait aperçu, que le chiot n'était pas assez gros pour sa taille.

Eli poursuivait son examen.

— Il a un souffle au cœur…

— Grave ?

— Non, je ne pense pas. Il devrait disparaître spontanément quand il grandira.

Aurora s'avança en tendant les bras.

— À mon tour maintenant de m'occuper de lui. Laissez-moi le nettoyer et lui donner à manger.

— En effet, il doit être affamé. Qu'y a-t-il à notre disposition ?

Avant de répondre, elle souleva le petit animal qui ne fit rien pour résister quand elle le plongea dans l'eau tiède. Avec un chiffon doux, elle s'appliqua à faire disparaître la boue accrochée à ses poils et à ses pattes. Cela fait, elle donna à Eli le nom des deux marques de croquettes qui se trouvaient dans le placard. Grincheux fit la grimace.

Grincheux…

Grincheux ! Elle se retint de sourire. Cet adjectif lui était spontanément monté aux lèvres. Depuis qu'elle l'avait rencontré, le fils de son ancien patron ne lui avait jamais paru content de rien.

— Est-ce que nous avons passé des accords avec ces marques ? s'enquit-il.

— Je ne sais pas. Les sacs de ces marques sont régulièrement renouvelés depuis que je suis arrivée.

Grincheux sortit des clés de sa poche.

— Ça ne me convient pas. Je vais en ville chercher quelque chose de mieux. Ne donnez rien à manger à cet animal avant mon retour, j'aurai vite fait.

Aurora se contenta de hocher la tête. La nourriture pour chiens constituait un sujet de conversation inépuisable. Aurora n'avait jamais eu à donner son opinion sur la question, laissant au vétérinaire responsable le soin de choisir ce qui lui paraissait le plus adapté à sa clientèle. De toute façon, comme on aurait pu discuter des heures sur les mérites comparés de la qualité des nutriments que l'on trouvait dans les différentes marques de croquettes, elle préférait ne pas s'en mêler.

Mais elle savait aussi que dans le freezer de la clinique se trouvaient du poulet et du poisson utilisés avec du riz ou des patates douces pour nourrir les chiens qu'ils gardaient en convalescence.

Si Monsieur Grincheux tardait trop à revenir, elle cuisinerait un petit quelque chose pour son pensionnaire.

Le bruit d'un moteur de voiture parvint à ses oreilles. En regardant par la fenêtre, elle aperçut une voiture de sport rouge sortir du garage de la maison voisine. Un nouveau déclic se fit dans son esprit quand elle se rappela que cette voiture figurait sur une autre des photographies disposées dans le hall. Ce devait être la voiture du père d'Elijah.

Avant de donner encore une friandise à son protégé, elle termina sa toilette, puis l'installa dans une des corbeilles réservées aux animaux en observation. Le petit chien était déjà à moitié endormi. Sa fugue avait dû l'épuiser.

En le voyant si calme, elle profita de ce répit pour monter se changer avant d'ouvrir la porte d'entrée et positionner la pancarte : « OUVERT » sur la porte. Ensuite, elle écouta les messages enregistrés sur le répondeur.

Cela fait, elle jeta un coup d'œil sur les rendez-vous de la matinée. Tous faisaient partie de la routine : contrôles de poids, griffes à couper, gouttes dans les yeux et un traitement dermatologique à administrer à un West Highland terrier qui comme beaucoup de ses confrères était sujet à des problèmes de peau et à des allergies. Elle devait aussi consulter les résultats des analyses demandées par Matt la semaine qui avait précédé son arrêt de travail. Matt avait manifesté quelque inquiétude au sujet du bétail d'un fermier voisin, et comme Elijah Ferguson ne lui avait pas dit clairement ce qu'il était venu faire à la clinique, elle préférait faire ce travail elle-même.

À l'arrivée du premier client, elle oublia complètement Elijah pour s'installer dans son train-train quotidien qui l'enchantait. Pour elle, c'était une vraie bénédiction d'avoir trouvé ce poste près d'Edinburgh car, à vingt-huit ans, le métier d'infirmière-vétérinaire n'était pas le premier métier qu'elle exerçait.

Toute jeune, elle était allée suivre une formation de comédienne et avait rapidement obtenu différents rôles secondaires dans des séries télévisées. Ils avaient été suivis par un rôle principal où elle interprétait la fille d'une famille partie vivre en Afrique. Comme le héros était vétérinaire, tout le tournage s'était déroulé avec une équipe qui s'intéressait aux animaux quand ils ne faisaient pas eux-mêmes partie de la profession.

Cette série avait obtenu tant de succès qu'elle s'était retrouvée catapultée dans le monde des stars avec tout ce que cela implique de photos d'elle dans les tabloïds, en compagnie de ses amies ou en train de faire du shopping à Londres. Très vite, ensuite, on avait commencé à la traquer. Des lettres arrivaient pour elle auprès de son agent, puis des cadeaux apparaissaient mystérieusement à la maison qu'elle louait. Tout cela commençait à l'inquiéter. Lors du tournage de la seconde partie de la série, l'équipe avait changé. Les membres qui en faisaient partie étaient moins sympathiques, l'ambiance était plus tendue. Elle y avait vécu le choc d'être agressée sexuellement par l'un des hommes avec lesquels elle travaillait. Ses collègues l'avaient soutenue et avaient clairement pris sa défense lorsque la presse avait qualifié l'incident de publicité pour #MeToo mais elle avait compris à ce moment-là qu'elle n'avait pas envie de continuer dans cette voie. Non, ce n'était pas là le genre de vies qu'elle souhaitait mener.

En outre, son retour à Londres avait coïncidé avec l'arrestation d'un détraqué qui avait organisé minutieusement le projet de l'enlever. Elle en avait profité pour disparaître du monde du spectacle.

Le salut lui vint des amis qu'elle s'était faits au cours du tournage en Afrique. L'un des vétérinaires qui y avait participé l'encouragea à suivre une formation d'assistante-vétérinaire. C'était exactement ce dont elle avait besoin. Elle suivit des cours dans le Hertfordshire, se teignit les cheveux et reprit son véritable nom. Tout cela lui donna le temps d'échapper aux démons qui la pourchassaient. Quelques collègues l'avaient néanmoins reconnue dans des circonstances de la vie courante, mais elle s'était toujours arrangée pour ne pas donner suite à leur rencontre et abstenue de leur avouer pour quelles raisons elle avait abandonné le métier.

Une fois son diplôme en poche, elle avait effectué quelques remplacements dans la banlieue de Londres jusqu'au jour où elle avait trouvé cette proposition d'emploi près d'Edinburgh, où elle aurait l'opportunité de s'occuper d'animaux domestiques mais aussi d'animaux des fermes environnantes. Cette variété la séduisit. Elle postula immédiatement et obtint le poste sans problème.

Depuis, elle vivait dans un petit cottage qu'elle avait pu acquérir grâce à l'argent gagné avec les séries tournées pour la télévision. La vie qu'elle menait désormais lui plaisait. Son seul souhait était de demeurer loin des sunlights.

Tout en repassant ainsi son parcours dans sa mémoire, elle finissait de peser la chatte obèse d'une cliente à qui elle avait pourtant bien conseillé de mettre son animal au régime pour des raisons de santé impératives. Apparemment, il s'agissait là d'une bataille perdue d'avance.

— Madame Bancroft, est-ce que vous avez bien respecté les conseils que nous vous avions donnés pour nourrir Trudy ?

La vieille dame fit « oui » de la tête mais en évitant soigneusement de regarder Aurora dans les yeux.

— Est-ce que vous avez arrêté de lui donner des friandises à tout bout de champ comme vous le faisiez ?

La dame fit une petite grimace en haussant les épaules.

— Une de temps en temps…

La chatte obèse fusillait Aurora de son regard doré, exactement comme si elle avait compris de quoi il était question et tenait à faire savoir qu'elle n'était pas du tout d'accord.

— Il faudra vous montrer un peu plus sévère, madame Bancroft, parce que le poids de Trudy n'a pas changé. Elle doit vraiment maigrir si vous voulez préserver ses os et ses articulations, qui souffrent de son surpoids. Son cœur aussi se fatigue trop, pensez-y !

La vieille dame reprit dans ses bras la minette indignée de ce qui se tramait au-dessus de sa tête.

— Je vous promets de faire de mon mieux, reprit Mme Bancroft, la mine repentante.

Aurora retint un soupir d'impuissance mais ne voulut tout de même pas laisser la pauvre dame sur une note négative.

— La bonne nouvelle, c'est que Trudy n'a pas grossi. C'est un pas dans la bonne direction, il vous faut persévérer en ce sens.

Mme Bancroft retrouva le sourire.

— Je vous propose de nous ramener Trudy dans deux semaines pour un nouveau contrôle.

À voir le regard suppliant que la chatte adressait à sa maîtresse, Aurora sentit clairement que Trudy menait sa maîtresse par le bout du nez. Elle devait savoir lui faire du charme et miauler jusqu'à obtenir ce qu'elle souhaitait.

— D'accord, dans deux semaines, approuva Mme Bancroft.

Sur ce, elle ouvrit le panier dans lequel Aurora enferma Trudy qui protesta en sifflant comme une furie.

Les rendez-vous suivants l'amenèrent à couper les ongles d'un pékinois, limer les dents d'un hamster, mettre des gouttes dans les yeux d'un chaton malade et enfin soigner le Highland Terrier atteint d'une dermatite atopique. Elle en profita pour conseiller à sa jeune maîtresse de bien suivre chaque jour le traitement indiqué de manière à éviter à son compagnon une infection générale et des démangeaisons désagréables.

La jeune fille écouta attentivement. Elle aimait réellement son chien et Aurora était certaine qu'elle suivrait à la lettre les indications qu'elle lui donnait.

Au moment où elle terminait avec son quatrième client, Elijah n'était toujours pas de retour. Elle estima avoir suffisamment attendu et mit à cuire du riz avec du poulet pour nourrir son protégé.

Avant de le faire manger, elle le sortit dans la cour pour qu'il fasse ses besoins. Ensuite, elle fit une photo qu'elle posta sur la page Web des vétérinaires pour demander si quelqu'un connaissait son propriétaire.

Le petit chien était tout propre maintenant, tout mignon, avec sa fourrure blanche et noire vaporeuse. Elle le souleva dans ses bras jusqu'à hauteur de son visage.

— Tu ne peux pas rester sans nom, bébé-chien. Comment est-ce que je vais t'appeler ?

Elle le considéra un moment.

— Pourquoi pas Bert ?

C'était le prénom du meilleur ami qu'elle s'était fait sur le tournage africain. Il avait l'âge d'être son grand-père et avait toujours été là quand elle avait besoin de lui, bienveillant et généreux. Aurora éprouvait envers lui une immense reconnaissance.

— Oui, pourquoi pas Bert ? Tu as l'air tellement gentil toi aussi.

Elle l'installa sur ses genoux pendant qu'elle consultait les résultats des analyses prescrites par Matt quand il travaillait encore à la clinique avant son congé. Le premier lui fit de la peine. Un cancer avait été décelé chez un chien assez âgé qui s'était mis à boiter récemment. Matt avait pressenti de quoi il était question et avait commencé à préparer son propriétaire à ce mauvais résultat.

Hélas, Matt n'était pas avec elle aujourd'hui. Le traitement que lui-même suivait pour son propre cancer l'avait épuisé. Il avait dû prendre un congé pour se reposer. Quant à Frankie, le vétérinaire français qui avait travaillé à la clinique jusqu'à la semaine précédente, il les avait quittés pour partir travailler à Dubaï. Elle était seule. Vraiment seule.

Aurora connaissait très bien le propriétaire du chien malade. Son épouse était morte quelques mois plus tôt. Il faudrait s'adresser à lui en ménageant le plus possible sa sensibilité. Or, d'après le peu qu'elle savait de lui, Elijah Ferguson ne lui paraissait pas être la personne la mieux habilitée pour le faire.

Sans lâcher Bert, elle prit le téléphone. Ce n'était pas la partie de son travail qu'elle préférait, mais c'était celle qui demandait le plus de délicatesse. Son cœur battait fort lorsque le propriétaire décrocha.

Eli était furieux. Sans trop savoir pourquoi d'ailleurs. Il était furieux à cause des élevages de chiots dans la région. Furieux parce que sa voiture était tombée en panne la veille au soir et qu'il avait été obligé d'utiliser celle de son père. Le simple fait de s'asseoir derrière ce volant lui avait ramené une foule de souvenirs difficiles à gérer. Il était furieux aussi parce qu'il n'avait pas pensé à annoncer sa venue au personnel de la clinique avant d'arriver. Faute de débutant, tout à fait impardonnable ! Et furieux encore pour avoir reçu si vertement la jeune assistante ce matin… Franchement, ce n'était pas un bon début.

À cela s'ajoutait le fait que la marque de nourriture pour chiens choisie par Matt ne lui convenait pas. Du coup, il venait de faire une énorme provision de croquettes de différentes marques, histoire de voir si elles étaient tout de même connues à la clinique.

Mais ce qui le rendait plus furieux encore, c'était la présence de cette jeune assistante. Délurée. Impertinente. Trop séduisante. Surtout, trop séduisante. Quand il l'avait aperçue ce matin, ses cheveux d'un roux sombre étaient aussi emmêlés que le poil du chiot plein de boue qu'elle tenait dans ses bras, son uniforme sale comme il n'est pas permis. Il ne lui avait pas réservé un accueil bien chaleureux. À vrai dire, il s'était même montré franchement désagréable, mais sa mauvaise humeur n'avait pas eu l'air de la troubler beaucoup. Elle avait même eu la présence d'esprit de lui répliquer, ce qui dénotait une forte personnalité.

Brusquement, il réalisa qu'il n'avait même pas pris la peine de se présenter ni de lui demander son nom ! Bref, il s'était montré aussi mal élevé que possible. Son père aurait été profondément déçu de découvrir à quel point il avait oublié les bonnes manières qui lui avaient été inculquées dans son enfance.

En fait, pour aller au fond des choses, dès son arrivée, à peine avait-il posé le regard sur la campagne si familière autrefois qu'il avait senti ses nerfs se mettre en pelote. Pourquoi ? Il n'en avait pas la moindre idée. Aucune explication raisonnable à cet agacement ne lui venait à l'esprit. Il ne pouvait même pas invoquer une enfance malheureuse car jamais personne ne s'était montré violent envers lui. Certes, son père était obsédé par son travail. Il faisait de très longues journées, ce qui ne l'empêchait pas de se lever à 3 heures du matin pour aller aider une vache à vêler ou soigner un cheval pris de coliques. Régulièrement, une urgence l'obligeait à rater les matchs de foot de son fils. Et quand il venait assister aux réunions des parents d'élèves, il s'endormait régulièrement parce qu'il avait travaillé toute la nuit. Tout le monde adorait David Ferguson, y compris son Elijah lui-même, mais c'était très difficile pour un enfant de vivre avec un père absent la plupart du temps. Eli avait toujours senti qu'il passait après le métier de son père. La seule façon de passer un peu de temps avec ce dernier et de retenir son attention était de l'accompagner à la clinique et dans ses visites le samedi matin.

Arrivé à l'âge adulte, il n'avait pas été capable de mettre en mots ce malaise qui continuait à flotter au-dessus de sa tête, comme un nuage sombre chargé de phrases jamais prononcées, de sentiments jamais exprimés. Une partie de lui-même continuait à être pleine de ressentiment. Pourtant, il avait eu une vie agréable et facile. Son père avait été enchanté du choix de ses études. Et très fier de le voir terminer major de sa promotion d'étudiants vétérinaires.

Mais tout cela avait seulement donné à Eli envie de fuir. De fuir le plus loin possible.

Aujourd'hui encore, à peine avait-il posé le pied dans la clinique qu'il avait senti l'agitation et l'énervement s'emparer de lui. C'était fou ! Carrément fou. Il y avait six ans maintenant que son père était mort mais partout où Eli se tournait, les souvenirs lui sautaient à la gorge. Les photos du hall, la couleur des murs, l'organisation de la clinique. Matt n'avait rien changé.

Ses yeux se portèrent sur la fenêtre qui donnait sur la rue. Il y aperçut une petite voiture bleue garée devant la clinique. Elle était couverte de boue. C'était évidemment celle de l'assistante qui s'était portée au secours du chiot.

Quel regard inquisiteur elle lui avait jeté en lui demandant s'il était de la profession ! Et comme elle avait serré le petit chien contre elle avant d'être rassurée !

Ça, c'était une attitude qui lui plaisait bien. Qu'il admirait même. Encore plus quand la personne en question arborait une incroyable chevelure rousse et des yeux d'un vert à vous fusiller sur place. Cette pensée lui fit l'effet d'un coup de poing reçu dans l'estomac. La dernière fois que son attention avait été retenue par un membre de son équipe, il avait coulé son affaire. Jamais il ne referait une chose pareille. Jamais, au grand jamais.

Il se gara à côté de la voiture bleue et grimpa les escaliers qui menaient à la porte d'entrée. En l'ouvrant, il entendit l'assistante parler au téléphone d'une voix douce, pleine de sympathie.

— Je suis vraiment désolée... disait-elle.

Eli fronça les sourcils. Elle était désolée de quoi ? Que se passait-il ?

Sans l'avoir décidé, il ralentit le pas pour écouter la suite de la conversation. Aurora était en train de communiquer des résultats d'analyses. Le chien était atteint d'un cancer, assorti d'un mauvais pronostic. Une alerte résonna sans la tête d'Eli.

Il pénétra brusquement dans la salle.

— À qui parlez-vous ?

Surprise, Aurora sursauta. Le petit chien posé sur ses genoux fit un bond. Elle tourna vers lui un regard surpris par le ton qu'il avait utilisé. Hélas, Eli trouva le vert de ses yeux encore plus intense que le matin. Ce qui fut pour lui une source d'agacement supplémentaire.

— Je parle à l'un de nos clients qui attendait les résultats d'analyses ordonnées par Matt la semaine dernière.

Sourcils froncés, Eli se rapprocha d'elle.

— Vous estimez que c'est à vous de vous charger de cela ?

Au lieu de lui répondre, elle détourna la tête et continua à parler au téléphone.

— Excusez-moi, monsieur Sannox, notre nouveau vétérinaire vient d'arriver mais cela ne m'empêche pas de continuer à vous parler. Je comprends que cette mauvaise nouvelle vous bouleverse. Si je passais chez vous tout à l'heure ? Je pourrais vous expliquer tout ce que vous avez besoin de savoir.

— Pas question ! coupa brusquement Eli.

Furieux, il fut à deux doigts de lui prendre le téléphone des mains.

Elle exagérait, cette assistante ! Oui, elle passait les bornes. Elle sortait de son rôle. Ce qui l'énervait le plus, c'est qu'il ne pouvait même pas l'interpeller par son nom pour lui demander d'interrompre tout de suite cette conversation déplacée.

— Stop ! Ça suffit ! reprit-il.

Les mains sur les hanches, il se sentait hors de lui. Non, cette usurpation de compétences ne devait pas être tolérée chez lui, dans sa clinique. Les résultats d'analyses doivent être annoncés par le vétérinaire lui-même et par lui seul. Cette assistante n'avait absolument pas le droit de le faire.

Mais voilà que, quel que soit son nom, cette jeune femme pleine d'impudence l'ignorait complètement. Elle lui avait tourné le dos et continuait à parler.

— Oui, c'est ça. Je passerai vers 15 heures. Non, non, ne vous tracassez pas, monsieur Sannox, ce n'est pas du tout compliqué pour moi.

Eli l'observait d'un regard incrédule. Elle lui avait tourné le dos ! Il était à deux doigts de se mettre à crier.

Un instant plus tard, Aurora posa le téléphone et se tourna vers lui, le regard en furie.

— Je ne me suis pas trompée sur votre compte…

Eli ne s'attendait pas à ce genre de remarques.

— Pardon ?

— J'ai envisagé un moment de vous laisser annoncer ce résultat à M. Sannox. Et puis finalement, vous savez quoi ? Je me suis ravisée. Heureusement. Comment osez-vous m'interrompre quand je suis en train d'annoncer à un client âgé et seul que son animal de compagnie va bientôt mourir ? Quelque chose ne tourne pas rond chez vous, c'est ça ?

Eli se redressa, piqué au vif.

— Quelque chose ne va pas chez moi ? Et chez vous, vous vous êtes posé la question ? Qui vous a mis dans la tête que vous aviez le droit de donner des résultats qui n'ont pas d'abord été avalisés par un vétérinaire ? Vous connaissez les différents traitements possibles ? Êtes-vous qualifiée pour tenir ce rôle ?

Une pensée extrêmement dérangeante venait de lui traverser l'esprit. Cette effrontée avait pensé à lui demander s'il avait fait des études, alors que lui-même n'avait pas posé la moindre question à propos des siennes.

Non seulement il ne connaissait pas son nom mais il ne savait même pas si elle avait l'ombre d'un diplôme.

Il était en train de faire n'importe quoi !

Pourtant, ce qui restait de raisonnable dans son esprit lui rappelait les paroles de l'avocat qui connaissait Anne depuis fort longtemps : *les deux infirmières-vétérinaires sont parfaitement qualifiées toutes les deux*. Anne, certes, mais celle-ci ? Il avait oublié depuis combien de temps la nouvelle travaillait avec Matt.

C'est alors qu'Aurora s'avança vers lui d'un pas résolu.

— Mettons les choses au clair tout de suite, monsieur Elijah Ferguson.

Surpris, Eli recula d'un pas.

Aurora enchaîna aussitôt.

— Ne me parlez plus jamais sur ce ton, vous entendez ?

Elle marqua une pause afin de laisser le temps à Eli de bien s'imprégner de cet ordre.

— Vous m'avez laissée seule ce matin, sans me dire où vous partiez, sans me dire quand vous reviendriez, sans même que je sache si vous alliez travailler ici. Je suis la seule personne de garde aujourd'hui à être qualifiée pour faire les comptes rendus à nos clients.

Elle posa la main sur sa poitrine.

— Et figurez-vous que je les connais bien, nos clients ! Je sais exactement ce que Rudy représente pour M. Sannox, comme je sais également ce qu'a été sa vie ces dernières années. Que cela vous plaise ou non, je considère que j'ai le devoir de le soutenir.

Elle croisa les bras, leva le menton, plus furieuse que jamais.

— Vous débarquez ici sans prévenir, vous me faites des remarques déplaisantes, vous critiquez la nourriture choisie par Matt, et vous partez dans la nature en me laissant le soin d'annoncer aux clients des nouvelles qu'ils ne veulent pas entendre. Sympa, non ?

Plus sa colère enflait, plus le ton montait.

Eli leva une main pour interrompre le flux de reproches qu'elle lui adressait.

— Vous… vous parliez avec Jack Sannox ? demanda-t-il, brusquement calmé.

— Exactement.

Un poids énorme se logea dans l'estomac d'Eli.

— Je le connais…

Aurora parut surprise.

— Vraiment ?

— Oui. Il s'agit de son chien ?

— Oui, de son border collie.

Elle poursuivit ses explications d'une voix plus douce.

— Son épouse est morte il n'y a pas très longtemps. Il est très seul maintenant et replié sur lui-même. Je crains que la mort de Rudy ne le tue lui aussi.

Les mots atteignirent Eli en plein cœur.

Cette jeune femme n'était peut-être pas à la clinique depuis longtemps mais elle avait très vite appris à connaître les fermiers, les animaux de leurs fermes et leurs animaux de compagnie.

— Alors… vous lui avez dit la vérité ?

Elle le dévisageait calmement maintenant.

— Oui, répondit-elle en soutenant son regard.

Ils se dévisagèrent mutuellement un long moment.

Au bout d'un moment, elle reprit :

— Ce que j'ai vu de vous ce matin ne m'a pas incitée à vous confier cette conversation. Vous m'avez paru peu enclin à la compassion.

Et vlan ! Eli accusa le coup. La jeune personne n'y allait pas par quatre chemins. Arriverait-il à travailler avec elle ne serait-ce que quelques semaines ? Leur collaboration s'annonçait difficile. Elle l'agaçait, le culpabilisait, bref, il la trouvait insupportable.

Et pourtant…

Il se redressa et lui tendit la main.

— Je me présente enfin : Elijah Ferguson, mais appelez-moi Eli. J'ai passé mon diplôme il y a huit ans. Vous ne me trouvez peut-être pas très humain mais je vous assure que je suis un excellent vétérinaire.

Il s'interrompit un instant, puis inspira longuement avant d'ajouter :

— Je connais bien Jack Sannox. J'ai assisté aux obsèques de son épouse.

La main qu'il avait tendue demeurait en suspens. Son interlocutrice n'avait pas encore fait un geste pour la prendre.

C'est seulement à ce moment-là qu'il remarqua qu'elle s'était changée pendant qu'il était en ville. La tenue vert pâle qu'elle portait maintenant faisait paraître son regard vert sombre plus profond. Ses cheveux embrouillés quand il l'avait découverte étaient maintenant lissés et attachés en chignon sur sa nuque. Tout cela lui donnait un air parfaitement professionnel, c'était incontestable.

Et même s'il était réticent à le reconnaître, la protection farouche dont elle faisait preuve aussi bien envers les animaux que leurs propriétaires était ce qu'il souhaitait le plus trouver chez ses collègues.

Elle ne lui avait toujours pas serré la main. La tension entre eux se faisait palpable. Décidément, ils n'étaient pas partis sur le bon pied. Eli se demandait même si la situation était récupérable.

Il se lança tout de même.

— Mon projet est de travailler ici pendant le temps qui sera nécessaire au recrutement d'un nouveau vétérinaire. Si je dois engager un débutant, je le ferai et je l'aiderai à acquérir de l'expérience en attendant que Matt soit suffisamment rétabli pour revenir à la clinique travailler avec lui. Autrement dit, pendant une certaine période, je serai votre patron.

Les yeux verts étincelèrent de mille messages informulés. Eli eut le sentiment qu'au milieu de tous il y avait la décision de démissionner. Étant donné qu'en ce moment la clinique perdait les membres de son équipe aussi facilement qu'un pissenlit laisse ses graines s'envoler au vent, ce n'était pas du tout ce qu'il souhaitait.

Enfin, elle fit un pas en avant et prit la main d'Eli d'un geste ferme.

— Aurora Hendricks, dit-elle. Il y a dix-huit mois que je suis ici et nous avons toujours travaillé en équipe. Apprenez que j'ai tous les diplômes nécessaires pour interpréter le résultat des tests de Trudy et en comprendre la signification. Et si vous voulez savoir, le sens de la hiérarchie n'est pas trop ma tasse de thé.

Aurora... répéta Eli in petto.

C'était un prénom inhabituel, qui convenait très bien à celle qui le portait. Mais quelque chose le laissait perplexe sans qu'il arrive à le préciser. S'étaient-ils déjà rencontrés ailleurs ?

Un léger frisson le parcourut malgré lui. Ces cheveux d'un roux sombre... cette peau translucide... ses yeux si verts... Il ne la connaissait pas et pourtant, elle ne lui était pas totalement inconnue.

Pendant qu'il se posait ces questions, Aurora poursuivait sa tirade.

— Et il n'est pas seulement question de compétence scientifique. J'ai la ferme intention d'aller régulièrement rendre visite à Jack Sannox pour l'aider à supporter la perte de Trudy.

À ce moment-là, un déclic se produisit chez Eli. Tout à coup, il était sûr de savoir comment il fallait travailler avec cette volubile furie. Il fallait qu'elle soit avec lui, non contre lui. Il changea de stratégie.

— Aurora... vous portez un prénom original.

Aurora comprit très bien la tactique mais accepta de jouer le jeu.

— Elijah n'est pas banal non plus, rétorqua-t-elle.

Elle planta son regard vert dans celui d'Eli.

— Mon père aimait les aurores boréales... C'est lui qui a choisi mon prénom.

Eli eut un petit sourire.

— Nous avons donc un point en commun puisque c'est mon père aussi qui a choisi mon prénom. Sans doute un souvenir de noms entendus au catéchisme... Heureusement qu'il ne l'a pas choisi dans le registre de ses vaches préférées !

— Ça aurait donné Angus ou Galloway ?

Eli ne put retenir un sourire. Mlle Hendricks avait de $1a repartie. Toujours est-il qu'ils se dévisageaient maintenant avec un peu moins d'animosité.

— Si cela ne vous ennuie pas, reprit Eli, j'aimerais me mettre au courant du cas de Trudy et vous accompagner chez Jack. Il aura sans doute besoin de beaucoup de soutien car je crains qu'il n'y ait pas de traitement envisageable.

Cela dit, il considéra le petit chien qu'elle tenait toujours dans ses bras et qui n'avait même pas bronché pendant toute la durée de leur conversation, se contentant de les observer de ses grands yeux marron.

— À votre avis, qu'allons-nous faire de cette petite bête ?

— Cette petite bête s'appelle Bert, déclara Aurora sur un ton déterminé.

— Ah… d'où lui vient ce nom ?

Aurora haussa les épaules.

— C'est moi qui l'ai choisi, en hommage à un vieil ami en qui j'ai toute confiance.

Elle tapota la tête de Bert qui cligna des yeux de plaisir.

— J'ai mis une photo de Bert sur notre site, mais comme il n'est pas pucé, je pense qu'il n'appartient à personne. Il faudra voir si le refuge voisin peut lui trouver une famille d'adoption.

— Peut-être un de nos clients ? Il y a peut-être parmi eux quelqu'un qui cherche un autre chien ? Un compagnon pour un chien qu'il a déjà ?

Aurora hocha la tête d'un air de doute.

— Au cours de ces derniers mois, plusieurs de nos clients âgés sont décédés. Anne et moi avons réussi à caser leurs animaux chez d'autres clients. Je crains que nous n'ayons épuisé cette possibilité.

Eli se pencha et prit Bert dans ses bras.

— Il doit avoir huit mois.

Puis, levant les yeux vers Aurora.

— Les jeunes chiens donnent beaucoup de travail. Bert a peut-être un maître qui a trouvé que c'était trop pour lui et qui a renoncé ?

La décision fut vite prise.

— Laissons l'annonce quelques jours sur notre site, nous verrons bien ce qui se passe, proposa Eli. Je vais le vacciner et en attendant de trouver une solution pérenne, il restera ici. Il y a des niches dans la cour, je vais aller voir dans quel état elles sont.

— Vous restez ici ?

— Oui. Je pourrais m'installer dans la maison voisine mais ça ne vaut pas la peine puisque je veux la mettre à la disposition du nouveau vétérinaire. Un logement est toujours une bonne incitation à accepter un emploi. En plus, cela m'évitera de déménager mes affaires quand il arrivera, ce qui, je l'espère, ne tardera pas. En haut, il y a un véritable appartement, avec trois chambres, une salle de bains, un salon et une kitchenette.

— Vous savez que lorsque nous gardons un animal pour la nuit, Anne ou moi restons dormir dans l'une de ces chambres ?

— Ah bon ?

— Oui.

— Pas de problème. Je m'organiserai. Cette cohabitation ne durera pas longtemps.

Il cala Bert sous son bras avant d'ajouter :

— Et je ne ronfle pas !

Aurora fronça les sourcils, provocante.

— Moi, oui.

Décidément, collaborer avec Aurora Hendricks ne serait pas de tout repos...

Il se pencha sur Bert.

— En avant, mon vieux, allons nous procurer des bouchons d'oreille !

2

Le lendemain matin, il pleuvait à seaux quand Aurora arriva à la clinique. Devant la porte d'entrée, la terrasse était couverte de boue. Elle se tourna vers la colline voisine, soucieuse. Une fois déjà, un éboulement avait charrié beaucoup de terre jusque dans la rue. Est-ce que cela allait se reproduire ?

Après avoir laissé ses bottes sous la marquise de l'entrée, puisque des chaussures sèches l'attendaient dans son casier, elle pénétra à l'intérieur. Son premier pas la fit atterrir dans une petite mare.

— Oh là là… c'est la signature de Bert, pensa-t-elle, amusée.

Ce n'était pas la première fois et sans doute pas la dernière que cela arriverait.

— Désolé ! lança une voix de l'intérieur.

Eli apparut, Bert sous le bras.

— Je l'ai mis dans une niche hier soir mais très vite, j'ai compris qu'il n'appréciait pas. Monsieur est un chien d'intérieur !

Aurora ne put retenir un sourire. Elle retira ses chaussettes mouillées et s'avança vers Eli pour caresser la tête du chiot.

— Tu as voulu montrer qui était le patron dans cette maison, c'est ça ?

En guise de réponse, Bert lui lécha la main.

Elle regarda Eli.

— Le moment est venu de commencer l'apprentissage de la propreté…

Eli jeta un regard sur les orteils d'Aurora, aux ongles vernis de rouge.

— Si vous alliez d'abord vous chausser ?

— Bonne idée !

Elle était en train de remonter bien haut ses chaussettes de laine quand Anne poussa la porte.

— Voici un été typiquement écossais ! lança-t-elle en secouant son parapluie sur le seuil.

Puis, levant la tête, elle s'interrompit brusquement.

— Eli !

Sans hésiter, elle traversa la pièce pour venir le serrer dans ses bras.

Le regard d'Aurora allait de l'un à l'autre. Anne ne venait plus que trois jours par semaine maintenant mais elle était là depuis que le père d'Eli travaillait dans cette clinique. Eli et elle se connaissaient donc depuis longtemps.

Eli parut lui rendre son étreinte avec un certain soulagement. Aurait-il craint qu'Anne ne soit pas contente de le revoir ?

— Et d'où sort ce petit chien aux yeux dorés ? s'enquit Anne.

— Un chien perdu sans doute… répondit Eli.

Puis, après avoir jeté un coup d'œil sur Aurora :

— Il s'appelle Bert. Je le garde ici quelques jours pour voir si quelqu'un vient le réclamer.

— Bonne idée, conclut Anne, tout sourire.

Elle avait lâché Eli mais passé son bras sous le sien.

— Viens, allons nous faire une tasse de thé tous les deux pour nous mettre à jour. Aurora, tu peux te débrouiller seule ?

— Bien sûr, Anne.

Eli se laissa entraîner par cette dernière avec un air mi-soulagé, mi-paniqué.

— Aurora, pouvez-vous programmer la visite à Jack Sannox plus tard dans la journée puisqu'il n'était pas disponible hier ?

— Sans problème.

Anne emmena donc Eli dans la cuisine sans cesser de parler. Elle avait certainement beaucoup à rattraper !

Aurora commença donc à regarder le planning de la journée. Elle constata qu'Eli avait ajouté des commentaires sur les traitements prévus et prit son temps pour les lire attentivement. Il avait également laissé des instructions à transmettre aux propriétaires dont les animaux devaient être opérés le jour suivant.

C'est là le genre de tâches qu'Aurora exécutait systématiquement mais Eli ne pouvait pas le savoir. Elle décida donc de ne pas se laisser contrarier par ce détail.

Ensuite, elle lut les notes concernant Jack et Rudy. Jack avait demandé la veille qu'on lui laisse un peu de temps pour s'habituer à la situation. Aurora aurait préféré lui rendre visite la veille mais il fallait respecter sa décision.

Elle jeta un coup d'œil en direction de la cuisine. Une tasse de thé lui aurait bien fait plaisir mais elle préféra s'abstenir de les déranger.

Travailler avec Anne lui avait toujours paru agréable. La vieille dame avait mille histoires à raconter et une énorme expérience dans le métier. Elle vivait dans un village voisin et n'avait jamais envisagé de travailler ailleurs que dans la clinique de David Ferguson. Aurora se souvenait l'avoir entendue dire que c'était bien dommage qu'Elijah n'ait pas pris la suite de son père mais chaque fois, elle avait ajouté un bémol pour tempérer ce regret en assurant que « *les enfants doivent être libres d'ouvrir leurs ailes* ».

L'arrivée inattendue d'un chat couvert de puces, amené par un propriétaire horrifié qui lui posa mille et une questions, la détourna de ces pensées. Elle s'appliqua à soigner le chat et à souligner combien il était important de continuer le traitement avant d'en arriver aux conseils de base : passer l'aspirateur partout dans la maison, laver la literie et pulvériser canapés et tapis avec un produit adéquat.

Une fois les retrouvailles d'Eli et Anne terminées, elles se partagèrent les consultations de routine, et aidèrent Eli lorsque c'était nécessaire tout en gardant un œil sur Bert.

Lorsqu'Anne ouvrit le placard où étaient stockées les provisions de croquettes, elle lut les étiquettes et eut un hochement de tête d'approbation.

— Quelques marques sont hypoallergéniques, ce sera parfait pour plusieurs de nos patients qui ont des estomacs délicats.

Avec un sourire, Aurora se rapprocha d'Anne pour lui demander d'un air innocent :

— Qu'est-ce que tu penses de notre nouveau vétérinaire ?

C'était clair qu'Anne mourait d'envie de parler. Elle avait de multiples talents mais garder un secret n'en faisait pas partie.

— Je suis tellement contente de retrouver Eli ! Il est devenu le portrait craché de son père.

— Tu trouves ?

D'après la photo accrochée sur le mur, Aurora n'était pas tellement de cet avis.

— Oh que oui ! insista Anne. Même taille, même corpulence. Eli a le teint de sa mère mais ses manières sont celles de son père. Ça fait évidemment remonter un tas de souvenirs.

— Le père d'Eli et Matt étaient associés, n'est-ce pas ?

— Oui. Jusqu'à ce que David prenne sa retraite. Il a travaillé beaucoup plus longtemps qu'il n'aurait dû. Mais on peut le comprendre puisque Sarah, son épouse, était morte, et Eli travaillait ailleurs. Il ne voulait pas abandonner Matt.

Aurora se tourna vers la fenêtre. La pluie chargée de boue continuait à tomber en un rideau épais, bloquant la vue. Mais en temps normal, on apercevait un vaste espace de verdure, des massifs de bruyère et les taches blanches que faisaient les moutons.

— Pourquoi diable est-ce si difficile de trouver quelqu'un qui accepte de travailler ici ?

Anne haussa les épaules.

— Je ne sais pas. Il me semble que David était trop difficile. Je crains qu'Eli n'ait hérité de ce trait de caractère. Chaque fois que je lui ai fait parvenir un dossier de postulant, il a répondu que ce dernier manquait de compétence et l'a refusé.

Elle s'interrompit un instant.

— Tu vois un peu le paradoxe ? Eli ne voulait pas travailler ici mais estimait que personne n'était assez bon !

— En effet, c'est plutôt bizarre...

Après s'être assurée qu'Eli ne se trouvait pas dans les parages, Aurora osa poser une dernière question.

— Pourquoi n'est-il jamais venu travailler avec son père ? Pourquoi n'accepte-t-il pas de lui succéder maintenant ?

Anne soupira.

— Eli avait ouvert sa propre clinique dans la banlieue de Londres. Je ne sais pas trop ce qui s'est passé là-bas mais elle est en faillite. Il me semble que le moment est arrivé pour lui de se décider. Matt est malade, Frankie est parti. Que peut-il faire d'autre à part rester ?

Cette question suscita un certain malaise chez Aurora. Anne allait bientôt prendre sa retraite alors qu'elle-même avait encore devant elle de longues années de carrière. S'ils ne réussissaient pas à recruter un nouveau vétérinaire, la clinique fermerait. Cette perspective ne la réjouissait guère. Elle n'avait aucune envie de se retrouver au chômage et encore moins de déménager. Son cottage lui plaisait énormément, elle adorait la région, elle connaissait tous les clients de la clinique. Bref, elle était chez elle. Mais si Eli n'était ici que pour une courte période, elle serait peut-être contrainte d'imaginer un avenir différent de celui qu'elle avait prévu.

Anne se tourna vers le parking où Eli venait de se garer, bientôt suivi par une autre voiture. À peine fut-il arrivé près d'elles qu'une bouffée de son after-shave arriva aux narines d'Aurora. Un parfum frais, boisé, qui lui donna envie d'en prendre une nouvelle inspiration. Mauvaise idée... Oui, c'était une mauvaise idée de se sentir attirée par la personne avec laquelle elle travaillait, surtout si celle-ci a le mauvais caractère de Monsieur Grincheux. D'ailleurs, mélanger travail et plaisir n'est jamais conseillé. Malheureusement, le petit sourire que lui adressa Eli n'arrangea pas les choses.

Un couple dans la trentaine descendit de la seconde voiture et entra dans la clinique avec un panier à chat. Il n'avait pas de rendez-vous mais un désistement permit de les accueillir tout de même. Eli les fit entrer dans l'une des salles d'examen. En les regardant, Aurora ressentit un sentiment bizarre qu'elle n'arrivait pas à s'expliquer.

Eli posa un certain nombre de questions à propos d'Arthur, puisque tel était le nom du chat. Une fois de plus, elle remarqua avec quel sérieux il procédait à l'examen. En même temps, quelque chose lui paraissait étrange chez ce jeune couple. Une tension douloureuse entre ses omoplates la tracassait de façon incompréhensible.

L'homme coupait sans cesse la parole à sa compagne sans cesser de regarder en direction d'Aurora qui pourtant ne s'était jamais adressée à lui. Elle se contentait de prendre des notes sur l'ordinateur pendant qu'Eli procédait à l'examen. Ces coups d'œil incessants augmentèrent son malaise et la rendirent nerveuse. À plusieurs reprises, il risqua un sourire dans sa direction après s'être assuré que sa compagne ne l'observait pas. Il y avait chez lui quelque chose qui donnait la chair de poule à Aurora.

Eli paraissait sentir que quelque chose d'étrange était en train de se passer mais il poursuivit son examen en continuant à poser des questions aux propriétaires de l'animal.

Au bout d'un moment, il émit son diagnostic.

— Je suis presque certain qu'Arthur souffre de diabète. Tous les symptômes que vous avez décrits vont dans cette direction : perte de poids, besoin de boire trop fréquemment, appétit insatiable. Toutefois, avant de l'affirmer, je vais lui faire quelques examens pour en être parfaitement sûr.

La jeune femme avait pâli.

— C'est sérieux ?

Eli hocha la tête.

— Ça peut l'être. Mais cette maladie est assez fréquente chez les chats et nous savons comment la traiter.

— Est-ce qu'il aura besoin de piqûres ? demanda l'homme. Ma grand-mère a du diabète et il faut lui faire des piqûres.

Eli approuva de la tête.

— C'est probable. Je vous propose de nous laisser Arthur quelques heures. Quand vous reviendrez le chercher, je serai à même de confirmer le diagnostic et de vous proposer un traitement.

L'homme jeta à nouveau quelques coups d'œil sur Aurora qui, toujours assise derrière son ordinateur, n'avait strictement rien fait pour attirer son attention.

Une fois qu'ils furent partis, Eli revint vers Aurora.

— Tout va bien ?

Elle haussa les épaules.

— Je ne sais pas... quelque chose me dérange chez ce bonhomme. Il me met vraiment mal à l'aise.

Ce fut tout ce qu'elle lui confia. L'agression qu'elle avait subie et la traque dont elle avait été victime avaient considérablement pesé sur sa vie, aussi bien dans sa façon de vivre que dans ses décisions. Le contrat qu'elle avait signé avec la télévision au moment de tourner dans les séries spécifiait qu'elle serait protégée de toutes les conséquences que cela pouvait entraîner. Cela concernait bien sûr tous les accidents ou blessures possibles mais son agression avait également été prise en charge pendant une longue période. Elle s'était tournée vers un soutien psychologique soutenu après sa mésaventure, mais maintenant encore, après toutes ces années, elle allait consulter lorsqu'elle en éprouvait le besoin. Aujourd'hui, quelque chose lui disait qu'elle n'allait pas tarder à prendre rendez-vous.

Elle se leva pour aller chercher Arthur.

— Si je commençais les tests ? Vous pourriez lui prescrire son insuline plus rapidement.

Eli approuva d'un signe de tête et commença à consigner quelques notes. Pendant ce temps, Aurora espérait que la femme reviendrait toute seule chercher le chat car un moment assez long serait nécessaire pour expliquer le nouveau régime alimentaire de l'animal, comment lui faire les piqûres et les démarches à effectuer auprès de l'assurance. Il faudrait certainement prévoir d'autres visites avant que son état ne soit stabilisé et elle n'avait aucune envie de revoir son propriétaire.

Ce début de journée avait été assez déstabilisant pour Eli. La perspective des retrouvailles avec Anne l'avait inquiété. Comment allait-elle réagir en le voyant débarquer dans la clinique de son père où il n'avait jamais voulu travailler jusque-là ? Heureusement, elle s'était montrée chaleureuse et amicale. Malgré tout, Eli avait cru sentir un peu de déception dans sa voix, mais peut-être était-ce l'effet de sa propre imagination ?

Anne connaissait parfaitement les tensions qui régnaient entre Eli et son père mais elle n'avait manifesté aucune rancune envers lui. Quant à Aurora, il n'aurait su dire ce qu'elle pensait. Au cours de la consultation précédente, elle lui avait paru distraite mais là encore, c'était peut-être un effet de son imagination.

Pour l'instant, il s'appliquait à comprendre le fonctionnement de la clinique. Apparemment, Anne et Aurora se partageaient les différentes tâches. Était-ce la meilleure manière d'utiliser leur temps ? Il verrait plus clair là-dessus dans quelques jours puisqu'Aurora lui avait en effet parlé d'un travail d'équipe. En même temps, étant donné le peu de temps qu'il pensait rester, il n'avait pas très envie de dépenser beaucoup d'énergie pour chercher à comprendre.

Pourtant, Aurora l'intriguait. Tout à l'heure, pendant qu'il examinait Arthur, il avait senti qu'elle n'était pas à son aise sans pouvoir déceler la cause de son embarras. Étrangement, il ressentait par moments une sorte de courant passer entre eux. Leur visite commune à Jack en fin de journée lui permettrait sans doute de mieux cerner sa personnalité.

Pour l'instant, il s'appliquait à apprendre la propreté à Bert qui ne montrait pas beaucoup d'intérêt à cet égard. À plusieurs reprises dans la journée, il avait dû éponger une petite mare et mettre Bert dans la cour pour l'encourager à se soulager dehors plutôt que sur le carrelage de la clinique. C'était là un vrai travail mais qui rendrait son adoption plus facile.

Depuis la cuisine, il entendit Anne l'interpeller tout en préparant le repas.

— Qu'est-ce qui se passe à la ferme des Fletcher ? J'ai vu dans le cahier qu'une visite est prévue chez eux mais il n'y a pas d'indication complémentaire.

Eli se rapprocha d'elle.

— Je ne sais pas.

— Matt y est déjà allé quelquefois mais rien de spécifique n'est mentionné.

— Est-ce que Don Fletcher a rappelé ?

— Non. Mais c'est Matt lui-même qui a noté ce rendez-vous de sa main.

— J'irai les voir, mais reporte cette visite. Aurora et moi allons voir Jack Sannox cet après-midi.

Le repas fut vite expédié et les rendez-vous de la deuxième partie de la journée se succédèrent sans anicroche. Pendant la stérilisation d'un chat et d'un chien, Aurora l'aida avec compétence et le minimum de mots. Est-ce qu'elle lui en voulait de l'avoir accueillie peu aimablement ?

Quoi qu'il en soit, une fois les soins terminés au cabinet, la fin de l'après-midi était réservée aux visites à domicile. Le vétérinaire se déplaçait régulièrement dans les fermes. Pour les animaux domestiques, c'était beaucoup plus rare. Il fallait qu'un animal soit arrivé en bout de course et que son maître préfère le faire euthanasier à domicile plutôt qu'à la clinique. Eli savait que Matt et son père avaient toujours respecté le désir de leurs clients. Il continuerait à faire de même.

Un nom avait été barré dans le registre.

— Pourquoi ce rendez-vous est-il annulé ?

— Mme Adams a demandé un jour de répit supplémentaire.

Un coup d'œil jeté sur le dossier lui apprit que son chat était en phase terminale de cancer, qu'il ne pouvait plus se déplacer et qu'il était devenu incontinent.

— Est-ce qu'elle a des antalgiques à lui administrer ?

— Oui, bien sûr. Nous ne laissons jamais les animaux souffrir. Elle nous rappellera quand elle se sentira prête.

— Parfait.

Sur ce, il rejoignit Aurora dans l'entrée.

— Allons faire notre visite à Jack Sannox !

Par la fenêtre, Aurora jeta un coup d'œil sur la voiture de sport rouge garée dans la cour.

— Vous connaissez l'état des routes pour arriver aux fermes ? Impossible d'utiliser votre voiture.

— Ne vous inquiétez pas. Mon père adorait sa voiture de sport mais il avait aussi une vieille Land Rover qui ressemble à un tank. C'est toujours celle qu'il utilisait pour ses visites dans la campagne.

Il alla la sortir du garage et Aurora s'installa à côté de lui. Une fois encore, il la trouva charmante et remarqua avec une certaine satisfaction qu'elle ne portait pas d'alliance, ce qui, évidemment à notre époque, ne signifiait pas grand-chose. Tout de suite d'ailleurs il se reprocha d'avoir remarqué ce détail. D'accord, Aurora était séduisante, mais de toute façon, à aucun prix il ne voulait se lancer dans une aventure sentimentale avec un membre de son équipe. En plus, elle n'avait pas bon caractère. Donc, inutile de gamberger. Point final.

Tout d'un coup, une envie de rire s'empara de lui. Il trouvait qu'Aurora avait mauvais caractère ? Que dire de lui-même ? Il n'y pouvait rien. Le fait de revenir sur les lieux de son enfance faisait surgir une foule de vieux sentiments auxquels il n'avait pas envie de se confronter. Pourtant, s'il n'avait pas le courage de supporter quelque temps cette situation en attendant d'avoir recruté un nouveau vétérinaire, c'est la clinique qui allait disparaître. Alors... il serra les dents et démarra.

Le parfum d'Aurora parvint à ses narines. Un parfum ambré, aux effluves de vanille. Avant de quitter la clinique, elle avait dénoué ses cheveux qui tombaient maintenant sur ses épaules en une cascade roux sombre qui faisait paraître son teint encore plus clair.

Mieux valait passer à autre chose...

Il adopta un ton professionnel pour amorcer la conversation.

— Depuis combien de temps travaillez-vous ici ?

— Dix-huit mois.

— Qu'est-ce qui vous a amenée en Écosse ? Vous y avez de la famille ?

Après un instant d'hésitation, il poursuivit :

— Vous avez peut-être épousé un Écossais ?

Elle lui jeta un regard de biais.

— Pas du tout. Je ne suis pas mariée. Je n'ai pas de compagnon. C'est pour le travail que je suis venue à Edinburgh.

Eli s'efforça de penser que cette réponse le laissait indifférent.

— Où avez-vous fait vos études ?

— À l'université vétérinaire royale de Hawkshead.

— C'est une université prestigieuse ! Mais c'est très loin d'ici...

Aurora haussa les épaules.

— C'est vrai mais je n'ai pas d'attaches familiales. J'ai d'abord travaillé près de Londres et puis j'ai eu envie de découvrir une clinique qui me permettrait de travailler avec des animaux de la ferme, pas seulement avec des animaux domestiques.

— Rares sont les personnes qui recherchent ce genre de diversité.

— Moi, ça me plaît.

— Vous me paraissez prête à tout ! ajouta Eli en regardant les bottes en caoutchouc et le grand manteau imperméable qu'elle avait revêtus avant de quitter la clinique.

— Oui. Nous allons parler de Rudy avec Jack mais il aura peut-être envie de nous montrer son troupeau. Je préfère ne pas être prise au dépourvu.

Lui-même avait prévu un équipement de ce genre dans le coffre de la voiture mais la prévoyance de sa collaboratrice l'impressionna favorablement.

— Au fait, je voulais vous parler de votre accent. Par moments vous parlez comme à Liverpool, mais ce n'est pas régulier. J'ai un peu l'impression que parfois, vous avez envie de changer de personnalité !

Aurora ne répondit pas tout de suite.

Il la vit prendre son temps pour caler une mèche de cheveux

derrière son oreille, comme si elle cherchait un moyen de détourner la question.

— Ce qui est amusant, reprit-il, c'est que la plupart du temps, vous n'avez pas d'accent du tout, et puis tout à coup, on a la surprise de retrouver dans votre voix l'accent un peu nasillard de Liverpool.

— Il va et il vient, répondit-elle. J'ai grandi à Liverpool puis, quand j'ai travaillé à Londres, certains de nos clients paraissaient ne pas tellement apprécier mon accent. Du coup, j'ai essayé de le perdre mais il ressort malgré moi de temps à autre.

Cette explication laissa Eli un peu perplexe. Londres est une ville où l'on rencontre toutes sortes de populations et une multitude d'accents différents. Néanmoins, certains quartiers un peu snobs peuvent en effet se montrer assez hautains et méprisants envers un accent qui leur paraît provincial.

— Eh bien, reprit-il, moi qui ai travaillé un peu partout dans le monde, j'ai conservé mon accent écossais. Et Dieu sait qu'il est marqué ! Il m'est arrivé souvent de devoir répéter ce que je disais mais je n'ai jamais cherché à le cacher.

Il lui jeta un coup d'œil. Elle demeurait impassible.

— Quand je suis à l'étranger, on me prend souvent pour un Irlandais plutôt que pour un Écossais, mais je n'y attache pas d'importance.

Ils venaient d'arriver à la ferme de Jack Sannox. Au départ, c'était un petit cottage qui avait été agrandi au fil des ans pour devenir un grand corps de ferme mais la partie ancienne avait été préservée.

Pour Eli, ce fut une surprise.

— Waouw ! Il y a des années que je ne suis pas venu ici. Que de changements ! C'est superbe.

Aurora descendit de voiture.

— Je ne suis venue qu'une fois avec Matt quand il a eu un problème dans son élevage de cochons. Les travaux venaient juste de se terminer et Jack nous avait fait faire le tour du propriétaire. Il était très fier du résultat.

— Il y a de quoi !

Jack qui les avait vus s'avancer leur ouvrit la porte et les conduisit dans la salle de séjour où Rudy était allongé sur une couverture placée sur le canapé. Jack s'assit à côté de lui.

— Comment va-t-il ? demanda Eli.

— Pas très bien, je crains. Il a gémi une partie de la nuit. Je me demande si les antalgiques sont efficaces.

— Je vais augmenter la dose, déclara Eli.

Jack caressait la tête de son compagnon.

— Il m'accompagnait partout à travers champs, il grimpait sur le tracteur avec moi… il ne peut plus rien faire de tout ça.

La voix du vieux monsieur s'était mise à trembler.

— Je comprends…

Eli ne voulait pas lui donner de faux espoirs.

Aurora vint s'asseoir à côté de Jack et lui prit la main.

— Pendant de longues années, Rudy a été un compagnon parfait pour vous, Jack. En plus, je sais que cette période de l'année est particulièrement difficile pour vous puisque c'est la période où votre épouse est décédée.

Jack leva vers elle un regard surpris.

— Vous n'avez jamais rencontré Bessie !

— C'est vrai, et je le regrette, mais c'est de vous qu'il faut s'occuper maintenant. Et de Rudy, bien sûr.

— Je ne veux pas que mon chien souffre ! déclara Jack.

— Il n'en est pas question, assura Aurora, mais il est peut-être possible de prolonger sa vie de quelques mois.

Elle regarda Eli, comme pour lui signaler que son tour était venu de parler.

— Le cancer de Rudy s'est étendu mais il est encore contrôlable. Je vais prescrire un nouveau traitement qui fera diminuer certaines tumeurs et lui apportera une meilleure qualité de vie. Pour ce qui est de la douleur, il n'y a pas de problème, les médicaments seront efficaces. Je pense que Rudy peut vivre encore quelques mois.

— C'est vrai ? demanda vivement Jack.

— Je le pense. J'ai apporté avec moi de quoi commencer le traitement.

Il s'agenouilla devant Rudy, lui tapota la tête doucement.

— Mon vieux Rudy, l'heure de la retraite est arrivée ! Tu vas te reconvertir en chien d'appartement pour le plus grand bonheur de ton maître.

Rudy le regardait comme s'il comprenait parfaitement. Eli retrouva alors les raisons qui l'avaient incité à devenir vétérinaire : pour cela, précisément. Pour soigner les animaux qui avaient apporté tant de joie à leur famille et leur assurer une fin confortable.

Aurora tenait toujours la main de Jack dans les siennes. Elle avait aussi passé un bras affectueux autour de ses épaules. Tout à coup, Eli réalisa que depuis la mort de sa femme, personne certainement n'avait eu ce geste pour réconforter le vieil homme.

D'ailleurs, comment Aurora avait-elle été mise au courant de la mort de Bessie ? Était-ce Matt qui l'avait informée ? Quoi qu'il en soit, elle avait su s'en souvenir quand il le fallait.

Ils quittèrent Jack une heure plus tard. Dans la voiture, ils restèrent sans parler pendant un long moment, puis Aurora rompit le silence.

— Je ne sais pas si Rudy a tellement envie de devenir un chien d'appartement...

— Moi non plus, mais pour le moment, l'important est de fournir à Jack le soutien dont il a besoin.

À ces mots, Aurora se tourna vers lui.

— Voyez, c'est pour cette raison que j'ai voulu quitter Londres. On n'avait pas le temps de faire connaissance avec les clients, alors qu'ici, on peut nouer des relations avec eux.

— C'est ce qui vous intéresse ?

— Oui.

Puis, avec un sourire, elle ajouta :

— Et peut-être aussi que j'aime les vaches !

Eli fut touché par cette franche spontanéité. Mais était-il vraiment bon juge en la matière ? Il avait cru aussi que Iona, la jeune femme qui gérait sa clinique à Londres, était sincère. Elle lui plaisait. Ils avaient commencé à sortir ensemble. Et puis… l'argent de la clinique avait commencé disparaître dans des endroits où il n'aurait jamais dû aller, en particulier sur le compte en banque de Iona.

Elle avait été engagée sur la foi de ses excellentes références. Hélas, Eli avait découvert par la suite qu'elles avaient été fabriquées pour la circonstance. Il avait fallu qu'un de ses collègues lui mette la vérité sous les yeux pour qu'il comprenne ce qu'il se passait. Le monde s'était écroulé autour de lui. Iona disparut dans la nature. Le personnel de la clinique chercha du travail ailleurs. Lui, Eli Ferguson, s'était retrouvé seul, anéanti. Et ruiné.

Il lui faudrait des années pour pouvoir racheter une part de la clinique de son père. En attendant, il n'y serait qu'un employé.

Aussi, quel que soit le charme d'Aurora Hendricks, il n'était pas question d'y succomber.

D'ailleurs, il n'était ici que pour peu de temps.

Vérité à ne jamais perdre de vue.

3

Aurora n'avait pas encore réussi à cerner son nouveau patron. Il avait un côté mystérieux qui l'agaçait malgré son physique séduisant. Sa haute taille, sa coiffure à la diable, son regard bleu perçant, tout cela le rendait extrêmement attirant. Si elle l'avait rencontré dans un bar, il ne lui serait pas resté indifférent, mais pour l'instant, elle avait toujours en tête la froideur de leur première rencontre.

Dans le fond, c'était mieux qu'il ait découvert dès le premier jour qu'elle avait de $1a repartie et qu'elle ne se laisserait pas marcher sur les pieds. Eli était son supérieur mais il ne lui était pas apparu comme menaçant ni intimidant. Par contre, l'autre jour, en présence des propriétaires d'Arthur, elle avait éprouvé un véritable malaise. Son expérience lui ayant enseigné que sa sonnette d'alarme ne résonnait jamais en vain, elle avait appris à lui faire confiance.

Par moments, elle se demandait encore si ce poste lui apportait une réelle sécurité. Les environs d'Edinburgh lui avaient paru être un endroit idéal pour se cacher. Était-ce cela qu'elle était en train de faire ? Se cacher ?

De tout son cœur, elle espérait que tout le monde avait oublié son quart d'heure de gloire, mais comme toutes les séries, celle dans laquelle elle intervenait avait fini par être diffusée en streaming, ce qui lui apportait de nouveaux fans. De temps en temps, un tabloïd titrait :

« Où est-elle passée maintenant ? »

Jusqu'à présent, personne n'avait réussi à la localiser, elle s'en félicitait. Elle voulait une vie privée et pas la moindre envie d'être récupérée pour un débat autour de #MeToo. Aucun agent ne s'occupait plus d'elle, elle avait pris ses distances par rapport aux membres de l'équipe de tournage, changé de numéro de téléphone et se présentait désormais sous son nom véritable, jamais sous son pseudonyme. Grâce à toutes ces précautions, elle se sentait en sûreté.

De temps à autre, un fan se plaignait qu'on ne la voie plus apparaître à la télévision mais la plupart des gens pensaient qu'elle était partie faire carrière aux États-Unis sans y obtenir le succès escompté.

Personne ne pouvait imaginer les dégâts qu'elle avait souffert. Son agression l'avait laissée vulnérable et fragile. La traque dont elle avait été victime lui insufflait un permanent sentiment d'insécurité. En plus des séances de soutien auprès d'une psychologue, elle avait pris des cours de self-défense. Mais plus que tout, elle faisait confiance à son instinct. Voilà pourquoi elle avait décidé de ne jamais se trouver seule en présence de ce nouveau client, le propriétaire d'Arthur. Tant pis si elle devait dire la vérité à Anne et Eli.

Aujourd'hui, comme elle avait dit à Eli qu'elle aimait le travail avec les animaux des fermes, il lui avait proposé de l'accompagner dans sa tournée en Land Rover. Elle était ravie.

— Vous vous sentez prête pour ce travail ? lui demanda Eli. C'est plutôt rude.

— Et vous, vous vous sentez prêt ? rétorqua-t-elle en montant dans le véhicule. Vous connaissez les fermes où nous nous rendons ?

— Seulement une sur les trois.

Elle lui jeta un regard amusé, vaguement moqueur.

— J'ai regardé les dossiers. La ferme des Fletcher nous propose des vaches un peu bizarres, celle des Sawyers des cochons caractériels et l'école d'équitation de Jen Cooper, un cheval boiteux. Voilà une bonne journée qui s'annonce !

Eli lui décocha un regard malicieux et un sourire qui ne l'était pas moins.

Ils commencèrent par la ferme de Shaun Sawyer, qui les conduisit à sa porcherie où il avait isolé deux animaux, apathiques mais qui grinçaient des dents de façon inquiétante.

— Est-ce qu'ils ont vomi ? demanda Eli.

— Très peu. Et pas au cours des dernières heures.

Comme Eli s'apprêta à pénétrer dans leur enclos, Aurora en fit autant.

— Est-ce qu'ils ont eu l'occasion de s'échapper ces derniers temps ? demanda-t-elle.

Tout en posant la question, elle enjamba la barrière et se retrouva dans la paille et la boue sans manifester la moindre gêne.

Shaun fit une grimace.

— Cinq se sont sauvés il y a quelques jours mais nous les avons rapidement récupérés.

Eli et Aurora se rapprochèrent des animaux malades.

— Celui-ci me paraît faire un peu de tachycardie, déclara-t-elle.

— Le mien aussi, dit Eli.

Après avoir pris leur température, Eli revint vers Shaun.

— Il s'agit certainement d'une colique. Pour l'instant, il n'y a pas de signe d'obstruction intestinale. Ils ont peut-être mangé quelque chose qui ne leur réussit pas au cours de leur escapade. Le mieux est de continuer à les observer et si nous soupçonnons une obstruction, nous procéderons à une radio.

— On peut attendre un peu avant d'en arriver là ? demanda le fermier.

— Oui. Il suffit que vous m'appeliez si vous vous inquiétez. Je vais leur donner un anti-inflammatoire à chacun, ce sera un début de soin.

— Où les a conduits leur escapade ? demanda Aurora.

— Dans le champ voisin et dans la cour de l'école.

— Ah… je comprends, déclara-t-elle. Il y a pas mal de chances pour qu'ils aient renversé les poubelles et se soient gavés des bonbons que les enfants y ont jetés. Cela suffirait à expliquer leur dérangement.

En quittant l'enclos, Aurora enjamba la barrière mais un bruit d'aspiration se fit entendre. Sa botte en caoutchouc resta plantée dans la boue alors que son pied poursuivait son mouvement. Son élan la précipita de l'autre côté, près de Shaun. Ils éclatèrent de rire pendant qu'Eli utilisait ses deux mains pour extraire la botte du cloaque.

Après avoir rincé leurs bottes et salué Shaun, ils remontèrent dans leur voiture.

— On va où maintenant ? demanda Aurora.

— Vous choisissez : le cheval ou les vaches ?

— Les vaches sont les animaux que je préfère, gardons-les pour la fin et commençons par le cheval.

Pendant le trajet, elle essaya d'en apprendre un peu plus sur son patron.

— Avant de venir ici, où est-ce que vous travailliez ?

Eli laissa échapper un soupir.

La question l'agaçait, c'était évident. Tant pis ! Elle ne regrettait pas de l'avoir posée.

— Eh bien… dans beaucoup d'endroits. À Madrid, d'abord, puis en France dans la région de la Bretagne, trois mois en Italie, puis en Floride, dans le Maine, aux États-Unis.

— Ça fait vraiment beaucoup ! s'écria Aurora, à la fois admirative et un peu envieuse.

— Je changeais d'endroit pour travailler avec des animaux différents. À Madrid, c'étaient les chevaux, en Bretagne, différentes races de vaches, en Floride…

— Je parie que c'étaient des alligators ! s'écria Aurora.

Eli éclata de rire.

— J'en ai vu un en effet, mais c'était sur un parcours de golf, pas dans mon travail.

— Mais alors, à quoi bon aller en Floride ? demanda Aurora, très déçue.

— Pour les tortues, ma chère !

— Les tortues ?

Eli secoua la tête.

— Dois-je comprendre que vous estimez que les tortues n'ont pas besoin qu'on s'occupe d'elles ?

— Euh… oh, non, pas du tout ! C'est juste que… je ne m'y attendais pas.

— C'était pour moi l'occasion ou jamais de travailler avec des animaux marins. J'y ai beaucoup appris. Ensuite, dans le Maine, nous étions quarante vétérinaires à travailler dans la clinique. J'ai vu toutes sortes d'animaux, des bovins, des boas, des chevaux, des chouettes…

— Bref, votre méthode c'était de chercher dans l'almanach de Pasquini les animaux dont vous aviez envie de vous occuper et de repérer ensuite sur une mappemonde les pays où ils se trouvent !

— Erreur, ma chère ! Pasquini n'a pas fait un recensement complet de tous les animaux.

— C'est vrai. En tout cas, ça a dû vous obliger à passer un tas d'examens pour vous adapter à chaque situation.

— Oui, mais passer des examens ne m'a jamais beaucoup tracassé, répondit-il en s'engageant dans l'allée qui menait au haras.

En entendant la voiture, Jen Cooper sortit d'un des box pour venir à leur rencontre.

— Merci d'être venus tout de suite. C'est Bess qui me donne du souci. Hier, elle était en pleine forme, et ce matin, j'ai découvert qu'elle boitait. Je ne comprends pas car il ne s'est rien passé entre-temps.

— J'ai pas mal d'expérience avec les chevaux, répondit Eli, amenez-moi auprès d'elle.

— Où avez-vous acquis cette expérience ?

— À Jerez.

— Jerez ? demandèrent d'une seule voix Jen et Aurora.

Jerez est l'école internationalement renommée pour ses chevaux andalous qui dansent dans les spectacles.

— Vous ne savez peut-être pas que ces chevaux sont traités comme des princes et bénéficient des meilleurs soins. Jamais je n'ai travaillé dans des conditions aussi luxueuses.

Aurora savait de quoi serait faite leur prochaine discussion.

Certaines personnes n'aiment pas que les animaux soient utilisés dans des spectacles, ce serait intéressant d'avoir l'avis d'Eli sur la question.

— Il y a aussi des taureaux là-bas, reprit Jen. Comment ça s'est passé avec eux ?

— Je ne m'en suis pas occupé. L'école équestre nous interdisait d'avoir affaire à eux, y compris dans les spectacles ou les courses qui avaient lieu dans la région. Mon domaine, c'étaient les chevaux uniquement.

Eli s'approcha de Bess sans la moindre appréhension. Il lui examina les pieds l'un après l'autre très soigneusement, utilisa le cure-pied pour s'assurer qu'aucun corps étranger ne blessait la sole.

— J'aperçois seulement une légère tache violette. Elle a dû heurter un caillou en rentrant au haras. Est-ce que vous avez des compresses ?

— Oui, bien sûr, répondit Jen.

— Eh bien, posez-lui-en régulièrement et laissez-la au repos. Si vous êtes encore inquiète dans un jour ou deux, je repasserai la voir.

Aurora s'adressa à Jen.

— Vous saurez reconnaître une inflammation ou la formation d'un abcès ?

Jen hocha la tête de façon affirmative.

— Bien sûr. Par précaution, je vais demander au maréchal-ferrant de lui retirer son fer pendant quelque temps.

Eli et Jen continuèrent à parler ensemble un moment. Aurora eut d'abord un peu l'impression que chacun cherchait à tester les compétences de l'autre, mais elle comprit rapidement qu'Eli voulait évaluer le niveau d'expérience de Jen pour savoir quels médicaments elle serait capable d'administrer elle-même à la jument. C'était d'ailleurs très intéressant de les écouter, chacun ajoutant à l'expérience de l'autre. Pourtant, l'agacement la gagna quand elle réalisa que plus elle le trouvait compétent, plus elle le trouvait séduisant. Son tour du monde n'était pas seulement destiné à jeter de la poudre aux yeux mais avait été motivé par une réelle soif d'apprendre.

Lorsqu'ils remontèrent dans la Land Rover, l'atmosphère entre eux s'était beaucoup détendue. Aurora sortit un calepin de son sac :

— J'ai pris quelques notes sur les comptes rendus faits par Matt à la ferme Fletcher en pensant qu'elles pourraient nous aider au cours de cette visite.

Pendant qu'elle parlait, Eli la regardait d'un air perplexe.

— Vous êtes sûre que nous ne nous sommes jamais rencontrés ? Par moments, il me semble que je vous connais.

Aurora fronça le nez.

— Non, vous vous trompez.

Parler sur un ton détaché lui avait coûté un effort énorme.

— Tout de même… reprit Eli.

Aurora aurait pu très facilement mettre un terme à l'incertitude d'Eli. Il lui aurait suffi de lui demander s'il avait regardé la série tournée en Afrique que beaucoup de vétérinaires avaient suivie. Par une sorte de déformation professionnelle, ils y recherchaient si des erreurs avaient été commises ! D'ailleurs, c'était la même chose avec les infirmières ou les médecins qui regardaient les séries médicales pour repérer ce qui leur paraissait familier ou ce qui n'allait pas.

Elle préféra se taire. Son précédent métier ne lui causait aucune gêne. En revanche, les répercussions qu'il avait eues sur sa vie lui pesaient encore beaucoup. Parfois même elle en perdait le sommeil. Elle ne pouvait pas oublier l'agression, ni la traque qu'elle avait subie mais tout cela devait rester enfoui.

— Vous avez peut-être un frère ou une sœur dont j'aurais croisé le chemin ? reprit Eli.

Diable… il avait de la suite dans les idées.

— Non, je suis fille unique.

Elle s'appliqua à sourire.

— Mais j'ai peut-être un sosie ? Ce sont des choses qui arrivent.

Sur ce, elle se replongea dans la lecture de ses notes.

— Matt n'était pas le meilleur des diaristes… il mélangeait tout : son journal, ses listes de courses, ses projets… c'est difficile de tomber sur ce qui concerne la ferme Fletcher.

— Vous avez trouvé quelque chose ?

— Pas vraiment. Il a écrit qu'il faut vérifier les symptômes, téléphoner à Dave… mais je ne sais pas qui est Dave ! D'ailleurs, de quels symptômes veut-il parler ? Il n'a rien précisé.

— Je ne me sens pas d'appeler Matt pour lui demander des précisions. Sa femme m'a envoyé un message hier soir pour me dire que ses veines ne supportent plus les perfusions de sa chimio. On va lui placer un cathéter. Ce n'est vraiment pas le moment de le déranger. Allons plutôt à la ferme nous faire nous-mêmes une idée de ce qu'il s'y passe.

— Je suis tout à fait d'accord, approuva Aurora. Au fait, c'est bien la famille que vous connaissez ?

— Oui, j'allais beaucoup chez eux quand j'étais gamin. Je savais que mon père était leur vétérinaire. Toutes leurs conversations tournaient autour des animaux.

La ferme paraissait étrangement calme. Quelques tracteurs étaient garés devant le cottage mais aucune voiture. Eli se dirigea vers une étable pendant qu'Aurora allait frapper à la porte d'entrée.

Une femme aux joues roses vint lui ouvrir.

— Je suis Aurora, l'assistante du nouveau vétérinaire, Eli Ferguson. Nous cherchons Don Fletcher.

— Moi, je suis Barb. Ne vous avisez pas de lui téléphoner ! Il m'a fallu deux semaines pour le persuader d'aller consulter le médecin et son rendez-vous est dans dix minutes.

Aurora leva les deux mains.

— Nous ne voulons pas le déranger mais peut-être accepterez-vous de m'accompagner pour venir parler avec Eli ?

Tout en faisant un signe de tête, Barb attrapa une grosse veste accrochée à une patère près de la porte, enfila la paire de bottes rangées sur le seuil et partit avec Aurora à la rencontre d'Eli.

En l'apercevant, elle lui fit un signe de la main.

— Salut, Eli ! Ça fait un moment que tu n'es pas venu nous voir.

Puis, comme la plupart des fermiers, elle en vint tout de suite aux faits.

— Je ne sais pas trop ce qui se passe. On voit bien que certaines de nos vaches ne sont pas en forme mais il n'y a rien de spécifique à signaler. Elles mangent, elles boivent, mais moins que d'habitude. Matt était venu le mois dernier et avait dit qu'il repasserait. Évidemment, étant donné son état de santé, ça n'a pas été possible. Les mêmes symptômes apparaissent aussi dans l'autre troupeau.

— Vous en avez combien en tout ?

— Deux. Le cheptel pour la boucherie et l'autre pour les vaches laitières. Nous les maintenons séparés.

— Dans des pacages différents ?

— Oui. À part quelques artistes qui se débrouillent pour franchir les barrières.

— Allons y faire un tour, proposa Eli, l'air soucieux.

Ils restèrent à la ferme plus de deux heures. Eli regarda les champs, les étables des vaches laitières, les provisions de foin et de paille. Il examina sept vaches différentes. Chacune présentait des symptômes différents. Certaines toussaient, d'autres manifestaient de la fatigue, d'autres avaient perdu l'appétit. Il fit quelques prélèvements en espérant que les résultats l'aideraient à comprendre. Barb accepta sans difficulté de laisser à l'écart les vaches qui manifestaient un symptôme, quel qu'il soit.

En remontant dans la voiture, Eli était indécis.

— C'est assez mystérieux. Aucune de ces vaches n'est réellement malade.

— Mais vous avez relevé suffisamment de symptômes pour demander un isolement ?

— Oui. On ne sait jamais. Chez les animaux, c'est comme chez les humains. Une maladie peut rapidement se propager. Je vais me plonger dans les notes de Matt en espérant que j'arriverai à y comprendre quelque chose.

— Vous voulez dire ce que, moi, je n'ai pas été capable de comprendre ? répliqua Aurora, vexée par cette réponse.

— Si c'était ce que je pensais, je l'aurais dit clairement. Il se passe que je fais la même chose que Matt. Je griffonne pendant que les gens me parlent, je prends des notes quand je suis au téléphone... je suis sûr que personne ne comprendrait rien à ce que j'ai écrit, mais pour moi, ça a du sens.

Aurora se demandait si elle devait se sentir offensée ou pas. Allait-elle lancer une dispute ? Non. À quoi cela servirait-il ? À rien. La journée avait été intéressante. Elle avait pu observer Eli Ferguson dans des situations très différentes. Ce qui avait particulièrement retenu son attention, c'était la façon dont chacun des fermiers avait testé Eli, tenté de prendre la mesure de sa compétence, pour savoir s'il pouvait ou non lui accorder sa confiance.

La déduction qu'elle tira de ces observations fut double. En tant que vétérinaire, il avait gagné sa confiance. Elle lui confierait sans inquiétude un animal. Mais en tant qu'humain ? Elle ne savait pas encore. Il pouvait se montrer assez sec par moments, mais cela lui arrivait à elle aussi, elle le reconnaissait. Par contre, la séduction qui émanait de lui continuait à la troubler.

Jamais elle n'avait accordé sa confiance sur la seule base d'une prestance physique. Elle cherchait chez les personnes quelque chose de plus profond. Mais elle commençait à comprendre qu'Eli cachait soigneusement ce qu'elle aurait aimé découvrir.

D'ailleurs, elle faisait la même chose...

Un jour, elle lui dirait qu'elle avait tourné dans des séries pour la télévision. Cela ne devrait avoir aucune incidence sur leur relation professionnelle ni sur la façon dont il la considérerait. Toutefois, elle préférait attendre de mieux le connaître car elle avait remarqué que certains de ses collègues vétérinaires avaient tendance à regarder les acteurs de haut. Ce qui était idiot puisque les gens les plus intelligents avec lesquels elle avait eu l'occasion de travailler étaient précisément des acteurs.

Mais elle n'était pas encore prête à lui faire cette révélation car cela lui ramènerait immanquablement des souvenirs désagréables.

Eli n'avait pas besoin d'être mis au courant de tout cela.

Tout au moins, pas encore.

4

Dans les jours qui suivirent, la collaboration entre Eli et Aurora adopta une vitesse de croisière. Ils étaient devenus de bons camarades, avec Bert pour mascotte puisqu'ils ne lui avaient pas encore trouvé de famille d'adoption mais il n'y avait pas urgence en la matière. En effet, il s'entendait très bien avec Eli malgré les petites mares qui de temps à autre inondaient encore le carrelage de la clinique.

C'est pour cette raison qu'Aurora fut toute surprise de voir Eli apparaître avec une laisse et un collier pour Bert.

— J'ai trouvé une famille susceptible d'accueillir Bert. Tu m'accompagnes la voir ?

Aurora ressentit un pincement au cœur mais c'était dans l'ordre des choses, n'est-ce pas ? Elle attrapa sa veste et emboîta le pas à Eli.

Comme ils passaient devant son bureau, Anne les arrêta :

— Aurora, il y a un message pour toi. Fraser demande que tu le rappelles à propos de son chat, Arthur, celui qui a du diabète. Il s'est montré très insistant. Je lui ai proposé d'en parler avec moi mais il n'a rien voulu entendre.

Un frisson glacé parcourut le dos d'Aurora.

— Il ne figure pas parmi nos patients habituels. Nous les avons seulement reçus en urgence, je ne pense pas que…

Elle espérait qu'Eli lui conseillerait de laisser tomber cette demande déplacée mais il était trop occupé avec Bert et se contenta de répondre sans réfléchir :

— Tu appelleras plus tard !

Déçue, Aurora pinça les lèvres, puis se raisonna. Un simple coup de fil ne la dérangeait pas trop, c'est seulement dans le cas où le propriétaire insisterait pour la rencontrer en personne qu'elle ferait part de son malaise à Anne ou à Eli.

Elle s'installa donc dans la voiture sur le siège arrière avec Bert.

— Pourquoi est-ce que tu ne viens pas à côté de moi ? demanda Eli, surpris de ce comportement.

— La dernière fois, Bert a été très angoissé et agité tout seul à l'arrière. Je préfère lui tenir compagnie pour le rassurer.

Elle se mit à rire.

— Nous allons en profiter pour dire du mal de toi !

— Je n'en attends pas moins de vous deux... rétorqua Eli en riant lui aussi.

— Comment as-tu trouvé cette piste puisque personne n'a répondu à notre annonce ?

— Pur hasard, en faisant mes courses. Une famille disait être à la recherche d'un second chien de compagnie. J'ai proposé notre border collie et ils ont paru intéressés.

— Comment sais-tu que c'est une bonne piste ?

— Je n'en sais rien. Nous allons seulement faire connaissance.

— Tant mieux, parce que je tiens au préalable à mener une enquête sérieuse avant d'abandonner Bert.

— Ah... je vois que tu es comme Anne. Mon père me disait qu'elle était très difficile sur le choix des familles d'adoption.

— Tu sais pourquoi ? demanda Aurora.

— Parce qu'un chien ne doit pas changer de maître plus d'une fois ! répondirent-ils en chœur.

Sur ce, ils se mirent à rire, heureux de cette complicité professionnelle.

— Tu sais où vit cette famille ? demanda Aurora.

— Oui, ici même, à Stockbridge. Je les ai rencontrés au marché des fermiers et c'est là que nous allons les retrouver.

Aurora s'inquiéta.

— Nous n'allons pas voir leur maison ? Normalement, c'est ce que nous faisons.

— Ne m'accuse pas de manque de conscience professionnelle ! Je suis allé chez eux la semaine dernière, j'ai rencontré leur fils adolescent et le chien qu'ils ont déjà. Ils viennent tous les jours au marché et j'ai proposé de les y retrouver pour voir comment les deux chiens se comportent ensemble.

— OK, j'approuve cette démarche.

— En fait, ils ont pris leur premier chien au moment du Covid, ce qui les a empêchés de bien le socialiser. Cet animal a pris l'habitude de vivre avec les humains, ce n'est pas certain qu'il accepte un compagnon à quatre pattes.

— Donc tu as arrangé cette rencontre pour voir si les deux chiens se supportent sans pour autant laisser croire à Bert qu'il a trouvé une famille, c'est ça ?

— Exactement. Pourtant, il faut lui en dénicher une car je ne vais pas rester ici indéfiniment.

Aurora passa la langue sur ses lèvres. Elle savait ce départ inévitable mais elle l'envisageait sans plaisir.

— Pour l'instant, on ne peut pas dire que nous croulons sous les demandes…

Eli ne répondit pas.

Une fois la voiture garée, Aurora attacha la laisse au collier de Bert et en descendit avec lui. Le soleil était déjà haut dans le ciel, la journée s'annonçait magnifique, ce qui était une aubaine car les étés écossais sont souvent capricieux. Après un mois de juin parfaitement idyllique, le mois de juillet peut arriver avec quatre semaines de pluie en continu, juste au moment où les vacances scolaires commencent.

Aurora retira sa veste qu'elle noua autour de sa taille.

— Nous allons griller aujourd'hui !

— Trop drôle ! s'exclama Eli.

— Comment, « trop drôle » ? Qu'est-ce que tu veux dire ?

— C'est ton accent ! Tu es vraiment douée pour ça. Là, on aurait juré que tu arrivais tout droit de Glasgow.

Aurora rougit jusqu'à la racine des cheveux.

Changer d'accent était l'une de ses spécialités involontaires. Bien qu'elle se soit débarrassée du sien depuis longtemps, il arrivait qu'il resurgisse à l'improviste sans qu'elle ne s'en rende compte. Elle redoutait alors qu'il ne la trahisse.

Eli remarqua qu'il l'avait plongée dans l'embarras et n'insista pas.

— Viens, passons par ici avant d'aller retrouver les King.

Aurora apprécia le changement de sujet. Elle encouragea Bert à marcher tout près d'elle, puis quand il y eut trop de monde autour d'eux, Eli le prit dans ses bras.

— Il risque d'être effrayé par tous ces pieds autour de lui et submergé par tant d'odeurs qu'il ne connaît pas.

Aurora approuva cette initiative et continua à marcher à côté d'eux. Arrivée devant un marchand de fleurs, elle s'arrêta un moment pour choisir des gerberas orange.

— Ma grand-mère en avait tout plein dans son jardin, je les adore !

Le vendeur lui en fit un gros bouquet qu'elle serra sur son cœur avant d'aller goûter les fromages présentés sur un stand voisin. Eli faillit s'étouffer en goûtant une spécialité très épicée. Heureusement, Aurora avait une gourde d'eau qu'elle mit à sa disposition pour le soulager du feu qui avait pris dans sa gorge.

Ils circulèrent ensuite au milieu des étals de pâtisseries, de pains, de légumes, de poissons...

— J'ai envie d'en acheter pour mon dîner ce soir, déclara-t-elle, tentée par la fraîcheur de la pêche.

Eli se pencha vers elle.

— J'ai une autre proposition à te faire : permets-moi de t'offrir un bon déjeuner après notre rencontre avec les King. Tu n'auras même plus besoin de te soucier de dîner !

Elle leva son visage vers lui.

— Pourquoi pas ? J'accepte avec plaisir.

Ils s'avancèrent ensuite vers un étal de fruits et légumes derrière lequel s'affairait un couple dans la cinquantaine. Un épagneul se cachait sous la table.

Aurora remarqua qu'Eli gardait Bert dans ses bras, même au moment de serrer la main aux King.

— Voici Bert, le chiot dont je vous ai parlé...

Mme King quitta l'arrière de son étalage pour venir parler à Bert qu'elle caressa sur la tête. M. King arriva à son tour pour en faire autant. Bert paraissait un peu dépassé par les événements mais ne montrait aucune agressivité.

Au bout d'un moment, Mme King alla chercher l'épagneul qui était visiblement très timide.

— Viens, Tyler, viens faire la connaissance d'un petit copain !

Eli déposa Bert sur le sol près de Tyler, tout près de lui. Aurora observait avec attention le comportement des deux animaux. Contrairement à ce que beaucoup de gens pensent, beaucoup de chiens sont anxieux. Tyler appartenait incontestablement à cette catégorie. Bert, beaucoup moins réservé, se mit à sauter pour jouer mais Tyler se retira sous la table, la queue entre les jambes. Mme King encouragea Tyler à sortir de sa cachette pendant que M. King s'occupait de leurs clients. Tyler fit quelques efforts mais préféra chaque fois retourner se cacher plutôt que de poursuivre l'interaction. Finalement, tous convinrent de mettre un terme à cette première rencontre.

Eli reprit donc Bert dans ses bras pour traverser le marché encore plus animé qu'à leur arrivée.

— Je sais où je t'emmène, expliqua Eli. Regarde ce pub, avec des tables dans le jardin, ça te conviendrait ? En plus, il offre un espace clôturé pour que les chiens puissent jouer pendant que leurs maîtres déjeunent.

— Idéal ! approuva Aurora.

— Et tu n'auras même pas besoin de regretter le saumon sur lequel tu louchais tout à l'heure parce que la carte propose plusieurs plats à base de poisson.

— Moi, je louchais sur le saumon ? se récria Aurora, horrifiée.

— Bien sûr ! Pas vrai, Bert ?

Ce traître de Bert hocha la tête comme pour approuver Eli.

— Tu vois, insista Eli, même Bert me donne raison.

— Espèce de renégat ! s'écria Aurora à l'adresse du chiot qui n'en pouvait mais.

— Je vais le mettre dans l'enclos pour qu'il puisse se dégourdir les pattes, déclara Eli en se levant pour aller remplir d'eau l'un des bols prévus à cet usage.

Tout de suite, Bert s'en donna à cœur joie, tout heureux de ne plus être porté alors qu'il disposait de quatre pattes jeunes et en pleine forme.

La serveuse leur apporta les menus.

— Je vais prendre de la brème de mer, décida Aurora.

— Et moi, du saumon à la sauce cajun.

Il faisait un temps délicieux. Le soleil frappait fort mais leur table était abritée de ses rayons par un grand parasol. Néanmoins, Aurora sortit un tube de protection solaire de son sac et commença à s'en passer sur les bras et le visage.

— C'est le problème des roux… Il faut toujours avoir son écran total avec soi ! Tiens, tu n'es pas roux mais je t'en propose tout de même. Ça ne peut pas te faire de mal.

Docilement, Eli se tartina lui aussi avant de demander :

— Alors ? Qu'est-ce que tu penses de cette entrevue ?

— Je pense que la réponse est non. Tyler n'est pas capable de supporter un autre chien dans la maison. Il est trop timide. Je pense que sa réaction serait de se retirer encore plus en lui-même.

Eli prit une gorgée de sa bière.

— Je suis complètement d'accord avec toi.

— Que vas-tu dire aux King ?

— Ils adorent Tyler. Je suis sûr qu'ils ont compris eux-mêmes que ce n'était pas la bonne solution. Au moins pour le moment.

Aurora jeta un coup d'œil sur Bert qui tournait comme un fou sur lui-même dans l'espoir vain d'attraper sa queue.

— Je crois que la vitalité de Bert aurait rendu ce pauvre Tyler complètement fou !

Ils se mirent à rire tous les deux.

— Une autre visite est prévue aujourd'hui ? demanda Aurora.

— Non. Il faut que je lise davantage mes dossiers concernant les vaches. Je ne saurais pas dire quoi, mais quelque chose me tracasse à propos de celles de Don Fletcher.

— Tu vas trouver, j'en suis sûre. Au milieu de la nuit, ça va te venir à l'esprit sans que tu saches d'où ça vient.

— C'est comme ça que ça se passe pour toi ?

— Oui. Tout le temps. Par exemple, si dans la journée j'ai rencontré quelqu'un dont je ne retrouve pas le nom, je vais me réveiller la nuit en me souvenant que c'est Sally avec qui j'étais au CM2. Ou un patient de Hawkshead qui a déménagé et que je n'arrive pas à replacer dans son contexte.

— Avec tout ça, ça t'arrive quand même de dormir de temps en temps ? s'amusa Eli.

Un mauvais souvenir traversa la mémoire d'Aurora. Oui, à un moment donné, elle avait perdu le sommeil pendant des mois. Elle préféra l'écarter.

— Oui, je dors comme une bûche. C'est pour cette raison que j'ai un chat plutôt qu'un chien.

— Ah... pourquoi donc ?

— Parce qu'au début, il faut se lever la nuit pour faire sortir le chiot. Moi, je n'arrive pas à me réveiller, même si je fais sonner mon réveil. Pour les chats, c'est différent, une petite litière leur suffit.

— Mais alors, comment tu fais quand tu dois prendre un avion ou un train le matin ?

Un autre souvenir lui revint en tête. Un matin où elle devait partir d'Heathrow pour tourner en Afrique, il avait fallu que le chauffeur de taxi vienne tambouriner à la porte de sa chambre pour la réveiller.

Elle se contenta de rattacher cette anecdote à un festival, sans évoquer le tournage en Afrique.

— Donc, tu aimes les festivals ? releva Eli. Moi, je les adore ! J'y participais souvent quand j'étais jeune. Tu te rappelles celui de Glastonbury qui s'était transformé en un gigantesque bain de boue ? J'y étais !

— L'île de Man... poursuivit-elle en se creusant la tête pour continuer l'histoire qu'elle venait d'inventer.

— C'était quand ? demanda Eli en fronçant les sourcils.

— Je ne sais plus... J'ai juste compris à cette occasion que dormir sous la tente ne me convenait pas du tout.

— Tu n'aimes pas camper ?

— Non.

Et cela au moins, c'était vrai.

— Non, pas du tout, reprit-elle. J'aime mon confort. Avoir l'électricité, le chauffage, un bon lit, une bouilloire... et pire que tout, ce que je déteste le plus au monde, c'est d'être obligée de m'accroupir dans la forêt pour faire pipi !

Eli riait de bon cœur.

— Autrement dit, tu préfères les hôtels cinq étoiles ?

Elle leva vers lui son verre de vin blanc.

— Sans l'ombre d'un doute.

Elle avait un peu honte de ses mensonges. Si elle avait parlé honnêtement de son précédent métier, elle lui aurait parlé des lodges somptueux dans lesquels elle avait été hébergée en Afrique du Sud, au milieu du parc Kruger. Elle aurait pu lui raconter les magnifiques animaux sauvages et les merveilleux vétérinaires qu'elle avait rencontrés là-bas. Mais tout cela malheureusement la ramènerait immanquablement à ce qu'elle voulait oublier : son agression, la traque qu'elle avait subie alors qu'elle avait tant travaillé pour mettre tout cela derrière elle. Encore récemment, après la rencontre avec le propriétaire du chat Arthur, elle était retournée en consultation. Une fois de plus, la thérapeute lui avait dit que ce genre de traumatisme ne s'efface pas en un jour. Hélas.

Alors aujourd'hui, elle ne voulait pas que de sinistres souvenirs viennent gâcher cette belle journée ensoleillée.

Une fois qu'ils furent installés au restaurant, Bert reconnut que les choses ne s'étaient pas passées comme il le souhaitait. Sincèrement, Eli voulait trouver une famille d'adoption pour Bert mais quand il avait découvert que ça ne marcherait pas avec les King, il avait été plus soulagé que contrarié.

Il était en train de changer. De plus en plus il avait envie de connaître Aurora. Anne lui avait confirmé qu'elle était seule dans la vie. Plus il passait de temps avec elle, plus les murs qu'il avait élevés autour de lui pour se protéger se faisaient moins solides. Ou alors, c'était parce qu'il se trouvait dans les locaux de son père qu'il avait cette impression ? Ces retrouvailles n'avaient pas été aussi pénibles qu'il l'avait imaginé. Le travail l'intéressait.

Malheureusement, il continuait à se poser des questions sur l'honnêteté des personnes qui l'entouraient. Il n'était pas responsable de la partie financière de la clinique, qui relevait de Matt, mais ce dernier lui avait confié les cartes de crédit de la clinique en ajoutant que « l'une des filles » gérerait les salaires.

Cet arrangement l'avait fait sursauter. Il ne souhaitait pas interférer avec l'organisation habituelle de la clinique, mais il estimait tout de même qu'il allait de sa responsabilité de s'assurer que tout fonctionnait honnêtement. Faire confiance aux gens en matière financière ne lui venait pas spontanément. Il avait déjà mis une clinique en faillite, il n'avait aucune envie d'être à l'origine d'une nouvelle catastrophe.

Jusqu'à présent, il n'avait reçu qu'une seule demande pour le poste proposé à la clinique, de la part d'une personne qui ne serait diplômé que six mois plus tard. Comme lui-même passait des nuits à chercher des postes libres sur Internet dans le cas de sa prochaine mutation, c'était facile d'imaginer que les autres vétérinaires en faisaient autant. Comment mettre en compétition la banlieue d'Edinburgh avec le climat de San Diego ou le dépaysement du bush en Australie ?

Dans l'enclos où il jouait, Bert laissa échapper un petit jappement. Eli se tourna vers leur petit chien.

Leur petit chien ? Le petit chien de la clinique, bien sûr. Il frissonna tout de même.

— Tu as froid ? remarqua Aurora qui se tenait près de lui.

Aujourd'hui, ses cheveux roux retombaient sur ses épaules, son regard vert lui faisait un effet laser. Pourtant, il s'appliquait à ne pas remarquer à quel point elle était attirante. Voyons… son expérience précédente ne lui avait donc rien appris ?

Il reposa son couteau et sa fourchette.

— Non, pas du tout. Tu veux un autre verre de vin ?

— Non, merci.

Elle tourna la tête vers l'enclos.

— Regarde, un labrador noir vient d'arriver…

Eli se hâta d'aller récupérer Bert. Il lui remit sa laisse et l'attacha près d'eux.

— Surveille-le pendant que je vais régler.

En revenant, il décida de profiter encore de cette belle journée de liberté.

— Aurora, il y a peut-être quelque chose que tu aimerais découvrir par ici ?

Aurora se carra dans sa chaise pour réfléchir un moment.

— J'ai aperçu une librairie dans la rue. Ça me plairait assez d'acheter un livre.

— Bonne idée. Il y aura moins de monde en ville qu'au marché. On va voir comment se comporte Bert.

Ils s'avancèrent donc sur le sol pavé de galets, dans la petite rue pittoresque. Les devantures des magasins étaient anciennes, peintes de couleurs différentes. Certaines avaient installé des jardinières au premier étage, ce qui donnait à l'ensemble des allures de jardin suspendu.

— On se croirait dans une carte postale tellement c'est joli ! déclara Aurora.

Un instant plus tard, elle s'arrêta devant une boutique de vêtements.

— Tu as envie d'ajouter une pièce à ta garde-robe ? demanda Eli sur le ton de la plaisanterie.

— Exactement, monsieur Ferguson. Du fond de la vitrine, un petit chemisier rose vient de me faire un clin d'œil ! Attends-moi, j'en ai pour deux minutes.

Eli la regarda pénétrer dans le magasin et commencer à parler avec la caissière qui alla décrocher le chemisier en question. Après avoir consulté l'étiquette, Aurora fit un signe d'approbation et deux minutes après, elle retrouvait Eli dans la rue.

— Dis donc, tu as vite fait ton affaire, s'étonna Eli.

— Oui. Mes copines me détestent pour ça. Quand je vois quelque chose qui me plaît, si c'est ma taille, si c'est mon prix, j'achète et on n'en parle plus.

— On devrait te décerner une médaille !

Aurora ouvrit de grands yeux.

— Tu sais quoi ? Elle existe, cette médaille !

— Vraiment ?

— Oui. Elle a la forme soit d'un livre, soit d'une boîte de chocolats.

Cela dit, elle entra dans la boutique voisine d'où elle ressortit, une petite boîte blanche dans les mains.

— Ne me demande pas ce que c'est. C'est une surprise pour le trajet du retour.

Arrivés devant la librairie, Eli proposa à Aurora d'y entrer seule.

— Je t'attendrai dehors avec Bert.

— Non, je vais rester dehors moi aussi. Je vais me régaler à fouiller dans ces étalages en plein air.

Du coup, Eli se mit à en faire autant. Assez vite, il en retira un livre à la couverture bleue décolorée.

— Tu as déjà trouvé quelque chose ?

— Oui, un livre qui raconte un vieux naufrage.

Il eut un petit sourire d'excuse.

— C'est ma faiblesse...

— J'aurais plutôt imaginé que tu recherchais des vieux livres de vétérinaires.

— Non, ça, c'était la passion de mon père. Et toi, il y a un sujet qui te passionne ?

— Moi, c'est l'Égypte. J'adore son histoire, sa civilisation, sa culture...

Eli regardait parler Aurora. L'excitation avait rosi ses joues, ses yeux brillaient de plaisir, plus verts que jamais. Puis, brusquement, elle planta son regard dans le sien et ils restèrent plantés là, comme deux piquets fichés dans le sol, insensibles aux allées et venues qui les environnaient, aux bruits de la rue, aux cris des enfants. Ils étaient seuls au monde. Lui et elle. Elle et lui.

Et puis... un petit corps tiède bougea contre la jambe d'Eli, ce qui l'arracha à l'envoûtement dans lequel il était tombé.

— Tu crois que tu vas en trouver un sur l'Égypte dans ce tas ?

Avec un regard de professionnelle, elle parcourut le dos des livres exposés en quelques minutes.

— Non, il n'y a rien.

— Tu as eu vite fait !

— Oui. Je n'aime pas perdre mon temps.

— Tu veux qu'on entre ?

Elle jeta un coup d'œil sur Bert qui se cachait sous une table.

— Je vais entrer seule me chercher un policier pour lire ce soir. Je réglerai ton livre en même temps.

Deux minutes plus tard, elle revenait, un livre à la main, toute souriante.

— J'ai trouvé un nouveau roman qui va me faire frissonner d'angoisse ! L'action se passe sur un bateau de croisière. Une femme se réveille un matin. Elle est seule. Tout le monde est parti. Tu te rends compte ?

— Ça a l'air super... Je te l'emprunterai quand tu l'auras fini. Combien je te dois ?

— Rien du tout. Cadeau. Point final.

— Alors, grand merci.

Il jeta un coup d'œil sur Bert.

— Je crois qu'il est temps de rentrer. Il fait de plus en plus chaud, je ne veux pas le laisser marcher trop longtemps sur le bitume brûlant.

Il se baissa et reprit le chiot dans ses bras.

Aurora lui tapota la tête.

— Ne t'inquiète pas, Bert, nous allons te trouver une bonne famille, j'en suis sûre ;

— Tu as déjà eu un chien ? demanda Eli.

— Oui et non. Mes parents ont acheté un labrador quand j'étais jeune mais ils ne pouvaient pas vraiment s'en occuper. Finalement, c'est ma grand-mère qui a pris Max chez elle et comme je venais chez elle tous les jours après la classe, j'ai souvent pris soin de lui.

— Ça se passait bien ?

— Super bien. J'ai eu beaucoup de peine quand il est mort.

Au moment de monter dans la voiture, Eli regarda Aurora avec insistance.

— Si tu pouvais amener ton chien à ton travail, est-ce que tu envisagerais d'en avoir un maintenant ?

— Qu'est-ce que tu veux dire ?

— J'ai arrangé les niches qui sont dans la cour. Bert paraît tout content de courir dans l'enclos pendant la journée...

— Tu veux que j'adopte Bert ?

Eli avait essayé de tourner sa proposition de manière discrète. Apparemment, ce n'était pas un succès.

— Peut-être...

— Mais l'hiver ? Il est hors de question qu'il reste dehors quand il y aura de la neige. Et quand tu partiras, rien ne dit que le nouveau vétérinaire appréciera qu'un membre de l'équipe amène son chien à la clinique tous les jours.

— Qui sait ? Il ou elle sera peut-être enchanté !

Aurora fit la grimace.

— Pas quand nous serons obligés de passer des heures sur une intervention et que la pauvre bête sera obligée de rester là pendant tout ce temps.

Eli soupira.

— C'est vrai. En attendant, Bert ira dans une niche dans la cour. Au moins, nous savons qu'il y est en sécurité.

Une fois installés dans la voiture, Aurora ouvrit la boîte blanche en carton.

— Tiens, j'ai acheté des doughnuts à la fraise. Ça te tente ?

— Mmm… en plus, ils sont assortis à ton chemisier !

Il croqua dans son gâteau, puis reprit la conversation.

— Dis-moi au moins que tu y réfléchiras…

— À quoi ? À adopter Bert ?

Il fit oui de la tête.

— Tu auras peut-être envie de le garder et de l'emmener avec toi quand tu partiras…

Eli jeta un coup d'œil dans le rétroviseur. Le petit chien s'était calmement endormi sur le siège arrière.

— Ça serait trop compliqué. Surtout si je repars à l'étranger.

— Si je comprends bien, tu n'en as pas encore fini avec ta fuite en avant ?

— Je ne fuis pas.

— Ah bon… j'aurais cru, répliqua-t-elle, ironique. Si tu ne fuis pas, pourquoi est-ce que tu envisages de prendre encore un emploi au loin ?

Eli avala sa salive. Il pourrait lui dire la vérité. Il pourrait lui expliquer qu'il avait ouvert sa propre clinique en Angleterre mais qu'il avait fait faillite parce qu'on l'avait arnaqué. Mais il lui sembla que pareille histoire n'était pas vraiment glorieuse et il préféra s'abstenir.

— Pourquoi tout simplement ne pas t'installer dans la clinique de ton père ? demanda-t-elle, comme si cela coulait de source.

Pour Eli, ce fut aussi violent qu'un seau d'eau froide reçu en plein visage.

— C'est hors de question !

Aurora aurait pu développer mille arguments en faveur de cette option. Elle s'abstint prudemment. Le visage d'Eli s'était crispé, ses mains agrippaient le volant, le doughnut était oublié sur ses genoux.

Il respira profondément. C'était la première fois depuis longtemps qu'il passait une journée agréable. Inutile de la gâcher maintenant.

— Promets-moi seulement que tu penseras à ma proposition au sujet de Bert.

Aurora se mit à rire.

— Tu tiens à ce que mon futur patron me vire de sa boîte ?

Eli lui adressa un clin d'œil.

— Ne t'inquiète pas. J'écrirai noir sur blanc dans ton contrat que tu as le droit d'amener ton animal de compagnie au travail.

Aurora se laissa aller dans son siège.

— D'accord, je te promets d'y penser. Mais c'est tout : d'y *penser.*

Le paysage défilait à côté d'eux.

Eli souriait.

5

Aurora ne savait plus trop où elle en était.

L'après-midi passé en compagnie d'Eli avait suscité en elle une quantité de sentiments étranges. Pour commencer, elle n'avait pas imaginé qu'elle s'amuserait autant. Ensuite, ces bons moments lui avaient donné envie de le connaître davantage.

Et elle devait bien s'avouer qu'elle avait été très déçue quand il avait catégoriquement affirmé qu'il ne resterait pas dans la clinique de son père. Sa voix avait d'ailleurs pris un ton lourd de sens. Beaucoup de non-dits y étaient restés en suspens.

Machinalement, elle décrocha le téléphone qui venait de sonner.

— Clinique Ferguson et Green, je vous écoute.

— Je souhaite parler à Aurora, s'il vous plaît.

Elle hésita avant de répondre.

— De la part de qui, je vous prie ?

— De Fraser. Fraser Dobbs.

— La clinique vous a rappelé, monsieur Dobbs, et vous a laissé un message à propos d'Arthur.

— Je souhaite parler à Aurora.

— C'est moi-même, monsieur Dobbs.

Aussitôt, le client se lança dans une logorrhée à propos d'Arthur et de la nécessité impérative pour lui d'obtenir un rendez-vous.

Aurora s'efforça de ne pas se laisser envahir par ses mauvaises expériences passées en se disant que cet homme était tout simplement très inquiet à propos de son chat. Elle répondit à ses questions, lui expliqua tout ce qui pouvait l'être, mais chaque fois son interlocuteur formulait la même demande : il voulait ramener Arthur à la clinique et la rencontrer en personne.

Cette insistance plongea Aurora dans le malaise. Son alarme intérieure résonnait. Elle ne voulait pas refuser un client mais en même temps, elle tenait à s'assurer qu'elle ne se trouverait pas seule avec lui.

Elle lui demanda si sa compagne viendrait également au cas où elle aurait elle aussi des questions à poser, mais Dobbs répondit qu'il viendrait seul car elle se désintéressait de la question.

Finalement, Aurora lui accorda un rendez-vous la semaine suivante, à un moment où elle savait qu'Eli se trouverait à la clinique. D'ailleurs, elle lui en parlerait. Puis, elle se ravisa, craignant qu'Eli la soupçonne de ne pas vouloir travailler avec les clients difficiles.

Sur ces entrefaites, Bert apparut en trottinant devant le comptoir et elle se pencha pour le caresser.

— Vilain ! Oh ! que c'est vilain ! grondait la voix d'Eli qui apparut, un chiffon à la main.

— C'est à Bert que je parlais, expliqua-t-il.

Une petite mare étincelait sur le carrelage.

Aurora souleva Bert dans ses bras.

— Notre nouveau vétérinaire ne sait pas qu'on ne gronde pas un petit chien qui a fait pipi à l'intérieur ? On se contente de le faire sortir et on nettoie sans faire d'histoires.

— C'est tout de même la quatrième fois de la matinée que l'incident se produit, grommela Eli. Et que je nettoie sans faire d'histoires !

Aurora le laissa se débrouiller et amena Bert dans la cour où tout de suite il leva la patte.

— Très bien, Bert ! Bravo !

Et elle lui donna une friandise.

— Il se moque de moi ! assura Eli qui les avait rejoints. Il fait pipi dedans, je le mets dehors. Il fait pipi dehors, je le récompense. Je le fais rentrer, il me regarde dans les yeux, et hop, il recommence !

— Tu as oublié à quel point l'apprentissage de la propreté est une tâche contraignante ? Il y a longtemps sans doute que tu n'as pas eu de jeune chien.

— C'est vrai. Il m'est plus souvent arrivé de recueillir à la clinique de vieux chiens dont les maîtres ne pouvaient plus s'occuper. On leur accordait quelques mois de vie supplémentaire, c'était gratifiant.

Aurora avait écouté avec attention.

— Je découvre que sous tes dehors râleurs, tu as finalement un bon petit cœur…

— Envers les animaux ? Bien sûr !

— Et avec les gens ? ne put-elle s'empêcher de demander.

Eli fronça les sourcils.

— Quand on se consacre beaucoup aux animaux, il ne reste pas beaucoup de place pour les gens…

Pareille réponse ne satisfit pas Aurora.

— Allons, tu ne vas pas me faire croire que pendant tes séjours en Floride, Espagne, France, etc., tu n'as jamais eu de petite amie ?

Eli se mit à sourire.

— Tu as gardé bonne mémoire de mes affectations !

— En effet. J'attends ton compte rendu.

— Eh bien…, reprit Eli, j'ai fréquenté quelques jeunes femmes dans les différents endroits que tu as mentionnés. Mais j'ai vite compris qu'il valait mieux ne pas mélanger vie professionnelle et vie privée.

Pour Aurora, cette affirmation fit l'effet d'un rappel à l'ordre. En même temps, elle sentit qu'une histoire douloureuse se cachait là-dessous. Eli paraissait blessé. Ce qu'il ne saurait jamais, c'est que ses mots résonnaient profondément chez Aurora.

— Et toi, Aurora ? Tu as connu des mésaventures de ce genre ?

— J'ai fréquenté quelqu'un une fois au travail et ça n'a pas très bien marché. Ça m'a paru compliqué de continuer à voir cette personne tous les jours après notre rupture.

Eli laissa échapper un très long soupir, suivi d'un petit rire ironique.

— Je te comprends très bien !

Elle s'attendait à ce qu'il lui donne davantage d'explications mais il se contenta de s'étirer.

— La suite, au prochain numéro ! ajouta-t-il.

Machinalement, elle avait tourné la tête vers le pub où ils avaient déjeuné ensemble. Il l'y avait invitée en amie, pas en collègue… Elle préféra ne plus y penser.

Eli était son patron pour une courte période. Il lui cachait certains épisodes de sa vie, mais elle-même en faisait autant. Rien de tout cela ne pouvait laisser augurer une relation saine.

Tout d'un coup, elle se mit à sourire.

— Qu'est-ce qui t'amuse ? demanda Eli.

— Un drôle de souvenir. J'étais venue dans un pub retrouver un garçon avec lequel une amie m'avait mise en relations. Quand je suis arrivée, il avait déjà tellement bu qu'il s'est écroulé sur la table et a renversé toutes les chopes.

— Il y a de quoi mourir de honte ! Tu crois qu'il s'est remis de cet exploit ?

— Parfaitement. J'ai dansé à son mariage l'an dernier. Finalement, il a épousé l'amie commune, et dans son speech le jour du mariage, il a même évoqué cette scène comme étant l'un des bons souvenirs de sa jeunesse.

Bert qui en avait terminé avec ses besoins revint près d'eux et sauta dans les bras d'Eli.

— Eh bien, dis donc, tu es champion de saut en hauteur !

Comme le téléphone sonnait, Aurora alla répondre, suivie par Eli qui portait Bert.

— Bonjour, Marianne. Comment va Matt ? Bien ?

Elle s'interrompit un instant.

— Oui, Eli est avec moi… Je lui demande s'il est libre pour vous faire une petite visite cet après-midi.

Eli hocha la tête tout de suite.

— Oui, bien sûr.

— Aujourd'hui ? demanda Aurora.

Eli approuva de nouveau d'un signe de tête.

— Alors c'est parfait. Nous arriverons dans une heure environ. Tu as besoin de quelque chose ?

Marianne commençait à dire « non » quand un petit bruit retint l'attention d'Aurora. Elle comprit que Marianne pleurait.

— Nous serons bientôt près de toi, Marianne. N'hésite pas à me demander quoi que ce soit. Je peux très facilement de ramener ce qu'il te faut tout à l'heure.

Elles parlèrent encore un moment, puis Aurora raccrocha.

— J'ai l'impression que Marianne ne va pas bien, dit Eli.

— C'est vrai. Elle a appelé parce que Matt se fait du souci. Il estime qu'il n'a pas laissé les dossiers suffisamment en ordre et il veut te parler. Il regrette de ne pas avoir mis ses notes à jour.

— Tu sais où il rangeait son carnet ?

— Oui. Dans le tiroir de ton bureau.

Eli alla chercher le carnet en question et commença à le feuilleter en souriant.

— Matt est aussi brouillon que moi. Il griffonne partout où il y a un espace de libre.

— Marianne dit qu'il dort beaucoup depuis qu'il est arrivé au milieu de son traitement, poursuivit Aurora pendant qu'Eli continuait à feuilleter le carnet.

— Tu sais, je me demande... poursuivit-elle.

— Qu'est-ce que tu te demandes ?

— Quand nous irons chez eux, nous allons passer devant leur restaurant préféré. Je sais quels sont leurs plats préférés. Si nous leur apportions un dîner tout prêt ?

— Excellente idée !

Brusquement, Eli laissa échapper un cri de surprise.

— Qu'est-ce qui t'arrive ?

Elle s'approcha et découvrit par-dessus son épaule le mot qui l'avait fait réagir.

Blaireau ?

Blaireau, avec un point d'interrogation à côté.

Eli ferma les yeux un instant.

— Il y a longtemps que le bétail des Fletcher a eu ses tests pour la tuberculose ?

Aurora sentit sa bouche devenir sèche. La tuberculose bovine est une maladie très grave. Des troupeaux entiers peuvent être détruits, des fermiers ruinés. En Angleterre, les blaireaux font partie des espèces protégées bien qu'ils puissent avoir la tuberculose et la transmettre. Soit par leur urine, leurs déjections ou en causant des blessures. Si des bovins entrent en contact avec des blaireaux infectés ou boivent de l'eau contaminée par eux, la tuberculose peut passer d'une espèce à l'autre.

— Tu crois que c'est ce que Matt soupçonnait ?

— C'est possible. Les symptômes concordent mais ils peuvent aussi correspondre à d'autres maladies.

— C'est de cela sans doute qu'il veut te parler.

— Sûrement.

Il reposa le carnet sur le bureau.

— Tu veux peut-être te changer avant de sortir ?

— Oui. Est-ce que je peux utiliser la salle de bains du haut ?

— Bien sûr.

— Je serai vite prête. Ensuite, nous nous arrêterons au restaurant et au supermarché sur le chemin.

— Parfait.

Quand elle redescendit, Aurora avait enfilé le chemisier rose acheté le jour précédent, un jean propre et laissé ses cheveux libres. Pendant ce temps, Eli avait préparé une liste des questions qu'il souhaitait poser à Matt, bien conscient toutefois que ce dernier ne serait peut-être pas en état de lui répondre. À son tour, il monta à la salle de bains, passa une chemise propre et s'efforça de discipliner sa chevelure rebelle. D'après la conversation qu'il venait d'entendre, il était heureux de savoir qu'Aurora était proche de Matt et Marianne.

Aurora faisait plaisir à voir dans son chemisier neuf dont la couleur rose pâle exaltait le roux profond de ses cheveux et mettait en valeur le vert de son regard. Aujourd'hui, elle s'était légèrement maquillée. Eli la trouva aussi belle qu'une star de cinéma.

Encore une fois, il éprouva l'étrange sentiment de l'avoir déjà rencontrée, mais une fois de plus, il fut incapable de se souvenir d'où il avait pu l'apercevoir.

Le long du trajet, la conversation s'installa tout naturellement, à propos des livres qu'ils lisaient mais aussi des souvenirs d'Eli relatifs à des situations bizarres que son père et Matt avaient dû régler quand il était enfant.

Ils firent une halte au supermarché pour acheter quelques fournitures de base susceptibles de dépanner Marianne, essentiellement du lait, des pâtes, des légumes et des fruits frais pendant qu'Eli en profitait pour filer au rayon livres.

— Je vais m'approvisionner en polars !

Avant d'arriver à la caisse, ils passèrent devant la gondole réservée au chocolat.

— Oh ! J'aperçois la marque préférée de Marianne, remarqua Aurora. Chocolat amer, 85 % de cacao... C'est délicieux et bon pour le moral, je lui en fais une provision.

Ils rangèrent leurs achats dans le coffre de la voiture et passèrent ensuite au restaurant où elle commanda les plats préférés de Matt et Marianne.

Eli posa la main sur le bras d'Aurora.

— Au retour, je te propose que nous nous arrêtions ici pour dîner.

Comme Aurora ne répondait pas tout de suite, il réalisa qu'elle avait le regard fixé sur sa main.

— Euh... pardon ! se hâta-t-il de dire en la retirant vivement.

Aurora détourna le regard en rougissant.

Une fois leur commande placée dans des assiettes isothermes, ils la réglèrent et regagnèrent la voiture. Eli se sentait un peu nerveux car il n'avait pas revu Matt depuis l'enterrement de son père, mais la maison lui parut tout de suite familière, depuis les six marches de granit qui menaient à la porte peinte en gris bleu, jusqu'à la fenêtre aux volets grands ouverts.

La sonnerie de la cloche résonna familièrement à ses oreilles et lui donna envie de sourire car elle lui rappelait de bons souvenirs. Il avait toujours aimé Marianne et Matt.

Une fois à l'intérieur, Marianne se répandit en remerciements pour les provisions qu'Aurora leur apportait. Elle plaça les assiettes dans le four pour qu'elles conservent leur chaleur.

— Matt vient juste de prendre ses médicaments, nous allons leur laisser le temps d'agir avant de lui proposer son repas.

— Comme tu ressembles à ton père ! s'exclama-t-elle en considérant Eli avec tendresse, puis en le prenant dans ses bras.

Les odeurs familières de la maison et l'accueil chaleureux de Marianne mirent instantanément Eli à l'aise.

— Vous m'avez beaucoup manqué tous les deux, déclara-t-il d'une voix profondément sincère.

Marianne comprenait exactement ce qu'il voulait dire par là car elle avait été témoin de toute son histoire. Elle n'avait jamais émis le moindre reproche à l'égard de son ami David, le père d'Eli, mais elle n'en était pas moins consciente de ses défauts.

Malgré la tiédeur de cette journée d'été, le feu était allumé dans la cheminée de la pièce à vivre. Matt était couvert d'une grande couverture rouge. Son traitement devait le rendre très sensible au froid. Eli le trouva très pâle, très amaigri. Aurora s'avança vers lui et déposa un baiser affectueux sur sa joue.

— Bonjour, Matt. Tu nous manques énormément à la clinique !

Elle cita aussitôt le nom des patients qui demandaient de ses nouvelles et lui souhaitaient de revenir bien vite reprendre son poste.

Eli comprit à cet instant l'avantage que représente une position stable. Les patients apprennent à vous connaître, ils demandent de vos nouvelles quand vous êtes absent... Avec sa façon de travailler, jamais personne ne s'était soucié de savoir s'il était malade ou parti pour un autre poste.

Il s'assit sur le tabouret placé à côté du fauteuil de Matt.

— Quel plaisir, Eli, de te retrouver ! dit Matt d'une voix faible.

Ému, Eli posa la main sur celle du malade. Une foule de bons souvenirs lui revenait en mémoire. Il était souvent resté chez eux pour de petites vacances et toujours reçu leurs encouragements pour son travail scolaire ou les manifestations sportives.

— Moi aussi, je suis heureux de vous revoir !

Sans avoir besoin de regarder les radios ou les résultats des scanners, il comprenait que Matt n'allait pas bien du tout. Le visage de Marianne en disait long aussi sur son inquiétude.

Ils n'avaient pas eu d'enfant. Ils s'étaient occupés des nièces et des neveux de Marianne mais c'est d'Eli qu'ils avaient été les plus proches, lui qu'ils avaient toujours soutenu.

Très vite, Matt se mit à parler de la clinique. Il souhaitait mettre les choses au clair. Eli sortit de sa poche le carnet qu'il avait trouvé dans son tiroir. Aurora en profita pour les laisser en tête à tête et rejoindre Marianne dans la cuisine l'aider à déballer le marché.

— Je suis allé hier faire un tour à la ferme des Fletcher, déclara Eli.

L'esprit de Matt était toujours aussi vif. Il n'eut pas besoin d'explications supplémentaires pour comprendre de quoi il s'agissait.

— Leurs vaches sont encore malades ?

Eli fit signe que oui.

— J'ai retrouvé quelques-unes de tes notes mais elles ne sont pas très claires.

— C'est à cause des blaireaux, Eli. Piste les blaireaux. Le prochain contrôle de la tuberculose est prévu le mois prochain.

Le cœur d'Eli se fit lourd. Il espérait qu'il avait déjà eu lieu, mais puisque ce n'était pas le cas, il devrait affronter la tuberculose bovine.

— Je m'en occuperai, assura-t-il.

Matt aurait aimé parler bien davantage mais il se laissa retomber contre ses coussins.

— Très bien, dit-il simplement.

Par contre, il regarda Eli dans les yeux.

— Dis-moi… tu as réussi à tourner la page de cette sale histoire ?

Eli comprit immédiatement à quoi Matt faisait allusion.

— Pas vraiment. La clinique a fait faillite. Iona va passer au tribunal si jamais on la retrouve et moi, je me retrouve avec une montagne de dettes.

— Et l'équipe ?

— J'ai utilisé mes économies pour payer leurs salaires. J'ai compris qu'il fallait aller vite, je l'ai donc fait en priorité. Je leur ai donné à tous des références avant de plier boutique.

— Tu aurais pu me demande de l'aide !

— Pour pallier ma stupidité ? Matt, j'ai fait confiance à une personne qui m'a volé mon gagne-pain. C'est moi qui ai causé ce désastre, c'est à moi de m'en sortir.

— J'aurais pu t'aider, déclara Matt d'une voix que la maladie rendait tremblante.

— Je sais que tu l'aurais fait, mais je peux rebondir. Il suffit que je mette bien au clair tes parts et celles de mon père dans la clinique. Cela fait, je partirai ailleurs et je verrai bien ce qui se passe.

— Eli... reprit Matt de sa voix fatiguée. Réfléchis. Ici, tu as une clinique. Tu as une équipe. Tu es entouré d'une communauté où beaucoup de gens te connaissent depuis que tu es né.

Que répondre à cela ? Pour rien au monde Eli ne voulait faire de peine à son vieil ami mais il ne se sentait pas capable de lui expliquer à quel point cette clinique lui rappelait des souvenirs qu'il voulait oublier.

— Non, Matt, je ne peux pas. Pas maintenant.

Les rires de Marianne et Aurora leur parvinrent de la clinique.

— Qu'est-ce que tu penses d'Aurora ?

Eli laissa échapper un petit rire embarrassé.

— C'est une bonne assistante.

— C'est aussi mon avis. J'ai peur qu'une autre clinique ne nous la souffle. Elle avait reçu plusieurs propositions, en particulier d'un vétérinaire de Hawkshead qui avait été impressionné par sa compétence. Finalement, c'est nous qu'elle a choisis, acheva-t-il avec un large sourire.

Eli avait envie d'en savoir un peu plus au sujet d'Aurora.

— Elle me paraît bien jeune pour avoir décidé de s'installer ici toute seule. Elle a de la famille dans le coin ?

Matt secoua la tête.

— Non. Elle vient de Liverpool. Je crois d'ailleurs que ses parents vivent toujours là-bas.

Eli comprenait pourquoi cet accent ressortait de temps à autre.

— Elle est mariée ?

Matt se pencha vers Eli, une étincelle dans le regard. Brusquement, Eli retrouva le Matt qu'il avait toujours connu, pétillant de malice et de gentillesse.

— Pourquoi me poses-tu cette question ? Est-ce que par hasard Aurora Hendricks t'aurait tapé dans l'œil, Elijah ?

Eli fit la moue.

— Je t'en prie, Matt, ne m'appelle pas Elijah quand nous parlons sérieusement !

— En effet, il s'agit bien d'une affaire sérieuse. Aurora est une belle fille, elle a un cœur d'or…

Il laissa la phrase en suspens avant de reprendre :

— Peut-être trop bon pour toi !

Eli jeta un coup d'œil en direction de la cuisine en se mettant à rire. Matt l'avait toujours taquiné. Il était heureux de constater que la maladie ne l'avait pas privé de ce trait de caractère.

— Elle est très gentille. Attentive. Et passionnée par les animaux.

Sur ces entrefaites, Marianne arriva en apportant les assiettes chaudes sur un plateau.

— Regarde ce qu'Aurora et Eli nous ont amené de chez Eldershaw, notre restaurant préféré.

Eli se mit debout, rapprocha la petite table de Matt pour que son assiette soit à sa portée et l'embrassa sur la joue.

— Matt, profite de ton repas ! C'était un plaisir de passer ce moment avec toi. Je reviendrai bientôt.

Matt prit la main d'Eli dans la sienne et la pressa fort.

— Tu sais que je t'aime, Eli.

— Moi aussi, je t'aime, Matt. Et Marianne aussi.

Il embrassa cette dernière et se dirigea vers la porte.

Une fois dehors avec Aurora, ils s'accordèrent un instant pour retrouver un souffle normal après cette entrevue lourde d'émotion.

— Ça va, maintenant ? demanda Eli quelques minutes plus tard.

— Oui. La preuve, c'est que je commence à avoir très faim !

Ni l'un ni l'autre n'avait envie de s'avouer qu'ils avaient trouvé Matt très faible.

Au restaurant, on les installa devant une fenêtre qui donnait sur le jardin. Le soleil qui commençait à descendre à l'horizon leur offrit le spectacle grandiose de ses rayons orange et rouges dardés à travers le ciel sombre. Ils prirent le temps de se remettre de ce qui avait été une visite éprouvante malgré le réconfort qu'ils s'apportaient l'un à l'autre.

— Si tu veux, je conduirai pour le trajet du retour, proposa Aurora en consultant son menu.

— Pourquoi cette question ?

— Parce que tu connais Matt depuis toujours. J'ai bien vu que le changement que tu as observé chez lui te bouleversait. Il me semble que ce serait bien que tu manges tranquillement en profitant d'une bonne bière avec ton repas.

Tant de compréhension et de considération touchèrent vivement Eli.

— Ce serait quelque chose que j'apprécierai volontiers, merci d'y avoir pensé.

En effet, une sarabande d'idées plus ou moins agréables tourbillonnait dans sa tête. Depuis qu'il était de retour à la clinique de son père, les souvenirs le submergeaient. Les mauvais se mêlaient à l'affection qu'il éprouvait toujours pour ce dernier. Depuis la perspective adulte qui était la sienne désormais, il réalisait qu'il avait été un enfant négligé. Négligé par un homme qui avait toujours accordé la priorité à son travail. À cela se mêlaient sa déception professionnelle récente et sa colère d'avoir été manœuvré au point que la seule issue possible avait été de payer ses employés avec ses économies. Désormais, il avait perdu la faculté de faire confiance aux gens et cela affectait sa vie au quotidien.

Pourtant, quand il regardait Aurora, il ne restait pas indifférent. C'était plus fort que lui. Quelque chose d'immatériel rayonnait de l'un à l'autre, prêt à s'enflammer.

Le garçon vint prendre leur commande.

Il regarda Aurora.

— Tu me conseilles de choisir ce que tu as pris pour Matt et Marianne ?

— Tout à fait. Leur gratin crémeux de haddock fumé aux oignons et aux pommes de terre est un pur délice. C'est ce que je vais prendre moi aussi.

Autour d'eux, l'ambiance était calme. Les gens parlaient à voix basse. Il n'y avait aucune grande tablée bruyante. C'était tout à fait ce qui convenait à Eli.

— Qu'est-ce que tu fais normalement le vendredi soir ?

— Je lis... je regarde la télé, je joue avec mon chat...

— Tu ne sors pas faire la fête avec des amis ?

— Je l'ai fait quand j'étais plus jeune mais j'en ai moins envie maintenant. Parfois, je passe la soirée dans un wine-bar ou je me rends dans un observatoire d'où l'on peut regarder les étoiles. Ça me permet de réaliser à quel point notre planète est petite.

— Une fois, j'ai passé une nuit au musée avec ma classe. J'ai dormi à côté d'un dinosaure.

— Quelle expérience !

— Oui, mais pas dans le sens que tu crois. Le copain qui dormait à côté de moi ronflait et un autre à fait pipi dans son pantalon. Ça a un peu gâché la fête...

— J'aurais bien aimé passer la nuit à me demander quel genre de vie nous aurions mené si nous avions vécu à la même époque qu'eux.

Elle le regardait par-dessous ses longs cils. Eli appréciait sa compagnie discrète et élégante. La conversation se déroulait sans contrainte, la nourriture était délicieuse, les deux heures passèrent comme un enchantement. Eli commençait à se sentir en paix.

En regagnant la voiture, il se tourna vers Aurora.

— Je crois que je dois m'habituer à l'idée que Matt ne rentrera pas de sitôt à la clinique pour former le nouveau vétérinaire...

— Alors, dans quelle situation ça nous met ?

Eli serra la mâchoire.

Nous... Elle avait dit *Nous*. Bien sûr, il savait qu'elle faisait allusion à la clinique, mais cela n'empêcha pas sa peau de picoter sur tout son corps. Serait-il jamais disponible pour un nouveau « *Nous* » ?

Il y avait très peu de circulation sur la route. Aurora mit la radio en marche sur une chaîne qui diffusait de la soul music qui les accompagna jusqu'à la clinique où était garée la voiture d'Aurora.

Pendant le trajet, Eli avait envisagé toutes les possibilités qui s'offraient à lui. Aucune ne le rendait heureux. Ou du moins, c'est ce qu'il en pensait.

Il essaya de les formuler à voix haute en espérant que cela l'aiderait à voir clair.

— Je n'avais pas prévu de rester à la clinique de mon père, mais si je veux qu'elle continue à fonctionner, il me faut rester une année après le recrutement du nouveau vétérinaire. Au moins une année.

— Tu en parles comme s'il s'agissait d'une condamnation à la prison, réagit Aurora.

Ces mots crispèrent Eli.

— Ce que tu ne sais pas, c'est que j'ai des souvenirs très ambivalents de cet endroit. Après la mort de ma mère, mon père a eu du mal à s'organiser, mais pour parler honnêtement, j'ai vite compris qu'il préférait son travail à son fils. Il m'a laissé tomber pour pleins d'occasions qui sont importantes pour un enfant : les fêtes de fin d'année à l'école, les matchs de foot, les sorties avec la classe...

Aurora lui jeta un regard de biais.

— Il avait quelqu'un pour l'aider ?

— Matt et Marianne, heureusement. Chaque fois que quelque chose d'important pour moi se profilait, un concert de l'école, un examen... mon père trouvait toujours une excuse pour ne pas être là. Ça pouvait être une opération importante, une urgence, ou bien il avait oublié de le noter dans son calepin… bref, je sais que Matt et Marianne le lui rappelaient, que Matt se proposait pour faire le travail prévu à la clinique, mais cela ne suffisait pas.

Arrivé là, Eli ferma les yeux un moment.

— Je me souviens même d'une conversation que je n'étais pas censé entendre dans laquelle il demandait à Matt de changer de garde avec lui pour qu'il ne puisse pas m'accompagner.

— Ah… souffla Aurora.

Eli ouvrit les yeux et fixa son regard sur l'horizon.

— Alors, Matt et Marianne venaient à sa place. C'est chez eux aussi que je dormais lorsqu'il était appelé au milieu de la nuit. Ils ont été super avec moi, mais dans le fond, je crois que l'attitude de mon père les frustrait autant que moi !

— Peut-être que tu lui rappelais trop ta mère ?

Il se tourna vers Aurora, découvrant sur son visage et ses cheveux les derniers vestiges de la lumière mauve du soir.

— Je me le suis demandé, mais en fait, je ne ressemble pas à ma mère.

— Tu as peut-être ses manières, les mêmes habitudes qu'elle. Je sais que je ressemble beaucoup à ma grand-mère et parfois, quand je m'entends dire quelque chose, il me semble que c'est elle qui parle par ma bouche.

— C'est possible. Mais ce que j'ai retenu, c'est que mon père aimait son travail et les animaux bien plus que sa famille.

— Tu ne crains pas de devenir comme ça, toi aussi ?

Eli ne répondit rien.

Une fois arrivés, ils garèrent la voiture devant la clinique. Le réverbère projetait sur eux une lumière argentée, féerique.

Leurs regards se rencontrèrent. Eli fit un pas en avant.

— Merci, Aurora. Merci pour cet après-midi et cette soirée.

Aurora aussi s'avança d'un pas. Ils étaient maintenant tout proches l'un de l'autre. Elle leva une main qu'elle posa sur l'épaule d'Eli.

— Inutile de me remercier. Ça m'a fait plaisir de t'accompagner, tu ne devais pas aller là-bas tout seul.

Eli considéra la main posée sur son bras. Puis, son regard s'éleva vers le visage d'Aurora. Leurs regards se rencontrèrent. Ils restèrent là, silencieux. Aurora passa la langue sur ses lèvres. Elle fit encore un petit pas en avant en serrant un tout petit peu plus fort le bras d'Eli, comme si elle souhaitait qu'il se rapproche encore.

Alors ils avancèrent ensemble, leurs lèvres s'effleurèrent quelques secondes avant de s'unir pour un baiser passionné. Aurora avait passé ses bras autour du cou d'Eli. Elle appuyait tout son corps contre le sien.

Eli voulait que ce baiser ne finisse jamais. Il refusait que le souvenir de sa dernière amoureuse vienne troubler son esprit. Il écartait de son esprit la pensée qu'Aurora était une collègue de travail.

La sensation des lèvres d'Aurora sur les siennes. La pression de ses bras autour de son cou. Il fit voyager ses lèvres sur le visage d'Aurora, jusqu'à ses oreilles, dans son cou, jusqu'à ce qu'elle laisse échapper un petit gémissement de plaisir. Il respirait le parfum de ses cheveux. Il s'en enivrait.

Au bout d'un moment, elle fit un pas en arrière. Les pupilles dilatées d'Aurora cachaient presque totalement le vert de ses yeux.

Ils se regardaient, émerveillés comme deux gamins.

Puis, elle cligna des yeux.

— Eh bien... je ne pensais pas finir la soirée comme ça !

— Moi non plus, répondit-il en écho. Mais... je ne regrette rien.

Eli se demanda s'il devait l'inviter à entrer, mais elle le devança :

— Il faut que je rentre m'occuper de mon chat. Et toi, tu dois prendre soin de ton petit chien.

Elle passa la bandoulière de son sac sur son épaule.

— On se voit lundi ?

— Oui, bien sûr.

Était-elle si pressée de le fuir ?

En montant dans sa voiture, elle lui adressa un petit signe de la main

— Bonsoir !

Il fit de même.

— Bonsoir !

Mais ensuite, il resta sur place, à regarder les phares de sa voiture disparaître en s'éloignant.

Que leur apporterait le lundi suivant ?

6

En arrivant à la clinique, Aurora trouva Anne occupée au téléphone, l'air contrarié.

Que se passait-il ?

La nervosité s'empara d'elle. Anne serait-elle au courant du baiser qu'elle avait échangé avec Eli l'autre soir ? Était-elle ainsi en train de manifester sa désapprobation envers ce comportement peu professionnel ?

Aurora se dépêcha de ranger son sac dans son casier et revint vers sa collègue.

— Tu veux que je te remplace ?

Les membres de l'équipe se partageaient les diverses tâches nécessaires au fonctionnement de la clinique mais certaines rebutaient Anne qui gardait le regard fixé sur une feuille de papier étalée devant son ordinateur. Aurora reconnut tout de suite la page des salaires. Y avait-il un problème à ce niveau-là ?

Normalement, les heures de travail étaient notées, vérifiées par le comptable et les salaires payés. Point final.

Anne leva un regard soucieux sur sa collègue.

— Je ne comprends pas… j'ai dû me tromper quelque part. Matt devrait continuer à être payé puisqu'il est en congé maladie, Eli figure bien sur la liste du personnel, ton salaire et le mien sont bien mentionnés mais Frankie vient d'appeler pour signaler que sa garde du dernier week-end n'a pas été payée. Je n'arrive pas à trouver où ça coince dans le système informatique.

— Tu veux que je te remplace ? Mme Pringle va arriver pour demander des informations sur la castration de son chat. Si tu la reçois à ma place, je peux jeter un coup d'œil sur le problème.

— Super ! s'exclama Anne, visiblement soulagée.

Aurora s'installa donc devant l'ordinateur, persuadée qu'elle aurait vite fait de déceler l'erreur.

Une demi-heure plus tard, elle y travaillait encore lorsque Bert vint se frotter à ses jambes, bientôt suivi d'Eli, apparemment de fort bonne humeur.

De son côté, Aurora n'avait pas fermé l'œil de la nuit. Trop d'incertitudes encombraient son esprit. À coup sûr, son attirance pour Eli était plus forte que jamais. Il lui semblait aussi qu'elle commençait à comprendre la personnalité d'Eli et les sentiments complexes qu'il éprouvait pour son père. C'était délicat pour lui de revenir dans la clinique de ce dernier. En même temps, elle avait appris qu'il allait y rester au moins pendant une année. Une éventuelle relation avec lui durerait donc plus que quelques semaines. Est-ce que cela l'inclinait à laisser son cœur parler plus facilement ?

Comme elle n'était pas le genre de filles à collectionner les « coups d'un soir », cette information jouait certainement son rôle.

Quant au baiser qu'ils avaient échangé... eh bien, il l'avait tout simplement terrassée de plaisir. Seraient-ils capables de gérer une relation sentimentale en même temps qu'une relation professionnelle ? Elle l'espérait vivement car son cœur en sommeil depuis son agression s'était remis à vivre, à vibrer, à vouloir aimer. Grâce à l'aide psychologique qu'elle avait reçue, elle avait compris qu'elle n'était coupable en rien, que ce n'était pas elle qui était à blâmer mais son agresseur. Malgré tout, depuis lors, elle avait eu tendance à ne guère laisser leur chance aux hommes qui auraient aimé sortir avec elle.

Aujourd'hui, elle se sentait capable de tourner la page pour se rapprocher d'Eli. Entre eux deux existait déjà une complicité qu'elle n'avait plus ressentie depuis des années. Elle avait pris confiance en elle, le bonheur lui paraissait à portée de main. Pourquoi ne pas le saisir ?

Eli venait d'arriver près d'elle.

— Tu serais d'accord pour que nous retournions à la ferme des Fletcher aujourd'hui ?

— Bien sûr. Tu as parlé à Matt de ce que nous supposons ?

Le visage d'Eli se fit sérieux.

— Oui. Il est pratiquement sûr qu'il y a un risque réel de tuberculose bovine causée par le contact avec des blaireaux. Nous allons chercher autant d'indices que possible pour envisager la suite.

Aurora était tout à fait d'accord sur cette ligne d'action.

— J'ai prévenu Don Fletcher de notre inquiétude. Il est dévasté par le risque qui menace son troupeau et nous encourage à faire le nécessaire pour le préserver.

— Par conséquent, aujourd'hui, nous allons examiner les vaches qui nous inquiètent, les isoler des autres, avertir les autorités et organiser les tests, c'est ça ?

— Exactement.

Aurora partit se préparer. Le souci que lui causait une amourette au travail n'était qu'une bricole en comparaison du risque que courait le troupeau des Fletcher. La journée serait longue et dure.

Ce fut effectivement le cas. Après beaucoup de recherches, l'hypothèse qu'ils retinrent fut celle d'une contamination de l'eau et du foin par les blaireaux. Comme Don possédait plusieurs troupeaux, ils s'assurèrent qu'il n'y avait pas eu de partage des pâtures et que le lait n'avait pas quitté la ferme. À cela s'ajoutèrent les coups de téléphone passés aux divers départements sanitaires concernant la viande et le lait. Sans parler de toutes les précautions d'hygiène et de désinfection à prendre en pénétrant dans la propriété et en la quittant. La bonne nouvelle du jour fut que les tests destinés à détecter la présence éventuelle de tuberculose purent être organisés pour le lendemain même, aidés par un vétérinaire spécialisé dans cette opération.

Ils rentrèrent très tard à la clinique, exténués.

— Si tu restais ici ce soir au lieu de rentrer chez toi ? proposa Eli. Tu habites loin et il te faudra faire la même route en sens inverse demain matin de bonne heure puisque nous devons retourner à la ferme.

Aurora n'hésita pas longtemps. Elle était épuisée. La perspective de prendre le volant lui paraissait peu prudente.

— C'est une bonne idée. Je suis tellement fatiguée que j'accepte avec plaisir.

La disposition des pièces de la maison lui était familière. David Ferguson avait consacré le rez-de-chaussée à la clinique et réservé l'étage aux visiteurs ou au personnel remplaçant. Par contre, elle ne savait pas comment Eli s'y était organisé puisque c'est là qu'il avait décidé de vivre afin de laisser le logement de fonction à la nouvelle recrue.

Lorsqu'elle sortit de la salle de bains du rez-de-chaussée après avoir revêtu les vêtements de rechange qu'elle laissait à la clinique, une bonne odeur de cuisine parvint à ses narines. Jusqu'à l'arrivée d'Eli, cette pièce n'était jamais utilisée, mais évidemment, un occupant permanent comme lui devait y avoir recours quotidiennement.

Elle monta à l'étage où Eli l'accueillit, le nez enfariné, Bert dans les jambes.

— J'ai préparé une pizza ! annonça-t-il fièrement, malgré sa mine creusée par la fatigue.

— Non ! Je rêve ?

— Pas du tout. J'ai appris à faire des vraies pizzas pendant mon séjour en Italie.

Aurora se mit à rire.

— Tu as aussi appris à mettre de la farine partout…

Eli jeta un coup d'œil dans la cuisine.

— Ce n'est pas faux. J'espère au moins que ça vaut la peine !

Il alla ouvrir la porte du réfrigérateur d'où il sortit une bouteille de vin blanc.

— Un petit verre de sauternes, ça te dit ?

— Et comment ! Après une journée comme celle-ci, il sera le bienvenu.

— Viens, allons nous installer au salon.

Ils s'assirent sur le canapé et posèrent leurs verres sur la table basse. Eli alluma la télévision.

— Quelle chaîne ? Qu'est-ce que tu préfères : football, football ou football ?

Aurora se mit à rire.

— Plutôt un documentaire sur le Machu Pichu ou les pyramides ! Ou même une émission sur une épave retrouvée au fond de la mer si tu trouves… J'aurais adoré travailler dans les coulisses de ce genre d'émissions plutôt que d'être actrice ou présentatrice.

Elle regretta ces paroles. En avait-elle trop dit ? Le moment était-il arrivé de révéler à Eli sa précédente profession, ce qui aurait permis à Eli de comprendre pourquoi il avait le sentiment de l'avoir déjà rencontrée ? Mais Eli ne s'appesantit pas sur sa réponse. En le voyant se lever pour aller chercher la pizza qu'il posa devant eux, elle renonça à poursuivre

— Mmm, s'exclama-t-elle après en avoir goûté un morceau. Elle a un goût d'au-then-ti-que !

— Ravi que tu apprécies. Et je rangerai la cuisine, ne t'inquiète pas.

Ils dînèrent tranquillement, accompagnés par le ronflement de Bert qui s'était installé dans son panier près d'eux.

Une fois leur repas terminé, Eli prit une grande inspiration, comme s'il se sentait nerveux.

— Il y a deux chambres inoccupées, prends celle que tu préfères.

— Merci encore pour ton invitation. Il me semble que je me serais endormie en chemin si j'avais dû conduire. Ici, j'aurai plus de temps pour me reposer sans m'inquiéter de Miss Trixie.

— Miss Trixie ?

— Oui, la petite chatte que j'ai recueillie il y a quelques mois. J'ai envoyé un message à ma voisine qui est allée lui donner à manger.

Eli s'approcha et effleura le visage d'Aurora qui eut un mouvement de recul.

— Excuse-moi ! dit-il aussitôt.

Aurora se récria.

— Non, c'est moi qui dois m'excuser…

Eli méritait quelques explications.

— C'est que… bref, j'ai eu il y a quelques années une mauvaise expérience qui m'a marquée. Si quelqu'un me touche sans que je m'y attende, mon corps réagit sans me demander mon avis.

— Je suis vraiment désolé que tu aies subi pareille agression.

— Malheureusement, il en arrive tous les jours, partout dans le monde. Le pire, c'est que la victime croit être la coupable et n'ose pas porter plainte.

— Qu'est-ce que tu as fait ?

— Je me suis confiée à un vieil ami qui travaillait avec moi. Il a réagi au quart de tour et a tout de suite dénoncé l'agresseur qui faisait partie de notre équipe. Du coup, d'autres femmes ont osé avouer qu'elles aussi avaient été victimes de gestes déplacés ou pire encore. Cette solidarité m'a fait beaucoup de bien.

— Il a été licencié.

— Oui, et sans références.

— La police a fait quelque chose ?

— Je n'ai pas voulu porter plainte. C'est très difficile de prouver une agression sexuelle si elle n'a pas laissé de marques physiques. Je n'ai pas voulu me lancer dans un procès au cours duquel ma parole aurait été mise en doute.

— Je ne me doutais de rien. Désolé de ma maladresse…

Aurora tourna son visage vers lui.

— Tu sais ce qui me ferait du bien maintenant ?

— Non.

— Un câlin.

Elle lui sourit.

— Remets-moi un peu de sauternes, laisse-moi me serrer contre toi en oubliant de penser à demain. J'ai besoin de faire le vide.

— Avec le plus grand plaisir !

Il se leva, partit à la cuisine remplir leurs verres et revint s'asseoir près d'Aurora qu'il enlaça.

— Parfait... murmura-t-elle.

Le documentaire sur les îles Marquises se déroula sous leurs yeux peu attentifs. Aurora savourait la chaleur délicieusement rassurante du corps de son compagnon. Pour Eli, la situation était moins confortable. Tenir contre lui une femme qui l'attirait si fort sans se laisser aller aux réactions normales en pareille situation relevait de l'exploit. Un exploit qu'il réussit à accomplir afin d'accorder à Aurora le calme dont elle avait besoin.

Lorsque le générique s'afficha sur l'écran, elle leva vers lui son regard couleur des lagons qu'ils venaient de contempler. Sans un mot, elle lui tendit sa bouche.

Eli hésita un peu. La prudence devait le guider dans ce territoire inconnu. Aucun de ses gestes ne devait inquiéter Aurora ni la rendre nerveuse... aussi la laissa-t-il prendre les initiatives.

C'est ce qu'elle fit. Leurs mains se cherchèrent, puis Aurora commença un baiser qui s'approfondit et les mit en confiance tous les deux. Au bout d'un moment, elle s'installa à califourchon sur Eli dont les mains commencèrent à lui caresser le dos.

— Et si je ne dormais pas dans une chambre d'invités ? suggéra-t-elle dans un murmure.

— Tu veux me voler mon lit ? s'amusa Eli.

— Oui. Ton lit, avec toi dedans !

Tout en parlant, elle avait commencé à déboutonner la chemise d'Eli.

— Tu es bien sûre que c'est ce que tu veux ? demanda Eli.

— Oui. Complètement.

7

Administrer le test de la tuberculose au cheptel tout entier des Fletcher aurait été un véritable cauchemar car dans ce cas, mille sept cents vaches auraient été concernées. Heureusement, Don Fletcher les maintenait séparées en plusieurs groupes. Seulement deux cent avaient peut-être été exposées au risque.

Sept d'entre elles en particulier présentaient des symptômes vraiment alarmants. Elles furent testées en premier. Les résultats seraient interprétables trois jours plus tard. Le pauvre Don Fletcher ne se défaisait pas d'une mine inquiète.

Eli avait néanmoins une question d'autant plus difficile à lui poser qu'il était persuadé de connaître déjà la réponse.

— Don, est-ce que vous buvez du lait non pasteurisé à la ferme ?

— Oui. Tous les jours. Jake, le vacher aussi. Nous prenons notre petit déjeuner ensemble tous les matins. Nous allons être testés aujourd'hui tous les deux.

— Vous avez remarqué des symptômes ?

— Mon généraliste m'a déjà posé quelques questions et a ordonné une radio que je dois passer demain.

— Et Jake ?

— Je ne sais pas qui est son médecin.

— Je vais lui demander de passer une radio lui aussi. Ensuite, nous n'aurons plus qu'à attendre les résultats en croisant les doigts.

Il retourna auprès des vaches malades.

Comme cette journée était étrange… Ce matin, il avait eu le

bonheur de se réveiller en tenant Aurora dans ses bras. Bonheur encore augmenté de voir avec quelle tranquillité elle se laissait aller contre lui. Ensuite, une fois dans la cuisine pour le petit déjeuner, il avait découvert, avec amusement, que ni l'un ni l'autre n'était capable d'articuler le moindre mot tans qu'il n'avait pas bu au moins une tasse de café fort.

Ils ne s'étaient pas attardés, pressés de retourner à la ferme continuer leurs investigations. Cette journée aussi s'annonçait difficile. Don allait de l'un à l'autre, la mine inquiète, les traits tirés. Il était pâle et maigre. Peut-être avait-il contracté la tuberculose qui affectait déjà sa santé ? Peut-être aussi que l'énorme stress qui pesait sur lui depuis quelque temps était la cause de cet état ? Eli avait hâte de savoir exactement ce qu'il en était.

— Je suis étonné de vous voir encore ici, déclara Don. Je pensais que vous ne deviez pas rester à la clinique de votre père.

— C'est vrai, mais Matt est malade. Actuellement, il n'est pas possible de dire s'il pourra reprendre le travail. Et pour l'instant, l'annonce que j'ai fait passer pour trouver un vétérinaire remplaçant n'a pas encore apporté de résultat, donc, je suis obligé de rester.

— Vous pensez trouver bientôt quelqu'un ?

— Je l'espère, mais ce sera certainement un débutant. Il faudra que je reste au moins une année pour l'aider à démarrer ici. Ce qui fait que mes projets se trouvent modifiés.

— Bonne nouvelle !

— Ah bon... pourquoi ?

— Parce que si votre clinique ferme, le véto le plus proche se trouvera à cinquante kilomètres d'ici. En plus, ça fait des années que je connais Matt et vous aussi. J'ai entièrement confiance en vous. Je vous suis très reconnaissant d'être intervenu tout de suite après avoir parlé avec Matt.

— C'est complètement normal !

— D'autres n'auraient pas réagi aussi rapidement, je le sais.

Il posa une main sur l'épaule d'Eli, ce qui, pour un homme rude comme lui, signifiait beaucoup.

Ce geste fit chaud au cœur d'Eli. C'était en partie pour cette raison qu'il était ici. Il aimait travailler dans les fermes. Découvrir le monde, acquérir de l'expérience avec d'autres animaux l'avait passionné mais c'était le bétail des fermes anglaises qui l'intéressait le plus.

Il savait que cela avait été la passion de son père. C'est sans doute un peu pour se venger d'avoir été délaissé dans son enfance à cause de cette passion qu'il avait souhaité s'investir ailleurs, autrement. Pourtant, il était en train de comprendre que c'est dans les fermes écossaises qu'il aimait le plus travailler.

Comme Aurora s'approchait d'eux, Don laissa retomber sa main.

Elle désigna la cuisine d'un geste du menton.

— Barb nous a préparé une pleine marmite de soupe. Elle m'a bien demandé de veiller à ce que vous mangiez, Don. Je vais suivre ses instructions à la lettre !

Une fois à table, Eli coupa des tranches de pain dans une grosse miche encore intacte.

— Il ne faut pas laisser la fatigue prendre le dessus, Don, conseilla Eli pendant qu'Aurora cherchait des assiettes et une louche.

Il appréciait de la voir toujours prête à aider et si efficace.

Un instant plus tard, un des ouvriers vint les rejoindre et chacun se trouva devant une grande assiette de lentilles au jambon, savoureuse et roborative.

— Il faudra que je demande la recette à Barb, déclara Aurora à Eli. Je suis nulle en matière de soupe !

— Et en matière de pizza ?

— Nulle aussi, je le reconnais volontiers.

— Ce qui ne nous a pas empêchés de passer une excellente soirée, compléta Eli en lui adressant un clin d'œil.

Aurora rougit un peu, mais ils étaient dans leur bulle, personne d'autre qu'eux-mêmes ne pouvait comprendre.

Une fois le repas terminé, Aurora prépara du café et distribua le pain d'épice que Barb avait également envoyé.

Eli la regardait évoluer. Elle lui plaisait. Elle lui plaisait beaucoup.

Mais une fois déjà, il s'était laissé entraîner dans une histoire de ce genre et on s'était bien moqué de lui…

La veille, il avait remarqué qu'Aurora s'occupait des salaires, ce qui, normalement, relevait du rôle du comptable. Matt lui avait bien dit qu'à la clinique cela se passait ainsi, mais pour Eli que l'expérience avait rendu soupçonneux, cela paraissait étrange.

Pourtant, Aurora n'avait pas essayé de lui cacher quoi que ce soit. Elle lui avait bien expliqué les difficultés d'Anne et la réclamation de l'employé. Mais était-ce vraiment normal que ce soit une infirmière vétérinaire qui fasse les comptes dans une clinique ?

Sa réticence provenait peut-être du fait qu'il avait travaillé à l'étranger, dans des cliniques beaucoup plus importantes dans lesquelles des cabinets spécialisés s'occupaient de la gestion financière. Il n'avait jamais prêté grande attention à cet aspect du métier. Ce qui l'intéressait, c'étaient les animaux, pas les chiffres.

Pourtant, il avait besoin de vérifier lui-même.

Cette tendance au soupçon le contrariait mais il n'arrivait pas à la repousser. C'était trop important. D'ailleurs, depuis qu'il savait devoir y passer au moins une année, il avait décidé de s'informer sérieusement sur la gestion financière de la clinique.

À la fin de la journée, ils observèrent comme d'habitude toutes les règles de désinfection avant de regagner leur voiture.

— Tu sais, déclara Aurora, sur le chemin du retour, je trouve que tu devrais apporter quelques améliorations à la clinique.

Aussitôt, l'inquiétude envahit Eli.

— Qu'est-ce que tu veux dire ?

— Eh bien, j'ai remarqué hier soir que l'étage a été rénové alors que le rez-de-chaussée est resté dans son jus. Ça fait un peu négligé par comparaison.

— Tu trouves ?

Eli n'avait jamais réfléchi à la question.

— Oui. Puisque tu recherches un nouveau collaborateur, ce serait une bonne idée de rafraîchir un peu les locaux, de moderniser l'équipement… ce sont des améliorations qui attireraient sûrement quelques candidats.

Eli hocha la tête. La proposition n'avait rien d'absurde.

— D'ailleurs, poursuivit Aurora, tu as déjà commencé à faire du bon travail avec le chenil.

C'était vrai. David Ferguson avait fait construire le chenil pour héberger les animaux qu'il fallait garder à la clinique en attendant que leur propriétaire vienne les récupérer. Il avait eu leur heure de gloire, mais à son arrivée, il se trouvait en si piteux état qu'Eli n'avait eu d'autre choix que de se retrousser les manches et se mettre au travail. Dans le fond, cela ne le dérangeait pas de faire un peu de bricolage quand il faisait beau temps.

— Je peux continuer, c'est vrai.

— Il faudrait aussi envisager de changer les portes des salles de soin, et peut-être aussi d'installer un lavabo neuf. Un coup de peinture sur les murs ne ferait pas de mal non plus, non ?

Il se tourna vers Aurora en riant.

— Dis donc, j'ai l'impression que tu me fais participer à ce jeu de la télé où l'on fait partir les résidents pendant quelques jours pour leur faire découvrir à leur retour une maison entièrement rénovée !

— Pas tout à fait, mais franchement, je trouve que ce serait une bonne chose. Si tu veux, je peux regarder les comptes d'un peu plus près pour voir ce que le budget permet.

Le mot « budget » glaça le sang d'Eli. Lors de sa précédente mésaventure, il avait laissé passer tant de signes qui auraient dû l'alerter que celui-ci s'imprima comme une brûlure dans son esprit.

Pourtant… la nuit précédente avait été merveilleuse. Les lèvres d'Aurora, sa peau si douce, et surtout, le sentiment de connexion profonde qu'il avait toujours recherché sans jamais le trouver. Tout cela devait troubler sa faculté de raisonner.

Eli crispa les mains sur le volant.

Cela ne dut pas échapper à Aurora car elle ajouta précipitamment :

— Oublie tout ça ! C'était juste une suggestion. Il n'y a aucune urgence. Tu peux attendre de voir si un candidat se présente avant d'y penser plus sérieusement.

Le cœur d'Eli se serra. Elle essayait de l'aider. Si c'était vraiment le cas, elle devait le trouver peu reconnaissant. Mais si jamais ce n'était pas le cas… si jamais il y avait en elle un calcul d'intérêt qu'il n'avait pas encore décelé, il était encore temps de mettre une halte avant la dérive totale.

Ils terminèrent le trajet en silence. Eli avait la bouche sèche. Il n'osait pas appeler Matt pour lui poser les questions qui le tracassaient. Par exemple, lui demander s'il connaissait bien Aurora, s'il avait sérieusement contrôlé ses références et ses qualifications…

Brusquement, une autre question envahit son esprit : est-ce qu'il allait passer toute sa vie à douter, à ne pas faire confiance aux gens, à toujours rechercher un sens caché à ce qu'on lui disait ?

Il espérait que non.

Cette méfiance provenait du fait que c'était la première fois qu'il s'intéressait à une femme depuis Iona. C'était sans doute une réaction inévitable lors de la relation qui suivrait sa mésaventure avec cette dernière. Aurora se trouvait sur son chemin à ce moment-là, tout simplement.

— J'y réfléchirai, répondit-il. Pour le moment, je suis trop préoccupé par ce qui se passe chez Don Fletcher pour y penser.

Il jeta un coup d'œil par la fenêtre.

— Sans compter qu'il faut aussi penser à Jack Sannox et à Rudy…

Elle se tourna vers lui.

— Tu me fais confiance pour m'en occuper ?

— Complètement.

— Alors si nous ne devons pas retourner à la ferme des Fletcher, j'irai le voir demain.

— Tu me soulagerais d'un gros souci.

Il était profondément sincère. Le bien-être de Jack comptait à ses yeux. Il en savait suffisamment sur Aurora pour être certain qu'il pouvait lui faire confiance.

Comme ils arrivaient à la clinique, le téléphone d'Aurora se mit à sonner.

Elle prit la communication. Très vite, une expression contrariée apparut sur son visage.

— C'est Anne. Elle dit que le propriétaire du chat diabétique tient absolument à me parler en tête à tête.

— Ça t'ennuie ?

— Disons que... mon sixième sens me conseille de me méfier de lui.

— Dans ce cas, demande à Anne de lui dire que nous n'avons pas de créneau de libre et de l'adresser à un autre praticien.

Un soulagement visible détendit les traits d'Aurora.

— Merci beaucoup.

Sa voix tremblait un peu en prononçant ces mots.

Il lui prit la main.

— Pas de problème !

La porte de la clinique à peine poussée, ils découvrirent Bert qui les attendait et bondit de joie en les voyant.

— Quels sont les rendez-vous de cet après-midi ? demanda Eli.

— Il faut examiner deux chiens envisagés pour la reproduction. Ne manque à leur dossier que la radio de leurs articulations. Tout le reste est satisfaisant.

— De quel genre de chiens s'agit-il ?

— Un labrador et un teckel.

Peu de cliniques assuraient cette spécialité mais pour la clinique de Matt et David, il s'agissait là d'un travail de routine. Ils avaient tenu à le conserver de manière à garantir le sérieux du pedigree des animaux dont ils s'occupaient. Leurs clients étaient ainsi assurés que les portées de leurs animaux respectaient les standards de la race, aussi bien du point de vue morphologique que du point de vue des maladies héréditaires.

— Je peux rester plus tard si l'un d'eux demande un peu plus de temps pour se réveiller de l'anesthésie, proposa Aurora.

— Merci, Aurora. C'est vraiment sympa.

Il avait dû s'exprimer sur un ton très amical car Anne le regarda d'un air entendu.

Une fois qu'il se retrouva seul devant son ordinateur, elle s'approcha de lui.

— Tu es sûr que tu n'as rien à me dire ?

Son père avait toujours assuré à Eli qu'Anne était dotée d'une intuition peu commune. Elle venait une fois de plus d'en faire la preuve.

— Heu... eh bien... disons que j'ai peut-être commencé à fréquenter quelqu'un...

Tout à coup, il avait l'impression d'avoir à nouveau quatorze ans. Et pas plus qu'autrefois il ne se sentait capable d'avoir un secret pour elle.

— C'est quelqu'un que je connais ?

— Peut-être...

Anne en resta là et passa au sujet qui la préoccupait.

— J'ai eu Marianne au téléphone tout à l'heure. Elle m'a dit que vous étiez passés voir Matt hier soir. Comment va-t-il ?

— Pas très bien. En fait, il est plus malade qu'il ne pense. Il a beaucoup maigri, c'est à peine si on le reconnaît.

Anne dévisagea Eli longuement.

— Eli, il faut que tu penses sérieusement à ton avenir et à ce qui te rendra réellement heureux.

— C'est vrai, mais je n'ai toujours pas trouvé la réponse.

Il posa une main sur sa poitrine.

— Je ne sais pas si mon cœur a envie de rester ici.

Anne demeura silencieuse un moment.

— Alors cherche encore, il n'y a que toi qui puisses savoir.

Aurora était traversée de sentiments étranges. Une partie d'elle-même pétillait de joie. Une seule fois jusqu'à maintenant elle avait osé parler de son agression à un amoureux potentiel. Ce dernier avait eu une réaction de rejet qui l'avait profondément blessée.

Elle avait compris que cette mésaventure faisait peur à certaines personnes. Eli au contraire avait réagi complètement différemment.

Il l'avait écoutée. Il lui avait manifesté sa compréhension et son soutien. Ensuite il avait accepté de la prendre dans ses bras. Cela avait donné à Aurora un regain de vie. Enfin, ce qu'elle gardait si douloureusement secret avait pu être formulé et compris. Il lui restait maintenant à lui révéler ce qu'avait été sa précédente profession.

Certaines de ses collègues à l'université qui suivaient la série dans laquelle elle jouait l'avaient traitée de haut. Un peu comme si, à partir du moment où vous appartenez au monde du spectacle, vous deviez forcément être borné et inculte. Cette attitude lui avait profondément déplu.

Si jamais Eli réagissait de cette façon, la confiance qu'il commençait à lui accorder sur le plan professionnel risquait de se trouver compromise.

Et puis, il y avait aussi la traque qu'elle avait subie. Encore un horrible trou noir dans sa mémoire. Mais si elle voulait nouer une relation sincère avec lui, il lui faudrait aussi en parler.

Ce n'était pas le moment de penser à tout cela. Pour l'instant, elle préférait laisser grandir la griserie qui la portait vers Eli.

Ils travaillèrent ensemble le reste de l'après-midi. Les deux chiens furent anesthésiés et radiographiés sans problème. Elle demeura auprès du teckel qui mit un peu plus de temps à se réveiller et le restitua en pleine forme à son propriétaire.

Cela fait, elle alla retrouver Eli toujours au travail sur son ordinateur. Elle lui posa la main sur l'épaule.

— Tu sais... j'ai une idée.

— Ah oui ?

— Je voulais te proposer de profiter de cette belle soirée d'été pour aller faire une promenade sur Portobello Beach.

— Avec Bert ?

— Avec Bert, bien sûr.

— Pourquoi pas ? Il y a des années que je n'y suis pas allé.

— Combien ?

— Dix-huit ou dix-neuf ans ! répondit-il avec un grand sourire. Je finis cet article et je file me préparer.

— Comme on passe devant ma maison, je me changerai et je donnerai son dîner à Miss Trixie.

— Parfait !

Quelques instants plus tard, Aurora attachait la laisse de Bert et Eli faisait son apparition en jean, T-shirt blanc et veste de cuir brun. *L'incarnation même de la séduction masculine*, ne put s'empêcher de penser Aurora, complètement sous le charme.

— Allez, proposa-t-il, on prend l'Aston Martin de mon paternel !

— Tu plaisantes ?

— Pas du tout. Ça lui fera du bien de faire tourner son moteur.

Elle guida Eli sur la route qui conduisait à son cottage. C'était une première pour elle car depuis qu'elle avait été suivie par un détraqué, elle avait toujours caché avec soin son adresse et le nom sous lequel elle y vivait.

— Comme ta maison est jolie ! s'exclama Eli en découvrant le jardin impeccable et la porte en bois rouge sombre.

— Je l'adore... tu veux entrer pendant que je me prépare ?

— Non, merci. Je vais seulement promener Bert dans le jardin.

Comme la soirée était délicieusement douce, Aurora choisit de porter un pantalon blanc, des tennis confortables et un T-shirt rayé vert et blanc.

Comme elle allait sortir, elle jeta un coup d'œil sur le courrier de la veille qu'elle n'avait pas pris le temps de regarder. Mais ce qui attira son attention fut une enveloppe adressée à son nom d'actrice : Star Kingfisher. Pire encore, il était suivi de l'adresse du cottage. Ce courrier ne lui était donc pas parvenu par l'intermédiaire de son agent comme c'était le cas habituellement.

Elle frissonna d'angoisse. Était-elle à nouveau traquée ? Celui qui l'avait harcelée avait été emprisonné mais relâché l'année précédente. Elle n'avait plus jamais entendu parler de lui. Était-il possible qu'il ait retrouvé sa trace ?

Elle fourra les lettres dans son sac pour les lire plus tard.

— Tu ne prends rien avec toi ? demanda Eli.

Aurora ne comprit pas tout de suite.

— Quoi, par exemple ?

— Eh bien... une brosse à dents et un pyjama...

— Tu m'invites à passer la nuit chez toi ?

— Si tu en as envie, je serai très heureux.

Elle fit semblant d'hésiter un moment, pour laisser Eli mijoter un peu, puis elle remonta dans sa chambre chercher quelques affaires. Avant de sortir, elle pensa à donner davantage de croquettes à Miss Trixie qui ne devait pas pâtir des folies de sa maîtresse.

La route qui menait à Portobello Beach était splendide, la marée en train de monter faisait jaillir des pics d'écume blanche, mais le plus beau était évidemment l'immense plage de sable jaune doré qui s'étend sur près de deux kilomètres de long.

Eli prit Bert dans ses bras.

— Allez, petit gars, on va voir si tu aimes la plage !

Bert l'adora. Son premier réflexe après avoir observé et reniflé le sable entre ses pattes, fut de se mettre à creuser comme un fou, en faisant voler le sable derrière lui. Et quand ils s'approchèrent de l'eau, il n'hésita pas à se jeter dans les vagues.

— C'est un succès ! déclara Aurora qui prit la laisse pour marcher à côté de lui sans prendre la peine de retirer ses chaussures.

Bert l'éclaboussait avec une application qui ne se démentit à aucun moment.

— Brrr... c'est glacé ! protesta Aurora mais elle continua à avancer tandis qu'Eli restait au bord, les bras croisés, sans la moindre envie de la rejoindre.

À un moment donné, un groupe de jeunes gens les croisa, le regard fixé sur Aurora. Eli n'en fut pas surpris. Elle était superbe avec ses cheveux roux que le vent faisait voler autour de son visage et les éclats de rire qui lui échappaient en regardant Bert patauger.

— Tu en as pour une heure à réchauffer tes pieds ! déclara-t-il quand elle le rejoignit sur le sable.

— Pas du tout, répondit-elle. Mes chaussures sont faites d'un matériel recyclé imperméable.

Elle lui adressa un clin d'œil.

— Et je les aime tellement que j'en ai plusieurs paires de différentes couleurs !

— Ah… s'amusa Eli. Je me disais bien que ton sourire charmeur devait cacher un petit grain de folie.

Elle s'approcha de lui.

— Tu trouves mon sourire charmeur ?

Il l'entoura de ses bras et l'attira contre lui.

— Oui. J'ai cette faiblesse.

Il attrapa une mèche de cheveux qui volait devant le visage d'Aurora.

— Et tes cheveux aussi, je les trouve charmeurs !

— C'est vrai ?

Elle se serra contre lui.

— Dis-moi, don Juan, la dernière fois que tu es venu sur cette plage, est-ce que tu as embrassé une fille ?

Eli rejeta la tête en arrière avec un éclat de rire.

— Je ne sais plus… mais ce que je sais, c'est que je vais en embrasser une aujourd'hui !

Pour la première fois depuis très longtemps, Aurora se mit à penser que le bonheur était peut-être aussi fait pour elle.

8

Plus tard, lorsqu'elle ouvrit son courrier, Aurora découvrit que la première lettre provenait d'un fan qui s'excusait de lui écrire à son adresse et lui demandait si elle envisageait de participer à une nouvelle série pour la télé. La seconde, plus inquiétante, voulait savoir pourquoi elle vivait sous un autre nom et la raison pour laquelle elle tenait à garder son identité secrète.

Cette découverte la plongea dans l'inquiétude.

Ce n'était pourtant pas le moment de faiblir, car le travail s'accumulait. Le diagnostic de tuberculose bovine avait été confirmé pour une partie du troupeau de Fletcher, ce qui obligeait à tester le reste du bétail et interdisait toute sortie de viande ou de lait de la ferme. En outre, Don Fletcher et son jeune ouvrier avaient été diagnostiqués comme atteints de tuberculose eux aussi. Heureusement, les assurances prévoyaient des indemnités pour les fermes atteintes par la maladie mais mettre les démarches en place demandait beaucoup de temps, de travail et de rencontres par vidéo.

Eli était carrément submergé. Il faisait à lui seul le travail de deux vétérinaires. Un vétérinaire français avait répondu à l'annonce publiée par Eli. Deux autres avaient pris rendez-vous pour venir visiter la clinique, les choses avançaient.

Paradoxalement, tout cela n'empêchait pas Eli et Aurora de poursuivre leur relation. Leur collaboration se poursuivait sans heurt et dans une complémentarité apaisante. Un soir où la surveillance d'un chat opéré dans la journée était nécessaire, Aurora proposa de s'occuper de lui.

— Eli, tu as besoin de te reposer. Je ferai sonner mon réveil à intervalles réguliers pendant la nuit pour aller le voir. Ça ne me dérange pas.

Elle prit même le petit chat sur ses genoux pendant qu'ils regardaient la télévision. Avec le bras d'Eli passé autour de ses épaules, elle se sentait merveilleusement bien. Sept ans plus tôt, un homme lui avait juré qu'il l'aimait mais jamais elle n'avait réussi à départager si c'était bien d'elle qu'il était amoureux ou de l'actrice bien connue de journaux à sensation.

Avec Eli, elle n'avait pas ce souci puisqu'il ne savait rien de sa célébrité passée.

La semaine suivante se passa à soutenir les fermiers de la région tout en effectuant les tests indispensables. Anne les regardait collaborer avec un petit sourire entendu et affectueux, se contentant de constater de temps à autre :

— La clinique n'a jamais aussi bien fonctionné !

Ils s'apprêtaient à aller passer la soirée à Edinburgh lorsque la porte de la clinique s'ouvrit brutalement pour laisser le passage à une jeune fille affolée qui serrait un petit chien dans ses bras.

— Je... je ne l'ai pas vu...

Le chiot était la copie conforme de Bert. Visiblement, le choc lui avait cassé une patte.

Aurora s'appliqua à réconforter la jeune fille tout en lui demandant des détails sur l'accident et le lieu où il s'était produit. Elle découvrit que c'était tout près du bois où elle avait récupéré Bert.

— Écoute, le mieux est que tu appelles tes parents pour qu'ils viennent te chercher pendant que nous nous occupons du petit chien. Il faut le soigner mais ce n'est rien de très grave.

Entre-temps, elle appela Anne.

— Tu crois qu'il pourrait être de la même portée que Bert ? demanda-t-elle un peu plus tard à Eli pendant qu'ils se lavaient les mains avant d'intervenir.

— C'est bien probable. Il est aussi maigre que Bert quand nous l'avons recueilli. En plus, il est déshydraté…

— Je vais le peser pour voir quelle dose d'anesthésique nous pouvons lui administrer, proposa Aurora.

Elle se mit à rire :

— Je crois que nous allons nous retrouver avec deux Bert au lieu d'un !

Après avoir fait les radios, ils découvrirent que la petite patte était cassée en deux endroits.

— Je vais être obligé de lui mettre une plaque… conclut Eli. Par chance, il n'a pas perdu beaucoup de sang, il récupérera plus rapidement.

Une fois l'intervention terminée, il regarda Aurora :

— Tu crois qu'il peut y avoir d'autres chiots de cette portée errant dans la nature ?

— J'espère que non, mais j'irai tout de même faire une reconnaissance plus tard, proposa Aurora.

Anne vint les retrouver en salle d'opération.

— Ses parents sont venus récupérer la jeune fille et ont demandé à être tenus au courant de la santé du petit chien.

En remarquant à quel point son visage était soucieux, Aurora ne put s'empêcher de la questionner.

— Donc, tout va bien ?

— Est-ce que tu as résolu le problème des fiches de paye ?

— Pas tout à fait mais ne t'inquiète pas, je terminerai tout à l'heure.

Il lui sembla voir le visage d'Eli s'assombrir mais elle préféra passer à autre chose.

— C'est à ton tour de choisir un nom pour ce petit chien puisque c'est moi qui ai nommé Bert.

Eli hocha la tête.

— Pourquoi pas ?

Il réfléchit un instant.

— Je vais l'appeler Hank.

— Je peux savoir pourquoi ?

— Parce que Hank est un super véto avec lequel j'ai travaillé dans le Maine. Ça fait un pendant réussi avec Bert, tu ne trouves pas ?

— Oui, Hank et Bert. C'est parfait.

Elle alla chercher Bert, qu'ils avaient mis au chenil en début de soirée avant de sortir.

— C'est bien dommage que le jour où j'ai recueilli Bert je n'aie pas aussi trouvé Hank…

Ils montèrent avec Bert dans la cuisine se préparer un thé.

Cela fait, Aurora alla consulter les notes laissées par Anne pour rendre compte des coups de fil reçus au cours de la journée. Une demande de conseil pour le régime d'un chien… une demande de consultation pour un perroquet malade… la dernière note glaça le sang dans les veines d'Aurora :

> Un message laissé sur le répondeur demandait à parler à Star Kingfisher. Très insistant. Il s'agit sûrement d'une erreur.

Aurora ferma les yeux, terrifiée. *Non, ce n'est pas possible ! Pas ici !* Un haut-le-cœur la tétanisa. Est-ce que le déséquilibré qui la traquait autrefois l'avait retrouvée ? La police l'avait de justesse protégée de l'enlèvement qu'il avait prévu. On l'avait dispensée d'assister au procès, ce qui fait qu'elle ne l'avait jamais vu en personne. Elle ne connaissait de lui que sa photo d'identité judiciaire. Serait-elle capable de le reconnaître si jamais elle se trouvait en sa présence ?

La gorge sèche, elle avala une gorgée de thé en espérant que cela l'aiderait à se calmer.

Ensuite, elle fit un effort pour réfléchir. Matt était au courant de sa carrière d'actrice. Quand elle avait postulé pour l'emploi à la clinique, elle ne l'avait pas mentionné sur son CV mais lui en avait parlé de vive voix. Il s'était contenté de lui demander ce qu'elle avait appris sur les animaux exotiques qu'elle avait rencontrés en

Afrique. Il lui avait assuré qu'il respecterait son choix de vouloir mener une nouvelle vie et que le sujet était ainsi définitivement clos.

Elle en était là de ses réflexions lorsque Anne fit irruption dans la cuisine.

— Eli, il faut que tu viennes ! Le petit chien ne va pas bien.

Effectivement, Eli constata qu'il manifestait une tachycardie et une hypothermie inquiétantes. Aurora l'enroula dans une couverture de survie.

— Je ne sais pas s'il va s'en sortir… murmura Eli. Il était si faible que je n'aurais peut-être pas dû l'opérer.

C'était la première fois qu'Aurora l'entendait douter de ce qu'il avait fait. Elle le trouva profondément humain.

— Attends… j'ai une idée, dit-elle brusquement.

Elle alla chercher Bert qui dormait dans son panier et l'approcha de Hank. Quand Bert se mit à gigoter, Hank laissa échapper un petit grognement. Aurora mit leurs deux têtes en contact et eut le bonheur de voir Bert se mettre à lécher la tête de son frère.

— Je crois que c'est le meilleur médicament qu'on puisse imaginer ! constata Eli, tout content de cette réaction inespérée.

Aurora regarda Eli. Il était tout ému. Elle l'était autant que lui. Et encore davantage, car en cet instant, elle venait de comprendre qu'elle était amoureuse de lui. De ce vétérinaire grognon au cœur tendre. Elle aimait sa barbe mal rasée qui lui griffait la joue, ses cheveux souvent mal coiffés et son corps musclé. Et quand il posait sur elle le regard de ses yeux clairs, elle se sentait fondre de bonheur.

Pour la première fois, elle pensa qu'elle pourrait passer sa vie ici. Avec Eli ?

Est-ce qu'elle était pour lui ce qu'il était pour elle ?

Elle avait toute confiance en lui en dépit de l'ombre qui paraissait malgré tout demeurer entre eux, comme si lui aussi cachait un secret. Elle ne savait pas tout de lui. Mais comment le lui reprocher ? Lui non plus, il ne savait pas tout d'elle.

Il faudrait que cela change.

Elle le regarda caresser Hank.

Il y a un temps pour tout. Clairement, ce n'était pas le moment de passer aux aveux.

9

Finalement, grâce à la disponibilité d'Anne qui accepta de rester à la clinique pour surveiller Hank et Bert, Eli et Aurora purent profiter de la soirée prévue par Eli. Assis en face d'elle, il contemplait cette jeune femme si belle, à la peau claire colorée par le soleil et au nez décoré de taches de rousseur attendrissantes. Sa chevelure roux sombre qu'elle tenait attachée en chignon à la clinique cascadait ce soir sur ses épaules. Son regard vert était plus lumineux que jamais. Il avait du mal à croire à sa chance.

À cela s'ajoutaient sa gentillesse, son bon sens et sa grande connaissance de la communauté des fermiers. À côté, il n'était qu'un débutant en la matière. Plus il la connaissait, plus il l'appréciait. Jamais il n'avait éprouvé l'émotion qu'elle suscitait en lui. Elle avait réveillé sa sensualité et ouvert son cœur à un sentiment qu'il découvrait avec une surprise émerveillée.

Le moment était venu de lui parler. De savoir s'il pouvait partager cela avec elle. Il n'oublierait sans doute jamais sa mauvaise expérience avec Iona, mais à aucun moment Aurora ne lui avait donné l'occasion de douter d'elle.

— Au fait... commença-t-il.

Il hésitait à continuer.

— Au fait ?

— Eh bien, tu sais, à propos de la clinique...

— Non, je ne sais pas !

— J'ai l'intention d'y rester.

— Pour toujours ?

L'espoir qui perçait dans la voix d'Aurora lui fit mal au cœur mais l'honnêteté lui dicta sa réponse.

— Au moins une année.

— Ah...

Aurora était déçue, c'était clair.

— Peut-être davantage, reprit-il. Tu as vu toi aussi les dossiers des deux vétérinaires qui ont postulé pour le poste à la clinique ?

— Oui, bien sûr.

— Que penses-tu de celui de Cheryl Wood ?

— Le plus grand bien.

— Son mari et ses enfants ont envie de venir vivre près d'Edinburgh. Il est enseignant et je sais qu'il y a des postes à pourvoir à l'université. Cela lui donnera peut-être envie de rester ici de façon permanente.

— Toi, tu envisages seulement une année de plus ?

Eli posa la main sur son cœur.

— Je veux être honnête avec toi, Aurora. Je ne suis pas encore sûr à 100 % de vouloir prendre la relève de mon père même si je commence à penser que je pourrai mettre ma propre empreinte à la clinique.

— Est-ce que ça veut dire que je vais pouvoir entreprendre mes projets de rénovation ?

— Oui. Je les ai montrés à Matt et ils lui ont paru très judicieux.

— Alors, je me lance ?

— Oui.

— Même si tu ne veux rester qu'une année ?

— Tu sais... ce qui me donne envie de rester, c'est toi, Aurora.

— J'en suis très heureuse mais à mon avis, ce n'est pas suffisant.

— Ah bon, pourquoi ?

— Parce qu'il faut que tu restes pour toi aussi. Parce que tu en as réellement envie.

— Quelques problèmes matériels restent encore à régler avant que je prenne une décision définitive. Pour l'instant, Matt et Marianne s'occupent de la part de mon père, il nous faut régler cette question de participation avant que je m'engage. Tu seras la première informée de ma décision.

— Ce qui signifie que tu peux faire ta valise et partir tout simplement ?

— Non. Si je décide de partir, je te demanderai de venir avec moi.

— Tu es sérieux ?

— Terriblement sérieux.

— Nous nous connaissons depuis peu de temps...

— C'est vrai mais je sais ce que je ressens. C'est la première fois de ma vie que j'envisage de rester avec une femme.

— Rester combien de temps ? Le temps d'une belle aventure ou plus ? Beaucoup plus ?

Eli n'hésita pas une seconde.

— Beaucoup, beaucoup plus !

— Alors, on trinque à cette bonne nouvelle ?

— Avec plaisir !

Eli fit un signe au serveur qui, quelques instants plus tard, déposait devant eux deux coupes et une bouteille de champagne.

Eli se leva et posa ses lèvres sur celles de sa compagne.

— À la nôtre ! dit-il en levant son verre.

— Oui, à la nôtre, reprit Aurora, et à nos chiens !

Nos chiens ?

Ce petit mot alla droit au cœur d'Eli. Il trouva que c'était le plus beau qu'il ait jamais entendu.

— Bert et Hank sont frères, poursuivit Aurora. Je pense qu'il ne faut pas les séparer.

Eli se mit à rire.

— Quel genre de vétérinaire je ferais si je n'avais pas récupéré un chien perdu ?

— Et moi, quel genre d'assistante-véto je ferais si je ne t'encourageais pas à en avoir deux ?

Sur ce, il leva son verre :

— À Hank et Bert !

— Oui, à nos deux adorables bébés chiens ! reprit Aurora.

Et sur ce, ils trinquèrent de bon cœur.

10

Aurora avait pris rendez-vous pour Hank à la piscine spécialisée. Comme la clinique était très calme ce matin-là, Eli l'accompagna au centre vétérinaire où elle se trouvait.

Hank progressait doucement. Sa blessure avait bien cicatrisé mais il marchait en boitant. La radio avait montré à Eli que la plaque qu'il avait posée était tout à fait bien placée. Par conséquent, il fallait renforcer la musculature de son train arrière.

La consigne donnée par leur collègue avait été claire : la première fois qu'ils allaient plonger le petit chien dans l'eau, ils devaient y entrer avec lui. Ni Eli ni Aurora n'avaient émis d'objection à cela. Aurora avait donc enfilé son maillot de bain rouge et attaché ses cheveux en queue-de-cheval avant de retrouver Eli en maillot noir sur le bord de la piscine.

Hank reniflait l'air avec l'application, visiblement surpris par l'odeur de chlore. Il se mit à gigoter dans les bras d'Aurora. Une fois dans l'eau, Eli tendit les bras pour attraper Hank. Aussitôt immergé, il se mit à barboter sans la moindre appréhension.

— Regarde, il adore ça ! s'exclama Aurora, heureusement surprise. S'il faut venir ici chaque semaine, je n'hésiterai pas à mettre mon maillot pour l'accompagner.

Ensuite, ils passèrent au tapis roulant placé dans l'eau où Hank allait s'exercer pendant une dizaine de minutes pour se muscler. Une fois le tapis mis en marche, le petit chien se mit à marcher, l'air un peu ahuri, mais tout content de lécher la friandise placée à l'avant de la machine pour fixer son attention et l'encourager à continuer.

Une fois cet entraînement terminé, ils séchèrent Hank et allèrent se changer avant d'aller prendre un thé à la cafétéria.

Aurora savourait ce moment de tête-à-tête hors de leur environnement professionnel.

— Au fait, dit-elle, je suis passée apporter quelques provisions à Marianne hier et j'ai trouvé que Matt avait bien meilleure mine.

Eli approuva d'un signe de tête.

— Il m'a envoyé un message ce matin pour me dire qu'au stade où il en était arrivé, il pensait que le traitement allait l'aider à guérir plutôt qu'à le faire mourir comme il l'avait d'abord cru.

— Une chimiothérapie est une épreuve terrible, approuva Aurora. Même s'il va mieux, c'est important que nous continuions à le soutenir.

— C'est ça aussi que j'aime chez toi, Aurora…

— Quoi donc ?

— Le fait que tu cherches toujours à rendre service.

Elle haussa les épaules.

— Tu es bien comme ça, toi aussi. Tu n'as pas hésité à installer leur alarme pour que Marianne se sente plus en sécurité.

— Quoi de plus normal ? Je t'ai déjà dit le rôle important qu'ils ont joué dans ma vie quand j'étais jeune. Toi, tu ne les connais que depuis quelques mois.

— Cela ne fait rien à l'affaire. Quand on aime bien les gens, on est heureux de faire quelque chose pour eux, c'est tout.

Eli la regardait si tendrement qu'elle sentait son cœur aussi léger que les bulles du champagne qu'ils avaient bu l'autre soir. Toutes les barrières qu'elle avait érigées pour se protéger d'un nouvel amour étaient en train de s'écrouler.

Est-ce que l'homme qui la fixait en ce moment de son regard amoureux était bien celui avec lequel elle pouvait espérer connaître le bonheur ? Quelques jours plus tôt, il lui avait dit que s'il décidait de partir, il lui demanderait de l'accompagner. Était-elle prête à franchir ce pas ?

Le souvenir de sa première rencontre avec Matt lui revint à l'esprit. Quand elle lui avait parlé de sa précédente carrière sous le nom de Star Kingficher, il n'avait porté aucun jugement dépréciatif. Peut-être Eli réagirait-il de la même façon ?

Elle s'apprêtait à ouvrir la bouche pour lui parler de cet épisode de sa vie lorsqu'Eli remarqua que Hank commençait à s'agiter.

— Oupss... sortons vite ! Je sens qu'une envie pressante est en train de tracasser notre ami Hank. Ne nous attardons pas, sous peine d'inondation...

Ils sortirent donc sous le soleil de l'été écossais. Lorsqu'Eli la prit par la main, une vague de bonheur intense submergea Aurora.

Elle vivait un moment parfait. Vraiment parfait.

11

Le travail ne manquait pas pour Eli et Aurora. Eli devait aujourd'hui se rendre à la ferme de Don Fletcher où plusieurs têtes de bétail devaient être euthanasiées. Les autres ouvriers qui travaillaient avec lui devaient aussi passer des examens de contrôle destinés à vérifier qu'ils n'avaient pas contracté la maladie comme Jake et Don.

Avant de partir, il jeta un coup d'œil sur Bert et Hank. Bert courait dans la cour, Hank dormait au soleil. Il mettait du temps à guérir mais il mangeait bien et commençait à gagner du poids. Il adressa un petit salut à Aurora qui était occupée au téléphone et prit le courrier en sortant.

En arrivant chez Don, un coup de frein un peu brutal fit tomber les enveloppes qu'il avait posées sur le siège à côté de lui. Il se pencha pour les ramasser, les ouvrit et découvrit que l'une d'entre elles contenait un compte rendu de dépenses faites par carte bleue. Cela le contraria car il ne se souvenait pas d'en avoir fait usage. La somme lui fit tourner la tête. Et tout autant le nom des bénéficiaires des virements car il n'en connaissait aucun.

Que s'était-il passé ? La panique s'empara de lui en sentant ses pires cauchemars refaire surface. Puis, comme il levait la tête, il aperçut la ferme de Don à travers le pare-brise. Il devait aller faire ce qu'on attendait de lui.

Même s'il était pressé de tirer cette méprise au clair le plus vite possible, ses problèmes personnels passeraient après.

Aurora était restée à la clinique pour réceptionner les commandes qui devaient arriver dans la journée. Quand on vit au milieu de nulle part, il est important de vérifier que tout est en ordre sous peine de se trouver rapidement à court de matériel ou de médicaments.

Anne avait profité du calme de la journée pour aller rendre visite à Jack Sannox et à Rudy.

En entendant la porte d'entrée s'ouvrir, Aurora pensa que c'était une des livraisons qu'elle attendait. Elle s'avança donc dans l'entrée et se trouva nez à nez avec le propriétaire d'Arthur, le chat diabétique.

— Je suis désolée, nous ne recevons pas cet après-midi, déclara-t-elle froidement.

Elle espérait que la compagne de Fraser Dobbs allait apparaître elle aussi, mais il n'en fut rien.

La clinique était vide.

À part Bert, Hank et un petit lapin qui se remettait d'une anesthésie, elle était seule.

Son sixième sens la mit en alerte rouge.

Comme pour la conforter dans son malaise, l'homme lui adressa un sourire étrange.

— J'ai seulement besoin de vous demander quelques conseils au sujet du régime d'Arthur.

— Notre secrétaire vous a conseillé de vous adresser à une autre clinique. Nous ne prenons pas de nouveaux clients, déclara-t-elle en faisant un effort pour ne pas céder à la panique.

— Nous n'en avons pas trouvé d'autre.

Aurora avait le sentiment que cet homme jouait un rôle.

— Je vous conseille de prendre un rendez-vous et de revenir quand le vétérinaire sera présent.

— Ah... il est absent en ce moment ?

— Il est sorti un instant, mentit Aurora.

Un long silence s'ensuivit.

L'homme la fixait impudemment. Son regard parcourut longuement le corps d'Aurora avant de revenir se fixer sur son visage.

Aurora dissimula de son mieux un frisson de peur.

— Je vais vous donner quelques fiches concernant le diabète chez le chat. Vous y trouverez des indications qui vous aideront certainement en attendant la consultation.

— Non, je préfère parler avec vous.

Il s'approcha d'un pas, un sourire inquiétant sur ses lèvres minces.

Aurora n'avait pas vu beaucoup de films d'horreur, mais suffisamment pourtant pour comprendre qu'elle était en train d'en vivre un. Particulièrement le moment où le détraqué immobilise l'héroïne en ricanant.

Aurora n'arrivait pas à croire que cela lui arrivait. Une sueur glacée lui coulait dans le dos. Sur les conseils de la femme policière qui l'avait aidée, elle avait pris des cours de self-défense mais présentement, tous les mouvements appris avaient fui son cerveau. Ses jambes tremblaient sous elle.

L'homme posa une main sur la sienne et la coinça contre le bureau de la réception.

— Pour commencer, pourquoi est-ce que tu as changé de nom, Star Kingfisher ?

Aurora avait envie de hurler. Elle aurait aimé s'enfuir en courant mais elle restait figée sur place, comme une statue de plomb, incapable de bouger.

— Aurora, c'est un joli prénom pourtant ! C'est quand même moins beau que Star. Tu sais que rien de bien n'est passé à la télé depuis que tu es partie ? Il faut que tu reviennes. J'ai même un scénario tout prêt pour ton héroïne ! Tara serait heureuse de retrouver les sunlights, non ?

La bouche sèche, Aurora avait du mal à rassembler ses mots.

— Je vous demande de partir.

Elle ne reconnut pas sa voix.

— Ça n'est pas gentil de me parler comme ça !

— Vous ne vous appelez pas Fraser…

Le sourire mielleux revint sur son visage.

— Tu n'es pas la seule à aimer changer de nom, n'est-ce pas ?

— Vous savez que vous n'avez pas le droit de m'approcher !

Il haussa les épaules.

— Pour la dernière fois, je vous demande de partir d'ici.

Maintenant, la colère avait pris le dessus sur la peur. Cet homme était en train de gâcher ses chances d'obtenir le bonheur qu'elle était en train de découvrir. Allait-elle être une fois de plus obligée de fuir ? De se cacher ? De quitter l'homme qu'elle aimait ?

Fraser s'approcha du bureau derrière lequel elle s'abritait.

— C'est hors de question, Star. Nous avons enfin l'occasion de discuter tranquillement tous les deux, il faut en profiter.

Alors Aurora eut un sursaut de défense. Elle chercha ce qui se trouvait à portée de sa main pour frapper son agresseur. Ce fut le balai utilisé pour nettoyer le sol entre deux rendez-vous.

Elle fit une brusque volte-face, le frappa en plein visage avant de caler le manche contre sa poitrine pour le repousser vers la porte. Il recula en titubant et s'écroula sur le sol au moment où Eli apparaissait sur le seuil.

— Qu'est-ce qui...

Il eut tôt fait de comprendre la situation. Il posa un pied sur la poitrine de l'intrus de manière à le maintenir par terre.

— Eli, cet homme est Brandon Rivers. Il a été condamné pour m'avoir traquée il y a quelques années mais il m'a retrouvée et...

— Je pensais que cet homme s'appelait Fraser. Tu ne l'as pas reconnu ?

— Non. C'est la première fois que nous nous trouvons face à face.

— Appelle la police ! commanda-t-il.

Fraser se mit à crier :

— Star, il faut que tu reviennes dans ta série ! *Into the wild* a besoin de toi ! Tara doit retrouver son amoureux Owen !

Eli pensa avoir affaire à un fou furieux.

Pendant qu'Aurora alertait la police, il emmena Fraser dans une autre pièce afin qu'elle ne l'entende plus crier.

En attendant les renforts, elle se laissa aller sur le siège d'Anne. Est-ce que cet homme la suivait depuis quelque temps ? Était-ce de cette façon qu'il avait trouvé son adresse ?

La situation la bouleversait mais elle était bien décidée à ne pas s'effondrer. Même si elle n'avait plus qu'une envie : s'asseoir dans un coin et pleurer toutes les larmes de son corps. La vie heureuse dont elle avait rêvé, qu'elle avait été tout près de connaître était en train de s'écrouler.

Quand Eli était monté dans sa voiture pour quitter la ferme de Don Fletcher, il était dans une colère noire. Comment autant d'argent avait-il pu être dépensé sans qu'il en soit informé ?

Mais en arrivant à la clinique, lorsqu'il était tombé sur Aurora en train de se défendre contre un agresseur, il n'avait plus eu qu'une idée en tête : la protéger. Et maintenant, il se trouvait dans une pièce fermée, en face d'un homme visiblement dérangé qui continuait à appeler Aurora avec un autre prénom. Aurora affirmait que cet homme avait interdiction de l'approcher. Était-ce lui qui l'avait sexuellement agressée ?

Il mourait d'envie de rejoindre Aurora mais ce n'aurait pas été prudent. L'expression d'Aurora lui avait clairement fait comprendre qu'elle souhaitait se tenir le plus loin possible de ce Brandon, ou Fraser, ou Dieu sait qui.

C'est avec soulagement qu'il entendit frapper à la porte et vit entrer un policier en uniforme qui menotta Fraser et le fit sortir avec lui.

Le reste de l'après-midi passa dans un brouillard. Un large hématome était apparu sur la main d'Aurora. Tous deux étaient convoqués le lendemain au commissariat mais Brandon Rivers était reparti dans le camion de la police.

Une fois débarrassés de lui, Eli alla retrouver Aurora dans la cuisine où elle s'était réfugiée.

— Si tu m'expliquais un peu ce qui vient de se passer ?

Elle demeura silencieuse.

— Dis-moi au moins ton vrai nom !

Malgré le regard malheureux qu'elle levait vers lui, il était décidé à aller au bout de leur confrontation. Cette femme qu'il aimait l'avait trahi. Et de plusieurs manières. Il était en train de revivre le cauchemar qu'il croyait avoir surmonté.

Enfin, Aurora se décida à parler.

— Je m'appelle Aurora Hendricks. C'est mon vrai nom. Mon nom d'actrice était Star Kingfisher. J'ai tourné pour la télévision dans une série qui s'intitulait *Into the Wild*. L'action se déroulait en Afrique.

Lentement, les morceaux du puzzle étaient en train de se mettre en place dans l'esprit d'Eli. Il n'était pas fan des séries télévisées mais il avait regardé quelques extraits de celle-ci car on y voyait beaucoup d'animaux sauvages, lions, tigres, girafes qu'il avait eu plaisir à découvrir dans leur environnement naturel.

Il hocha la tête longuement.

— Voilà pourquoi ton visage me paraissait familier…

Aurora leva les yeux vers lui.

— C'est au cours du tournage que j'ai été agressée sexuellement par l'un des machinistes. À la suite de cela, je suis rentrée en Angleterre mais j'ai commencé à y être traquée. Après que je l'ai signalé, la police a découvert que l'homme en question avait prévu de m'enlever. Il s'agissait de Brandon Rivers, qui a été arrêté et mis en prison, avec interdiction de m'approcher quand il serait libéré. De mon côté, j'avais décidé de changer de métier. C'est alors que j'ai fait mes études d'assistante-vétérinaire et je n'ai plus jamais regardé en arrière. Jusqu'à aujourd'hui en tout cas.

Elle avait parlé d'une voix neutre, un peu comme si laisser filtrer la moindre émotion allait l'empêcher de poursuivre son récit.

Eli s'inquiéta de cet apparent détachement.

— Aurora, tu te sens bien ?

— Non. Et je crois que plus jamais je ne me sentirai bien.

Des larmes brillaient dans ses yeux maintenant.

— Je pensais avoir tourné la page. Il me semblait que je pouvais oublier ces horreurs, mais elles m'ont rattrapée. Je crois que jamais je ne réussirai à m'en débarrasser.

Eli demeurait immobile et silencieux. Pourtant, il avait une foule de questions à poser. Il se sentait trahi par la femme qu'il aimait mais qui ne lui avait pas fait suffisamment confiance pour lui dire qui elle était. Alors qu'il était prêt à passer l'année suivante avec elle, et sans doute bien davantage…

— Pourquoi ne m'as-tu rien dit ?

— Qu'est-ce que ça aurait changé ?

— Pour moi, absolument tout ! La confiance est quelque chose d'essentiel à mes yeux.

Aurora haussa les épaules.

— Tu ne comprends pas. À l'université, dès que les gens me reconnaissaient, ils me regardaient de haut, ils ne me prenaient pas au sérieux à cause de ma précédente profession. Personne ne me pensait capable d'exercer un autre métier. Alors je me suis appliquée à effacer Star Kingfisher de ma vie. J'ai repris ma couleur de cheveux naturelle et je suis partie aussi loin que possible pour me sauver de cette malédiction.

Eli comprenait maintenant à quel point Aurora avait dû souffrir de tout cela et à quel point elle avait dû avoir peur tout à l'heure. Il aurait aimé la prendre dans ses bras et de lui jurer que tout irait bien mais quelque chose au fond de lui l'en empêchait.

— Aurora, je peux te poser une question ?

— Je t'écoute.

— Qu'est-ce que tu sais de la comptabilité ? Je sais que la question des salaires a été réglée, mais j'ai reçu aujourd'hui un compte rendu de carte bleue absolument ahurissant.

Aurora le regarda droit dans les yeux.

— C'est normal. J'ai commandé toutes les fournitures nécessaires à la rénovation dont nous avons parlé. La peinture, la plomberie, les nouveaux plans de travail, l'évier, les fauteuils pour la salle d'attente… Tu avais vu le projet et tu l'avais approuvé. Tout cela doit arriver dans les prochains jours.

Eli fronça les sourcils, contrarié.

— Oui, j'avais vu le projet, je l'avais même montré à Matt mais je ne t'avais pas donné le feu vert.

— Si ! se récria-t-elle.

— Non. Je voulais l'approbation de Matt et je l'ai obtenue. Je t'en ai fait part mais cela n'était pas l'autorisation de passer les commandes. Je voulais regarder tout cela en détail.

— Tout était déjà détaillé sur la liste que tu avais faite !

— Peut-être mais tu as utilisé la carte de crédit sans m'en parler au préalable.

— Eli, j'étais persuadée que tu m'avais donné ton accord.

Eli exhala un long soupir en considérant que la vie heureuse qu'il pensait l'attendre était en train de s'écrouler.

— Aurora, ma précédente clinique a fait faillite. Et elle a fait faillite parce que la comptable, que je fréquentais, avait fait des dettes énormes et des emprunts que j'étais incapable de rembourser. Quand je l'ai découvert, il était trop tard pour sauver mon affaire.

Voilà. Enfin, c'était dit.

— Mais… je n'ai rien fait de ce genre, reprit Aurora. Toutes les commandes que j'ai passées sont destinées à la rénovation de la clinique et je n'ai fait aucun emprunt.

Eli ferma les yeux. Il était las. Las et découragé.

— Tu comprends maintenant pourquoi la confiance est ce à quoi je tiens le plus ?

— Je t'ai suffisamment fait confiance pour te parler de l'agression dont j'ai été victime. Tu n'as pas le droit de considérer que je suis une réplique de ta précédente relation. Une relation dont tu ne m'as jamais parlé ! Je ne suis pas cette femme. Arrête de me ramener à elle.

La colère l'étouffait presque en ce moment mais elle poursuivit cependant entre deux hoquets.

— Tu crois qu'une clinique qui a fait faillite ne mérite pas qu'on en parle ? Tu aurais dû être honnête à ce sujet. Ici, tout se passe simplement. Anne ou moi préparons les feuilles de salaire avant de les envoyer au comptable. Si tu nous avais fait part des problèmes que tu avais rencontrés avant de venir ici, si tu avais manifesté le désir de le faire toi-même, nous t'aurions volontiers laissé faire.

Elle tremblait de tout son corps maintenant.

— Tu veux savoir le fin mot de notre histoire ? C'est que ni toi ni moi n'avons été entièrement honnêtes envers l'autre.

Le silence s'installa entre eux.

Quand Aurora se leva, sa chaise grinça sur le carrelage.

— De toute façon, je ne peux pas rester ici. Maintenant que Brandon Rivers m'a retrouvée, je ne serai plus jamais en paix. Je pars me reconstruire ailleurs. Malheureusement, je pars dévastée car je croyais avoir trouvé ici un cadre qui me permettrait de me bâtir un monde nouveau.

Et là, Eli ne put s'empêcher de parler lui aussi :

— Mais moi aussi, Aurora, j'avais cru trouver un monde nouveau ! Malheureusement, avec ce que je viens d'apprendre, je me demanderai toujours si tu n'es pas encore en train de me cacher quelque chose. Je n'ai pas envie de douter de toi. Je n'ai pas envie de douter de notre relation mais quand on a vécu ce que j'ai vécu, c'est presque impossible.

Aurora fit un pas en direction de la porte.

Il aurait dû la retenir.

Il aurait dû la convaincre de rester.

À cet instant-là, il en était incapable.

Aurora avait posé la main sur la poignée de la porte.

— Je suis désolée, Eli.

— Moi aussi.

C'était vrai. Il était désolé pour elle. Pour lui. Pour eux.

Mais il la laissa partir.

12

Aurora faisait le tour de sa maison. Elle l'adorait. Elle y avait imprimé sa marque en y mettant plein de couleurs, sur les murs, sur les coussins du canapé, sur les placards de la cuisine. Elle adorait son jardin. Les voisins. Et même le trajet qu'elle devait faire pour se rendre à la clinique.

Et maintenant ? À cause de Brandon Rivers, elle ne s'y sentirait plus jamais en sécurité.

Pourtant, ce n'était pas cela qui la rendait le plus triste. C'était l'expression qu'elle avait vue sur le visage d'Eli quand il la questionnait. Il n'avait pas critiqué son passé d'actrice. Sur ce point, les craintes qu'elle avait eues étaient complètement infondées.

Ce qu'il n'avait pas supporté, c'est qu'elle ne lui en ait pas parlé. Elle avait découvert, trop tard, la cause de son inquiétude permanente.

Il y avait aussi la question de l'argent. Elle y avait réfléchi toute la nuit précédente, en s'efforçant de se souvenir exactement du contenu de la conversation qu'ils avaient eue le soir au restaurant. Plus elle y pensait, plus elle se demandait si elle avait bien compris ce que lui disait Eli.

Elle avait toujours été très attentive aux questions financières. C'est pour cela qu'elle avait pu s'acheter le cottage alors que tant de ses collègues des séries télévisées avaient dépensé tout leur argent en vêtements de designers.

La pensée qu'Eli avait pu imaginer qu'elle le volait la fit éclater en sanglots. Elle s'efforça de se raisonner. Sa réaction de défiance était compréhensible quand il avait découvert les dépenses qu'il pensait ne pas avoir autorisées.

Elle avait tout fait rater. La meilleure des choses qui lui restait à faire maintenant était de vendre le cottage et de chercher du travail ailleurs.

Cela, c'était facile à régler. Par contre, la blessure qu'elle avait au cœur serait longue à cicatriser. Si elle cicatrisait jamais. Eli Ferguson hanterait ses rêves pendant longtemps. Elle ne le lui avait jamais dit, mais elle était amoureuse de lui. Elle avait cru qu'avec lui, son cœur connaîtrait le bonheur.

Brusquement, elle essuya ses larmes d'un revers de main. Elle se mit debout, regarda autour d'elle. Le moment était arrivé de tout ranger pour les visites des éventuels acheteurs.

Tant pis si c'était douloureux. Il fallait avancer.

La nuit avait été difficile pour Eli. Matt avait dû être hospitalisé en urgence à la suite d'une infection. Marianne l'avait appelé et il les avait rejoints aussi vite que possible.

Heureusement, la situation avait basculé du bon côté au cours de la nuit. Matt avait réagi favorablement aux antibiotiques et son rythme cardiaque s'était apaisé. Eli avait ensuite raccompagné Marianne chez elle, lui avait fait du thé et l'avait envoyée se reposer.

Cela fait, il était retourné à l'hôpital auprès de Matt. Le médecin de garde était arrivé en même temps que lui et avait fait le point de la situation. De toute évidence, il avait pensé qu'Eli était le fils de Matt et ni l'un ni l'autre n'avait eu envie de corriger son erreur.

Une fois à nouveau en tête à tête, Matt prit la main d'Eli.

— Il faut que je t'avoue que, au cas où tout cela serait trop dur pour Marianne, j'ai donné ton nom comme personne référente.

— Tu as très bien fait. C'est un honneur pour moi et je te promets de veiller sur Marianne.

Matt se redressa sur ses oreillers.

— Et maintenant, dis-moi pourquoi tu as cette mine de déterré ?

Eli se mit à rire.

— Peut-être à cause d'un vieil ami qui m'a empêché de dormir cette nuit ?

Matt secoua la tête.

— Non, ce n'est pas ça. Dis-moi... qu'est-ce qu'il t'arrive ?

Mentir ne présentait aucun intérêt. Eli s'appliqua donc à résumer la situation de son mieux.

— Eli, ce qui vous arrive à Aurora et à toi s'appelle un malentendu. Tout simplement. Vous êtes adultes tous les deux, vous pouvez en parler.

Il se mit à sourire avant de poursuivre.

— Et estime-toi heureux que ce ne soit pas Marianne qui ait passé la commande des fournitures parce qu'elle aurait dépensé au moins le double !

Matt ferma les yeux un moment mais le sourire continuait à flotter sur ses lèvres.

— Et maintenant, dis-moi tes projets à propos de la clinique...

Eli réfléchit un instant avant de répondre.

— Franchement, j'ai pris à y travailler un plaisir que je n'espérais pas.

— Et à ton avis, qu'est-ce qui fait que tu t'y es senti si bien ?

En guise de réponse, Eli leva les deux mains devant lui. L'un comme l'autre connaissait très bien la réponse.

— Alors bagarre-toi pour qu'elle reste ! conseilla Matt.

— Impossible. Elle veut partir pour s'éloigner de ce type qui a resurgi dans sa vie.

— Eh bien, trouve une raison pour la faire rester ! Prends un avocat. Je te donnerai l'adresse d'un ami spécialisé en droit criminel. Il l'aidera, j'en suis sûr. Débrouille-toi pour assurer la sécurité de la femme que tu aimes.

Eli corrigea aussitôt :

— Je ne t'ai jamais dit que je l'aimais !

— Ce serait superflu. Figure-toi que ça crève les yeux.

Matt serra la main d'Eli.

— Ne consacre pas ta vie entière à ton travail. Tu ressembles plus à ton père que tu ne penses. Tu sais mieux que moi à quel point Aurora est une jeune femme exceptionnelle. Ne la laisse pas te quitter.

13

Le cœur d'Eli plongea comme un caillou au fond d'un étang quand il aperçut la pancarte d'une agence immobilière accrochée sur le portail du jardin d'Aurora. Elle avait parlé sérieusement. Elle allait réellement partir...

Un moment, il resta assis devant le cottage, désorienté. Tout le long du chemin, il avait rassemblé les arguments susceptibles de persuader Aurora de rester. Il était prêt à lui dire à quel point il était désolé de s'être montré si soupçonneux. Est-ce que cela suffirait ?

Elle vint lui ouvrir dès le deuxième coup frappé à sa porte.

La surprise fit reculer Eli d'un pas. Visiblement, Aurora n'avait pas pris la peine de passer un peigne dans ses cheveux tout emmêlés alors qu'il ne les avait jamais vus que soigneusement brossés. Et elle était en pyjama...

— Qu'est-ce que tu veux, Eli ? demanda-t-elle d'une voix éteinte.

— Je veux te parler.

— Il n'y a plus rien à dire.

— Est-ce que je peux entrer ?

— Ma maison t'intéresse ? Tu viens visiter pour l'acheter ?

Le ton était sec. Dur. Tranchant.

Eli se tourna vers sa voiture.

— Je peux aller chercher Bert et Hank ?

La lèvre inférieure d'Aurora se mit à trembler.

— Dépêche-toi !

Il s'exécuta sans attendre. Bert était tenu en laisse mais il portait Hank contre lui.

Une fois à l'intérieur, il referma la porte derrière lui. Aurora tendit tout de suite les bras vers Hank et alla s'asseoir avec lui. Elle le posa sur ses genoux.

— Tu m'as manqué, tu sais…

Eli était allé lâcher Bert dans le jardin. Cela fait, il vint s'asseoir à côté d'elle.

— Tiens, Matt t'envoie ce numéro de téléphone. C'est celui de son ami avocat spécialisé en droit criminel.

Elle prit le papier.

— Tu le remercieras de ma part.

Eli hocha la tête.

— Oui, bien sûr.

Puis, au bout d'un moment, Eli reprit :

— Il m'a aussi fait la leçon.

— C'est-à-dire ?

— Il m'a expliqué que nous sommes victimes d'un malentendu que nous n'avons pas pris la peine d'éclaircir.

— Je t'assure que j'ai vraiment cru que tu m'avais donné le feu vert. Mais ce n'est pas ça qui m'a le plus blessée.

— Explique-moi…

— C'est le fait que tu aies pensé que j'étais comme ton ex.

Eli accusa le coup.

— Je comprends. Malheureusement, cette histoire m'a tellement traumatisé que j'étais incapable de passer outre. J'ai gâché toutes mes nouvelles amitiés parce que je me demandais sans cesse si je n'avais pas affaire à quelqu'un qui cherchait à me rouler.

Aurora lui adressa un regard plein de pitié.

— On ne peut pas vivre comme ça ! Tu n'as pas eu de chance, c'est tout.

— Je le comprends maintenant. Hélas, ce manque de chance affecte aussi ma vie financièrement. Au point que je ne peux pas reprendre la clinique de mon père. Je ne peux y être qu'un employé.

— Et alors ? Où est le problème ?

— Cette faillite va peser sur moi pendant des années. Je suis dans l'incapacité de faire un emprunt.

— Qu'est-ce que ça peut faire ? Je suis propriétaire de cette maison.

— Aurora, je veux être honnête envers toi. Tu vois, non seulement je suis un amoureux au mauvais caractère mais en plus, je ne suis pas un parti intéressant.

Un sourire se dessina sur les lèvres d'Aurora.

— Tu n'es pas le seul à laisser le passé peser trop lourd. Quand cet homme est apparu l'autre jour à la clinique, j'ai eu l'impression de devenir folle.

Elle passa la main dans ses cheveux.

— Si tu n'étais pas arrivé, je ne sais pas ce qui se serait passé.

— Tu te débrouillais fort bien. Tu ressemblais à un lutteur de kung-fu !

— C'était l'adrénaline qui me portait. Après ça, j'ai été malade toute la nuit.

Elle s'enfonça un peu plus profondément dans le fauteuil en tapotant le crâne de Hank.

— Bon, et où tout cela nous mène-t-il ? demanda-t-elle.

— Je ferai tout pour que tu vives en sécurité.

— Mais tu as dit que tu ne voulais pas rester ici !

— Ce que je veux, Aurora, c'est être où toi, tu as envie d'être. Je me suis remis à aimer cet endroit, mais c'est en grande partie grâce à toi. Si tu veux rester, je reste. Si tu veux partir, je pars.

— Mais tu ne voulais pas reprendre l'étude de ton père…

— Je ferai la paix avec ça. Ma priorité, c'est toi.

Bert, qui venait de rentrer du jardin, s'approcha des jambes d'Eli.

— Tu vois, j'étais si désespéré que j'ai amené Bert et Hank pour m'aider à plaider ma cause.

— Tu as bien fait. Ils ont été très efficaces.

Elle caressa Bert qui s'était approché d'elle.

— Et si jamais je dois partir pour me sentir en sécurité ?

— Eh bien, je te suivrai. Et s'il faut faire faire des passeports pour nos amis à quatre pattes, je m'en occuperai ! Ton bonheur est la seule chose qui compte pour moi.

Il plongea son regard dans les yeux d'Aurora.

— Je t'aime.

Elle rosit sous son léger hâle de rousse.

— Moi aussi, je t'aime.

— Tu m'aimes pour longtemps ?

— Je t'aime pour toujours.

Épilogue

Les invités restèrent bouche bée en voyant Bert et Hank trotter fièrement vers Eli qui les attendait dans le chœur. On aurait même pu croire qu'ils souriaient tant ils paraissaient fiers de leur rôle.

John, l'ami d'enfance d'Eli qui était son témoin, se pencha vers lui.

— Je suis vexé de voir que tu accordes plus de confiance à tes chiens qu'à moi !

— Mais voyons, c'est bien normal. Combien de fois as-tu perdu tes clés quand tu étais au lycée ? Combien de fois as-tu dû remplacer ton permis de conduire ? Et en ce moment, est-ce que tu es capable de me dire où se trouvent les clés de ta voiture ?

Un nuage de panique traversa le visage de John qui se mit à palper ses poches frénétiquement. Il finit par hausser les épaules en avouant :

— Tu as raison… fais confiance à tes chiens.

Bert et Hank portaient chacun un nœud attaché autour du cou, auquel était attaché un anneau.

La musique retentit lorsque Aurora apparut au fond de la nef, au bras de son père. Elle était radieuse dans sa robe couleur crème qui moulait sa taille fine et s'évasait en godets vers le bas, comme déjà une invitation à danser. Un voile léger ne cachait pas son visage mais l'encadrait comme pour mieux faire rayonner son regard lumineux et son sourire radieux.

Le mariage d'Aurora et Eli n'était guère conventionnel. Toutes les personnes conviées avaient également reçu une invitation pour leurs animaux de compagnie. La météo écossaise qui avait accepté de se montrer clémente pour la journée baignait chacun de rayons de soleil bienvenus. Jack Sannox était venu avec le nouveau chien qu'Aurora et Eli lui avaient trouvé. Ils s'étaient beaucoup occupés de lui pendant les mois qui avaient suivi la mort de Rudy et avaient pris tout le temps nécessaire pour lui trouver un nouveau compagnon. Ou plutôt, une nouvelle compagne qui s'appelait Isla.

Matt et Marianne étaient les invités d'honneur, assis au premier rang. Matt était encore en convalescence mais avait recommencé à travailler deux jours par semaine à la clinique. Cheryl, la nouvelle vétérinaire s'était adaptée encore plus rapidement qu'espéré. Toute la famille d'Eli était enchantée de leur installation en Écosse.

La famille d'Aurora, venue de Liverpool, rivalisait d'originalité en matière de couvre-chef. La palme revenait incontestablement à la mère d'Aurora qui arborait le plus spectaculaire de tous, garni de roses si volumineuses qu'elles avaient certainement gêné la vue de quelques personnes au cours de la cérémonie.

En regardant Aurora s'avancer vers lui, Eli avait eu du mal à croire à son bonheur. Elle rayonnait littéralement après une année qui n'avait pas été facile pour eux. Le procès avait été une lourde épreuve dont ils étaient sortis encore plus amoureux. Brandon Rivers avait été condamné à une peine beaucoup plus lourde que la première fois, mais Eli et Aurora avaient éprouvé le besoin de souffler après tant de stress. C'est ce qui avait amené Eli à reprendre pour une année un de ses précédents postes à Jerez, auprès des chevaux andalous. Cet intermède permettrait à Aurora de se remettre complètement avant leur retour en Écosse où Eli prendrait la suite de son père au moment où Matt quitterait la clinique pour profiter de sa retraite.

Une fois arrivée près d'Eli, Aurora se baissa pour détacher le ruban de satin placé autour du cou de Bert auquel était attachée l'alliance destinée à Eli qui fit de même auprès de Hank. Chacun glissa l'anneau au doigt de son conjoint.

Au moment où Eli se penchait pour embrasser sa nouvelle épouse, elle lui murmura quelques mots à l'oreille.

— J'ai quelque chose à t'annoncer…

— Tu as adopté un autre bébé-chien ?

Elle lui adressa un sourire lumineux.

— Non, Eli. Mais notre famille va tout de même s'agrandir.

Alors Eli la souleva et la fit valser dans ses bras. Un peu surpris, les invités comprirent que c'était le moment d'applaudir. Ce qu'ils firent de bon cœur pendant que des larmes de bonheur montaient aux yeux des mariés.

Ils avaient rêvé d'une journée parfaite ?

Leur rêve était exaucé.